Suzanne Roy stammt aus Kanada und lebt mit ihrer Familie in Montreal. Wenn sie nicht als Dozentin im Multimedia-Bereich arbeitet, folgt sie ihrer wahren Leidenschaft: dem Schreiben. Sie hat bereits diverse Romane veröffentlicht. Nun erscheint erstmals ein Roman von ihr auf Deutsch.

SUZANNE ROY

Ich muss verliebt gewesen sein

ROMAN

Aus dem Französischen
von Anja Malich

Rowohlt
Taschenbuch Verlag

Die Originalausgabe erschien 2016
unter dem Titel «Pour le meilleur et pour le pire»
bei Bragelonne Milady, Paris.

Deutsche Erstausgabe
Veröffentlicht im Rowohlt Taschenbuch Verlag,
Reinbek bei Hamburg, Juni 2018

Umschlaggestaltung bürosüd, München
Umschlagabbildungen izusek / Getty Images; bürosüd
Satz Apollo MT PostScript, InDesign, bei
Pinkuin Satz und Datentechnik, Berlin
Druck und Bindung CPI books GmbH, Leck, Germany
ISBN 978 3 499 27328 5

Für Jeanne.
Du warst die Erste, die in dieser Geschichte etwas gesehen hat. Danke, dass du immer an mich geglaubt hast.

Kapitel 1

Nichts liebt Jennifer so sehr, wie sonntagmorgens im Bett liegen zu bleiben, bis der Hunger sie irgendwann raustreibt. Es ist der einzige Tag der Woche, an dem sie ein wenig Zeit für sich selbst hat, an dem sie keine Verpflichtungen und Termine hat und nicht an ihren Kalender gebunden ist. Sie genießt es, die Augen geschlossen zu halten, auch wenn sie schon wach ist, und sich unter der Decke zu recken und zu strecken, so weit es geht. Dieser Moment der Entspannung ist das pure Glück für sie.

Als die Türklingel schrillt, schreckt sie auf und beginnt leise unter der Bettdecke zu fluchen. Wer würde es wagen, um diese Uhrzeit, bei ihr zu erscheinen?

Sie hört Maximes Schritte im Flur. Vor dem Schlafzimmer bleibt er stehen, um sie zu beruhigen: «Das sind bestimmt irgendwelche Kinder, die Süßigkeiten verkaufen.»

Erleichtert lässt sich Jennifer zurück aufs Bett fallen, aus dem sie sich gerade erhoben hatte, und denkt, was für ein Held ihr Freund doch ist, ihr den freien Tag zu retten. Schnell schlüpft sie wieder unter die Decke, rückt das Kopfkissen zurecht und will weiterdösen, doch die Stimmen aus dem Flur wollen einfach nicht verstummen. Das Gespräch dauert offenbar noch an.

«Sag ihnen jetzt endlich, dass sie sich verziehen sollen!», ruft sie verärgert.

Sie hört Maxime näher kommen. «Würde ich ja gerne, aber …» Langsam schiebt Jennifer die Decke zurück und blickt in sein ratloses Gesicht. «Es ist nur so … Also, da ist ein Typ an der Tür, der …»

«Was auch immer er will, sag nein und mach die Tür zu!»

«Aber … Er behauptet, dein Mann zu sein.»

Mein Mann? Mit einem verächtlichen «Pah!» dreht Jennifer sich zur Wand und kuschelt sich wieder in die Decke ein. «Hör auf mit dem Quatsch. Versetz dem Kerl einen Tritt in den Allerwertesten und komm zurück ins Bett. Was für eine Frechheit, Leute um neun Uhr morgens an ihrem einzigen freien Tag zu stören!»

Bevor Maxime Folge leisten kann, nimmt Jennifer entschlossene Schritte auf dem Flur wahr. Alarmiert setzt sie sich auf und hat kaum Zeit, die Decke hochzuziehen, als der Eindringling auch schon in der Tür steht. Ein groß gewachsener und athletischer Anzugträger mit Aktentasche. Er mustert sie und lächelt gezwungen, als er sagt: «Guten Morgen, *chérie*, erinnerst du dich an mich?»

Eine unangenehme Stille legt sich über den Raum, während Jennifer den Kerl betrachtet, der sich ungeniert an den Türrahmen lehnt und erwartungsvoll eine Augenbraue hebt. In ihr verkrampft sich alles, und einen Moment lang ist sie kurz davor, die Kontrolle zu verlieren, als sie den Mann erkennt. Den Mann, in den sie sich einst Hals über Kopf verliebt hat. Seine kantigen Gesichtszüge, das schwarze, wuschelige Haar und die grüngrauen Augen … Der Anblick versetzt sie um Jahre zurück, und sie muss den Kopf schütteln, um sicherzugehen, dass sie nicht träumt: «Bruno?»

«Gut! Jetzt, da du dich an mich erinnerst, könntest du dir vielleicht etwas anziehen und dich mit mir an einen passenderen Ort begeben, an dem wir uns unterhalten können.»

Ohne ihre Reaktion abzuwarten, macht er auf dem Absatz kehrt und marschiert durch den Flur Richtung Küche, als würde er sich hier auskennen. Maxime und Jennifer bleiben wie versteinert zurück.

«Du kennst ihn?», fragt Maxime schließlich ungläubig.

«Ähm … ja, irgendwie schon.»

Sie versucht sich zu sammeln, schlägt die Decke zurück und springt auf. Bruno? Hier? Wie kann das sein? Schlagartig ist die Vergangenheit wieder präsent und damit auch die unschönen Bilder, die sie längst vergessen glaubte. Gedankenverloren streift sie sich ihren Morgenmantel über.

Maxime sieht sie beunruhigt an: «Aber … er ist doch nicht wirklich …», stammelt er. «Also, ich meine … der Typ ist doch nicht wirklich dein Mann, oder?»

«Max, misch dich da nicht ein, okay? Es ist sowieso schon kompliziert genug.»

«Was? Es stimmt also? Du bist verheiratet? Das … das hast du mir nie erzählt!»

Als sie sein bestürztes Gesicht bemerkt, wird ihr bewusst, dass sie um eine kurze Erklärung nicht herumkommt. «Das ist lange her», beginnt sie, während sie sich eilig die Haare zusammenknotet, «mehr als … ach, ich weiß es nicht einmal mehr, wie lange! Und es war auch gar keine richtige Ehe. Eher eine Jugendsünde …»

«Acht Jahre, fast neun», kommt es aus der Küche. Dann ist Geschirrklappern zu hören.

Jennifer lässt Maxime im Schlafzimmer stehen und bindet sich noch im Flur den Morgenmantel zu. Bruno steht in der Küche, wo er sich gerade vom Kaffee bedient hat, und zwar mit einer Selbstverständlichkeit, die sie auf die Palme bringt.

«Was soll das?»

Süffisant lächelnd deutet er auf die dampfende Tasse, ehe er sie genüsslich an den Mund hebt. Doch kaum hat er einen Schluck getrunken, schneidet er eine Grimasse. «Bah! Ihr Amerikaner wisst immer noch nicht, wie man guten Kaffee macht!»

Weil Jennifer ohnehin schon genervt ist, dass er überhaupt da ist, reizen sie sein Verhalten und der letzte Kommentar noch zusätzlich. Sie geht zu ihm, nimmt ihm die Tasse aus der Hand, leert sie über der Spüle aus und stellt sie mit Schwung daneben ab, bevor sie sich mit vor Wut gerötetem Gesicht vor ihm aufbaut. «Du wirst mir jetzt sofort sagen, was du hier machst?»

«Warum bist du so gereizt?», fragt er spöttisch. «Freust du dich nicht, mich wiederzusehen?»

«Kann man nicht behaupten, nein.»

«Hmm. Das habe ich geahnt …»

Er bückt sich nach seiner Aktentasche und legt sie auf den Tresen. Und da er weiß, dass Geduld nicht gerade Jennifers Stärke ist, bewegt er sich extra langsam. Kaum dass er die Papiere aus seiner Tasche gezogen hat, reißt Jennifer sie ihm auch schon aus der Hand und beginnt sie aufmerksam zu lesen, während sie in der Küche auf und ab geht. Stirnrunzelnd stellt sie fest, dass die Dokumente auf Spanisch sind, versucht aber dennoch zu verstehen, worum es geht.

«Du willst dich scheiden lassen? Deshalb bist du hier?»

«Unter anderem.» Er scheint eine diebische Freude daran zu haben, sie auflaufen zu lassen.

Einen Moment starrt Jen ihn an. Dann kehrt sie zum Tresen zurück. «Wo muss ich unterschreiben?»

«Unterschreiben? Weshalb?»

«Na, um geschieden zu werden! Dafür bist du doch gekommen, damit ich den Kram unterschreibe, oder?» Sie blättert die Seiten durch, auf der Suche nach einem X oder einem Ort für ihren Namen. Vergeblich.

«Bemüh dich nicht. Das sind nicht die Scheidungsdokumente, sondern eine Erklärung des Ablaufs. In Katalonien kann man nicht am selben Tag heiraten und geschieden werden wie in Amerika ...» Die Verachtung in seiner Stimme bei den letzten Worten ist nicht zu überhören. Er geht einen Schritt auf sie zu und nimmt ihr die Papiere aus der Hand. Dann fährt er mit dem Finger die gelb markierten Sätze auf der ersten Seite nach und übersetzt grob, was dort steht.

Jennifer muss mehrfach blinzeln, als sie Formulierungen hört wie: «Maßnahmen zur Wiederversöhnung des Paares», «Treffen mit einem Eheberater», «Beschleunigung des Verfahrens ...» An dieser Stelle merkt sie auf. «... bei gegenseitigem Einvernehmen und sofern der Antrag persönlich in der Gemeinde gestellt wird, in der die Ehe geschlossen wurde.»

«Entschuldige?», unterbricht sie ihn und nimmt ihm erneut das Blatt aus der Hand, um zu überprüfen, was er gesagt hat. «Ausgeschlossen, dass ich dahin fahre!»

«Das wäre aber das Schnellste», erwidert Bruno. «Ich habe auch schon alles geregelt: Nächsten Freitag haben wir einen Termin bei dem Friedensrichter, der als Eheberater fungiert, und der erteilt uns dann die Genehmigung ...»

«Ist nicht dein Ernst!» Verstört sieht Jennifer ihn an.

Wie konnte er sich erdreisten, einen Termin zu vereinbaren, der ihre Anwesenheit erfordert, ohne sie vorher gefragt zu haben? Und dann auch noch in Spanien!

«Du glaubst ja wohl nicht, dass ich hier alles stehen und liegen lasse und mal eben nach Europa fliege?», faucht sie wütend.

«Natürlich übernehme ich alle Kosten, die …»

«Kommt gar nicht in Frage!» Entschlossen schneidet sie ihm das Wort ab, und eine schwere Stille breitet sich in der Küche aus.

Obwohl ihn Jennifers vehemente Reaktion überrascht, bleibt Bruno beharrlich: «Die Scheidung ist wichtig für mich, Jen, und die einzige Möglichkeit, sie vor Ende des Sommers durchzukriegen, ist …»

«Und? Hättest du eben früher auf die Idee kommen müssen. Es ist acht Jahre her, dass ich gegangen bin!» Um sich ein wenig zu beruhigen, atmet Jennifer tief durch, bevor sie so sachlich wie möglich erklärt: «Hör zu, du wirst zurückfliegen und den Prozess in Gang bringen, und ich warte, bis mir die entsprechenden Dokumente zugeschickt werden. Dann unterschreibe ich, schicke alles zurück, und – hopp! – schon sind wir geschieden.»

«Auf diese Weise dauert es zwei Jahre oder noch länger.»

«Na und? Es sind doch sowieso schon acht. Das macht dann auch keinen Unterschied mehr!» Jennifer ist mit ihrer Geduld am Ende und will das Thema endlich beenden. Entschlossenen Schrittes geht sie um Bruno herum, holt sich eine Tasse und schenkt sich selbst einen Kaffee ein. Da sie sich beobachtet fühlt, sind ihre Bewegungen ein wenig ungelenk, dennoch nimmt sie sich die Zeit, Milch und Zucker hinzuzufügen und in Ruhe umzurühren. Als sie Maxime registriert, der sie von der anderen Seite des Tresens aus schweigend beobachtet, hält sie auch ihm eine Tasse hin. «Willst du?»

Er schüttelt den Kopf. Ihm ist anzusehen, wie unbehaglich ihm zumute ist.

Jennifer zuckt mit den Schultern, trinkt einen großen Schluck und wendet sich dann, sichtlich lockerer geworden, an Bruno: «Der Kaffee ist doch wunderbar! Was hast du dagegen?»

«Er ist bitter», antwortet Bruno, ohne ganz bei der Sache zu sein, weil er schnell zu dem Thema zurückkehren will, wegen dem er über den großen Teich gekommen ist. Er hatte auf den Überraschungseffekt gezählt und war irgendwie davon ausgegangen, dass Jennifer widerstandslos mitkommen würde, weil sie froh wäre, diese Verbindung, die schon viel zu lange bestand, endlich auch offiziell zu beenden. Wie konnte es sein, dass sie nach all den Jahren noch immer sauer auf ihn war?

Schweigend und bemüht langsam trinkt sie ihren Kaffee und tut so, als wäre er Luft, bis ihm nach einer Weile der Kragen platzt: «Jen, du musst mitkommen. Ich brauche die Scheidung. Ich will Ende August heiraten.»

Ob es nun an der Erwähnung der erneuten Heirat liegt oder an seiner Beharrlichkeit, jedenfalls erwacht Jennifer plötzlich aus ihrer Lethargie und faucht zurück: «Ich darf dich daran erinnern, dass du es warst, der sich damals nicht scheiden lassen wollte, als ich gegangen bin!»

«Und du weißt genau, warum!» Bruno ist so laut geworden, dass seine Stimme durch die gesamte Wohnung schallt.

Jennifer zuckt leicht zusammen, sieht ihn aber weiter mit festem Blick an. Da Bruno merkt, wie er an Boden verliert, spricht er in gemäßigterem Ton weiter: «Jen, jetzt sei bitte vernünftig. Das ist mehr als acht Jahre her! Seitdem ist jeder von uns seinen eigenen Weg gegangen. Warum willst du trotzdem unbedingt mit mir verheiratet bleiben?»

Er deutet in Richtung von Maxime, der noch immer reglos in sicherem Abstand am Küchentresen steht. Vielleicht hilft es, sie daran zu erinnern, dass auch sie einen Partner hat, denkt Bruno.

«Ich kann dir versichern, dass ich kein bisschen mehr an dieser Ehe hänge», erwidert sie. «Aber du kannst nicht einfach ohne Vorwarnung hier aufkreuzen und mich zwingen, um die halbe Welt zu fliegen, nur weil es dir jetzt auf einmal in den Kram passt, dich scheiden zu lassen.»

«Aber ich hab dir doch gesagt, dass ich alle Kosten übernehme! Was willst du denn noch?» Er greift nach Jennifers Arm und drückt ihn fest. «Geld? Unterhalt?»

Damit bringt er das Fass zum Überlaufen. «Mit welchem Recht beleidigst du mich in meiner eigenen Wohnung? Ich will nichts von dir, verstanden? Gar nichts! Und deine Scheidung kannst du dir sonst wo hinstecken!» Mit einem Ruck befreit sie sich aus seinem Griff und deutet mit zitternder Hand in Richtung Wohnungstür. «Geh!»

Verärgert über den Verlauf des Gesprächs, hält Bruno den Mund, bewegt sich jedoch keinen Schritt.

Stattdessen wird jetzt Maxime aktiv, der sich bislang rausgehalten hatte. «Vielleicht können wir das erst einmal unter uns besprechen, du und ich?», sagt er und geht auf sie zu.

Als Jennifer bewusst wird, dass er sie meint, fährt sie

ihn genervt an: «Was gibt es da zu besprechen? Ich habe eine Arbeit und ein Leben hier. Und ich werde sicher nicht alles stehen und liegen lassen, um in einem gottverlassenen Nest auf meine Scheidung zu warten, und das nur, weil Monsieur hier sich damals geweigert hat, sich scheiden zu lassen!»

Bruno seufzt. Insgeheim freut er sich aber über die indirekte Unterstützung von Jennifers Freund, die ihm wieder ein wenig Auftrieb gibt. Eindringlich sieht er sie an: «Ich wäre nicht hier, wenn es nicht wirklich wichtig für mich wäre, und das weißt du genau.»

«Oh ja, und ob ich weiß, wie schwer es Monsieur de Verteuil fällt, einen Fuß auf den amerikanischen Kontinent zu setzen! Soll ich ein Foto von diesem denkwürdigen Tag machen?»

«Nur zu deiner Information: Ich bin regelmäßig in Amerika. Nicht in diesen grauen und kalten Gefilden, die dir anscheinend so sehr gefehlt hatten, als du in Esclanyà gelebt hast, sondern an Orten, wo man gute Dinge zu schätzen weiß, guten Wein zum Beispiel!»

Jennifer wendet sich Maxime zu, um ihm den Hintergrund zu erklären, wobei sie mit ihrem Ton deutlich zum Ausdruck bringt, wie sehr das Thema sie langweilt. «Zu *deiner* Information, Monsieur de Verteuil hier baut Wein und Oliven an. Und, ach ja, er empfindet einen abgrundtiefen Hass gegen uns Amerikaner! Er meint, wir hätten von nichts eine Ahnung.» Sie hebt die Kaffeetasse: «Schlechter Kaffee, schlechter Wein, schlechte Frauen …»

Um deutlich zu machen, dass sie selbst wohl in diese Kategorie einzusortieren wäre, deutet sie mit der Tasse auf sich selbst, bevor sie erneut Bruno ansieht. «Dir scheint diese Scheidung tatsächlich sehr wichtig zu sein, wenn du es wagst, an einem Sonntagmorgen bei mir aufzukreuzen.»

«Mir ist wirklich gerade nicht nach Scherzen zumute. Die Reise war lang, und ich habe Emma versprochen, dass –»

«Emma? So heißt die Glückliche also, die den großen Monsieur de Verteuil heiraten darf? Lass mich raten: Sie ist eine Untertanin in deinem Königreich?»

«Hör auf damit! Ich habe kein Königreich.»

Sie mustert ihn verächtlich und lässt ihn nicht aus den Augen, bis er schließlich zugibt: «Ja, sie ist aus Begur.»

Maxime tritt näher und versucht die Situation zu erfassen. «Gut … Du bist also noch mit diesem Typen verheiratet?» Er sieht Jennifer forschend an.

«Das hat sie Ihnen natürlich nicht erzählt», stellt Bruno eher sachlich als spöttisch fest.

Jennifer fühlt sich dennoch provoziert. «Was habe ich nicht erzählt?», erwidert sie bissig. «Das Ganze hat zwei Monate gedauert! Als richtige Ehe kann man das ja wohl nicht bezeichnen!»

«Aber es ist eine richtige Ehe! Warum wäre ich sonst hier?»

Sie gibt ein abschätziges «Pah» von sich, trinkt den letzten Schluck Kaffee und stellt die Tasse dann mit Schwung auf dem Tresen ab: «Mir ist diese Scheidung wumpe! *Du* brauchst sie, nicht ich.»

Bruno sieht kurz zu Maxime und stellt dann die einzige Frage, die ihm in den Sinn kommt: «Und er? Willst du ihn nicht heiraten?»

«Bist du verrückt? Ich und heiraten? Die zwei Monate mit dir haben gereicht, um mich für den Rest meines Lebens von der Ehe abzubringen!»

«Moment, jetzt mal ganz langsam! Vielleicht sollten wir in Ruhe darüber nachdenken», schlägt Maxime vor. «Eigentlich verlangt er ja nicht viel …»

«Ich habe Nein gesagt», brummt Jen und wirft ihm einen eindringlichen Blick zu, damit er sich nicht länger einmischt.

Bruno kann sich das Grinsen nicht verkneifen. Er hat Mitleid mit Maxime, dem Jennifer den Mund verbietet wie einem Bediensteten. Doch da er der einzige Mensch weit und breit zu sein scheint, der ihm zuhört, sollte er unbedingt versuchen, ihn auf seine Seite zu ziehen.

Er greift in die Tasche seines Sakkos und zieht die Visitenkarte eines Hotels in der Innenstadt von Montreal hervor, auf deren Rückseite er seine Zimmernummer schreibt. Er reicht sie Maxime.

«Wenn es Ihnen gelingt, sie zur Vernunft zu bringen, hier bin ich zu erreichen. Bis Mittwoch werde ich da sein.»

Mit diesen Worten verlässt Bruno die Küche und zieht lautstark die Wohnungstür hinter sich zu.

Erleichtert, dass er endlich fort ist, schlägt Jennifer mit den flachen Händen auf den Küchentresen. «Was bildet der Kerl sich eigentlich ein? So dreist zu sein, hier an einem Sonntagmorgen zu erscheinen und mich zu zwingen, mit ihm in sein elendes Kaff zu kommen!»

«Er will doch nur, dass ihr geschieden werdet …», gibt Maxime zu bedenken.

«Ja und? Er hätte ja vor acht Jahren einwilligen können, als ich ihn darum gebeten habe.» Nachdem sie ihre Tasse in die Spüle gestellt hat, knotet sie den Gürtel des Morgenmantels auf und geht in den Flur.

Maxime sieht ihr stirnrunzelnd nach. «Was hast du vor?»

«Ich gehe wieder ins Bett», antwortet sie und verschwindet am Ende des Flurs im Schlafzimmer.

Nach kurzem Zögern folgt Maxime ihr. Er beobachtet, wie sie unter die Decke schlüpft, aber ihm ist schleierhaft, wie sie einfach weiterschlafen kann, obwohl gerade eben ihr Ehemann nach ewigen Zeiten wieder vor ihr stand. Ungeduldig knurrt er: «Ist dir überhaupt bewusst, dass wir seit fast einem Jahr zusammen sind und ich keine Ahnung hatte, dass du verheiratet bist?»

Jennifer rollt mit den Augen. «Wie gesagt: Das ist eine alte Geschichte, die nichts zu bedeuten hat.»

«Merkst du eigentlich, was du da sagst? Wir reden von einer Heirat und nicht von einem Gebrauchtwagen! Und ich verstehe auch immer noch nicht, warum du so stur bist und nicht in die Scheidung einwilligst?»

Steif stützt sie sich auf einen Ellenbogen und funkelt ihn wütend an. «Was verstehst du daran nicht? Du hast doch erlebt, wie sich Bruno aufgeführt hat. Er bittet nicht, er bestimmt. ‹Wir machen dies, machen das, wir trinken jetzt Kaffee, der Kaffee ist bitter …›»

«Reg dich über die Sache mit dem Kaffee doch nicht so auf!»

«Ich tanze aber nicht mehr nach seiner Pfeife! Hast du das verstanden? Ich bin doch nicht sein Dienstmädchen!»

«Aber wenn du geschieden wärst … also, dann könnte man bei der Gelegenheit doch selbst mal übers Heiraten nachdenken, du und ich …»

«Ich habe Nein gesagt!» Sie will sich schon wieder hinlegen, als sie Maximes Gesicht bemerkt. Versöhnlich schiebt sie hinterher: «Das hat doch nichts mit dir zu tun, okay? Es ist nur so, dass … ich mich weigere, alles stehen und liegen zu lassen, nur weil der große Monsieur de Verteuil es so will. Und außerdem ist es letzten Endes das Beste für die Menschheit, wenn dieser Macho daran gehindert wird, noch eine Frau zu heiraten!»

Maxime tritt einen Schritt vor und setzt sich auf die Bettkante, bevor er noch einmal fragt: «Und warum hast du mir nie davon erzählt?»

Schmollend vergräbt sie den Kopf im Kissen. «Weil ich nicht gern daran zurückdenke.»

Da hat sie alles getan, um die Geschichte aus ihrem Gedächtnis zu streichen, jahrelang versucht zu vergessen – und verspürt eben auch jetzt keinerlei Lust darüber zu sprechen. Wie hätte sie ahnen können, dass sich Bruno nach so langer Zeit auf den Weg zu ihr macht? Wie hat er sie überhaupt gefunden?

Jennifer schließt die Augen und kehrt Maxime den Rücken zu, um ihm zu signalisieren, dass die Diskussion beendet ist, doch er beachtet sie nicht und sagt mit leicht missbilligendem Ton: «Jenny, ich habe gerade erfahren, dass du verheiratet bist! Findest du nicht, dass ich das Recht habe, ein bisschen mehr darüber zu wissen?»

Schicksalsergeben setzt sich Jennifer ein letztes Mal im Bett auf, um das Thema ein für alle Mal aus der Welt zu schaffen: «Du willst es also unbedingt wissen? Mann!» Sie schnaubt. «Also gut. Ich war einundzwanzig. In dem Sommer bin ich in Europa herumgereist und dabei auch durch Spanien gekommen. Mit einem Mietauto ging es die Küste entlang, durch Weinberge und kleine, pittoreske Dörfer. Dabei bin ich ihm begegnet. Er sah gut aus und war eine Art Oliven-und-Wein-König. Er hat mich in sein Dorf mitgenommen, mich mit seinen grüngrauen Augen verzaubert, und ich habe mich ihm in die Arme geworfen wie die letzte Idiotin. So war's. Bist du jetzt zufrieden?»

«Und dann habt ihr geheiratet. Einfach so?»

«Ich war jung», verteidigt sie sich und trommelt mit den Händen auf die Decke. «Es war das erste Mal, dass ich mich von so einem Mann habe verführen lassen. Das heißt: von jemandem, der für etwas brennt, der erfolgreich war und Geld hatte, der wusste, was er mit seinem Leben anfangen wollte. Und dann ... Ach, er war so leidenschaftlich und so kultiviert. Er hat mit mir über Kunst und Wein geredet und mich dermaßen ... Na, wie dem auch sei, jedenfalls habe ich mich total in ihn verknallt. Und dann hat auch noch irgend so eine verrückte Alte aus dem Dorf behauptet, dass wir füreinander bestimmt wären und ... Ich weiß auch nicht ... Es ging alles so schnell ...»

Zwei Tage nach dieser lächerlichen Weissagung hatten sie geheiratet, ohne irgendjemandem davon zu erzählen. Die Trauung fand an dem romantischsten und traumhaftesten Ort statt, den man sich nur wünschen kann: bei Sonnenuntergang am Meer.

Bis heute glaubt sie manchmal, diesen perfekten Moment nur geträumt zu haben. Das Glück, weit entfernt von allem anderen dem Mann in die Augen zu schauen, der sie begehrt. So viel Liebe zu spüren, wie sie damals empfunden hatte ... Es war wie im Märchen gewesen.

«Und dann?», drängt Maxime.

«Nichts. Ein paar Wochen lang war es die große Liebe, bis ich kapiert habe, dass es ein Fehler war. Nicht zuletzt, weil mein Leben hier war. Hier in Montreal! Das konnte ich doch nicht einfach alles aufgeben, um in irgendeinem abgeschiedenen Dorf zu versauern. Und dann war da auch noch seine Mutter, die sich eingebildet hat, ich würde ihren Sohn nur ausnutzen wollen …» Unwillkürlich muss Jennifer an Brunos provozierende Frage von vorhin denken, ob sie vielleicht Geld von ihm wolle. «Mir war doch nur wichtig, mein Studium zu beenden», fährt sie fort und sieht Maxime eindringlich an. «Ich war einundzwanzig und hatte weder einen Abschluss noch eine Zukunft, nichts! Du weißt doch selbst, dass ich nicht zu der Sorte Frau gehöre, die auf Kosten eines Mannes lebt.»

Für Jennifer war es damals ausgeschlossen, sich in das gleiche Schicksal zu fügen wie ihre eigene Mutter: ohne Ausbildung zu heiraten und schwanger zu werden, um dann mit fünfzig geschieden dazusitzen und sich als Bedienung in einem Café durchschlagen zu müssen.

«Warum hast du nicht mit ihm geredet?», will Maxime wissen. «Vielleicht hätte er es verstanden …»

«Was glaubst du? Er wollte nichts davon wissen und hat nur immer wieder gesagt, dass wir füreinander bestimmt seien. Der werte Herr wollte, dass ich alles aufgebe und mich um Haus und Anwesen kümmere, und natürlich wollte er Kinder. Am liebsten sofort.»

«Da hat er dich aber wirklich falsch eingeschätzt. In der Rolle kann ich mir dich beim besten Willen nicht vorstellen», gesteht Maxime leise lachend.

Sie verzieht das Gesicht zu einem schmalen Lächeln, doch die Vergangenheit nagt an ihr. Bruno nach so vielen Jahren wiederzusehen hat einen bitteren Nachgeschmack hinterlassen.

«Es hat also nicht funktioniert, das kann vorkommen.» Maxime ist darum bemüht, die Situation zu retten. «Aber ich verstehe nach wie vor nicht, warum, um alles in der

Welt, du dich mit Händen und Füßen gegen diese Scheidung wehrst?»

«Ach, die Scheidung ist mir doch egal! Ich will nur nie wieder einen Fuß in diese Gegend setzen! Er kann mir die Papiere doch mit der Post schicken wie jeder normale Mensch auch.»

Sie wendet den Kopf ab und starrt einen Moment ins Leere, weil sie sich plötzlich an etwas erinnert, das sie lange verdrängt hatte. *«Eines Tages wirst du wieder vor meiner Tür stehen und mich anflehen, dich zurückzunehmen»*, hatte Bruno wütend prophezeit. Was maßte der Kerl sich eigentlich an? Wie hatte sie sich nur in jemanden verlieben können, der so sehr von sich selbst eingenommen war?

«Der kann mir mit seiner Scheidung gestohlen bleiben», flucht sie.

«Aber es wäre doch nur für ein paar Tage. Was soll er denn …?»

Jennifers eisiger Blick hält Maxime davon ab, den Satz zu beenden. «Nein. Ich werde nicht dorthin zurückkehren, verstanden? Und jetzt lass mich schlafen. Mein Sonntag ist schon ruiniert genug!»

Mit diesen Worten zieht sie sich die Decke über den Kopf. Sie weiß genau, dass sie nicht mehr einschlafen wird, aber lieber regt sie sich allein auf, als ihre ganze Wut an Maxime auszulassen.

Kapitel 2

Für Jennifer Élie ist es ein Montagmorgen wie jeder andere auch. Nachdem sie ein Dutzend E-Mails beantwortet hat, in deren Betreffzeile unnötigerweise das Wort «dringend» vorkam, und anschließend mit einem Graphiker die Änderungswünsche eines Kunden durchgegangen ist, begibt sie sich ins Büro ihres Geschäftspartners und Freundes Sergio, um gemeinsam mit ihm die Woche zu planen.

«Und, wie war dein Wochenende?», erkundigt er sich, während er ihr den dritten Kaffee des Tages serviert.

Jennifer zuckt kurz mit den Schultern und begnügt sich mit einem «Ganz okay». Sie wird sich hüten, ihm zu erzählen, dass am Sonntagmorgen Bruno bei ihr auf der Matte stand und die Scheidung verlangte. Am liebsten würde sie Bruno ganz vergessen, doch das will ihr leider nicht gelingen. Also stürzt sie sich lieber so schnell wie möglich in die Arbeit, als wäre Gestern nie passiert.

Mitten in der Besprechung meldet sich plötzlich die Assistentin über die Telefonanlage. «Monsieur Campillo? Ist Mademoiselle Élie noch bei Ihnen?», fragt sie in den Raum, da der Apparat auf laut gestellt ist.

«Ja, Laetitia, aber wir sind gerade bei der Wochenplanung und –»

«Es tut mir leid, aber … hier steht ein Herr am Empfang, der behauptet … er behauptet, dass …»

Noch bevor Laetitia das Wort «Ehemann» aussprechen

kann, schüttelt Jennifer bereits den Kopf und knurrt: «Das darf doch nicht wahr sein! Sag mir, dass ich träume!»

Sergio gibt ihr mit einer Geste zu verstehen, dass sie sich beruhigen soll, doch sie ist bereits aufgesprungen und beginnt, vor seinem Schreibtisch auf und ab zu gehen.

Wieder meldet sich die Assistentin: «Sein Name ist Monsieur de Verteuil, Bruno de Verteuil.»

Mit großen Augen starrt Sergio Jennifer an und formt mit den Lippen die Worte: «*Der* Bruno? *Dein* Bruno?»

Jennifer holt tief Luft und ist bereits auf dem Weg zur Tür. «Gib mir zwei Minuten», erklärt sie schnell. «Ich schmeiß ihn eben raus.»

Woraufhin Sergio ins Telefon ruft: «Laetitia, bleibst du bitte einen Moment dran.» Dann hat er sie auch schon in die Warteschleife gehängt und springt auf, um Jennifer zurückzuhalten. «Moment, was machst du denn?»

«Das habe ich dir doch gesagt. Ich werde ihn rausschmeißen!»

«Du hast ihn seit … Seit was? Seit acht Jahren nicht gesehen! Bist du denn nicht neugierig, was er von dir will?»

«Ich weiß sehr genau, was er will», blafft Jennifer und fuchtelt dabei ungelenk wie eine Marionette mit den Armen.

Sie will gerade das Büro verlassen, als Sergio die Verbindung zum Empfang wiederherstellt, ohne jedoch Jennifer aus den Augen zu lassen. «Laetitia, bitte den Herrn, sich noch kurz zu gedulden. Jenny braucht noch gut zehn Minuten.»

«Was soll das?», empört sich Jennifer, nachdem er die Verbindung unterbrochen hat.

«Er soll ruhig noch ein bisschen warten. Sieh dich doch

mal an, du bist gar nicht in der Verfassung, ihm gegenüberzutreten. Du schäumst vor Wut. Willst du wirklich, dass deine Angestellten dich so erleben?»

Jennifer hält die Luft an. Ob sie will oder nicht: Bruno hier, in den Räumen ihrer eigenen Agentur, zu wissen, macht sie so zornig, dass sie sich nicht mehr unter Kontrolle hat. Sein Verhalten am Vortag trägt natürlich auch einen Teil zu dieser Reaktion bei.

Mit strenger Geste deutet Sergio auf den Stuhl, auf dem sie vorher saß: «Du kommst jetzt wieder her und erklärst mir, wie du dir so sicher sein kannst, was er will. Hab ich was verpasst oder was?»

Jennifer seufzt tief, lässt sich dann aber doch auf den Sitz fallen und beginnt zu erzählen, wie Bruno am Sonntagmorgen bei ihr aufgetaucht ist, um sie um die Scheidung zu bitten. Auch die unschönen Momente ihrer Begegnung lässt sie nicht aus und endet schließlich mit den entschiedenen Worten: «Wenn er glaubt, einfach so in mein Leben eindringen zu können und von mir zu verlangen, was ihm gerade in den Kram passt –»

«So viel verlangt er ja eigentlich gar nicht …», gibt Sergio zu bedenken.

«Er verlangt von mir, nach Esclanyà zurückzukehren!», stellt sie klar und funkelt ihn dabei zornig an. «Sergio, wenn jemand weiß, was vor acht Jahren passiert ist, dann du!»

«Genau. Es ist acht Jahre her. Vielleicht ist es an der Zeit, die Sache ein für alle Mal zu regeln und die Vergangenheit zu vergessen.»

Jennifer verfällt in Schweigen, auch wenn sie die Zähne mit aller Macht zusammenbeißen muss, um nicht zu widersprechen. Die Vergangenheit vergessen? Hat sie da gerade richtig gehört? Wenn Bruno ihr einen Brief geschrieben oder sie angerufen hätte, würde sie nicht so ein Theater machen. Aber ohne Vorwarnung bei ihr aufzukreuzen und dann auch noch mit dieser autoritären Art von jemandem, der es gewohnt ist, immer seinen Willen zu kriegen … Und dann auch noch von ihr zu verlangen, in sein Königreich zurückzukehren! Ganz sicher nicht!

«Heute sieht doch alles ganz anders aus», redet Sergio sanft auf sie ein und lehnt sich in seinem Stuhl zurück. «Er hat Fehler gemacht, das gebe ich zu …»

«Du hast gut reden!»

«… aber du hast auch Fehler gemacht», erinnert er sie und sieht sie herausfordernd an. «Ich meine, versetz dich doch mal in seine Lage: Bruno möchte wieder frei sein, weil es jemand anderen in seinem Leben gibt. Und bei dir ist es doch genauso, wenn ich dich daran erinnern darf, oder?»

Jennifer antwortet nicht. Sie ärgert sich, dass Sergio die Sache so «vernünftig» angeht. Aber was ist mit ihren Gefühlen? Jahre hat sie gebraucht, um zu verdrängen. Und jetzt sieht Sergio sie an, als frage er sich angesichts ihrer äußerst gereizten Reaktion, ob es ihr im Laufe der Jahre tatsächlich gelungen ist, diese unglückliche Geschichte zu vergessen.

«Dass du es nur weißt: Um die Scheidung an sich geht es mir gar nicht.» Jennifer tappt ungeduldig mit dem Fuß auf den Boden. «Aber ich finde sein Auftreten und seine ganze Art einfach unverschämt! Er hätte mich vorwarnen müssen.»

«Jen, denk daran, dass Bruno nicht die ganze Geschichte kennt …»

Sie seufzt erneut tief und spürt, wie sich ihr Herz verkrampft. Mit einem verzweifelten Blick in Richtung Sergio bekennt sie schließlich: «Ich kann nicht dorthin zurück … Ich kann es einfach nicht.»

Erneut meldet sich Laetitia vom Empfang: «Mademoiselle Élie? Langsam wird der Herr ungeduldig …»

Dass Bruno versucht, sie unter Druck zu setzen, lässt Jennifers Wut sofort wieder hochkochen: «Soll er doch ungeduldig werden. Ich habe zu arbeiten!»

«Es ist nur so, dass er … er ist –»

«… nervig, ja, ich weiß», beendet Jennifer den Satz kurz und knapp. «Hören Sie, Laetitia, entweder er wartet, oder er macht einen Termin. Aber sagen Sie ihm, dass ich mich nicht von ihm herumkommandieren lasse!»

Ohne eine Antwort abzuwarten, drückt Jennifer den Knopf auf dem Telefon, um die Leitung zu unterbrechen, und wendet sich mit grimmiger Miene wieder Sergio zu: «Siehst du? Er glaubt wirklich, dass er sich alles erlauben kann.»

Ihr Freund muss grinsen. Wie sehr sich die normalerweise stets gefasste Jennifer plötzlich aufregen kann, amüsiert ihn. Doch als er realisiert, wie sehr sie leidet, schiebt er schnell seinen Stuhl zurück, steht auf und streicht sich das Sakko glatt.

«Was hast du vor?», fragt Jennifer.

«Ich werde Monsieur de Verteuil mit dir zusammen begrüßen. Schließlich hast du ihn mir nie vorgestellt …», sagt er mit vorwurfsvollem Unterton, während seine Augen weiter belustigt blitzen.

Sie schüttelt den Kopf. Allein der Gedanke, diesen Raum zu verlassen, macht ihr Angst. «Aber wir müssen das hier noch fertig machen.»

«Hör auf, Jen, du weißt genau, dass er keine Ruhe gibt, bis er dich sieht. Und um ehrlich zu sein, bin ich echt neugierig, was für ein Typ es geschafft hat, dich in nicht einmal zehn Tagen zum Heiraten zu bewegen!»

Jennifer springt auf und schlägt Sergio auf die Schulter. «Das ist nicht sein Verdienst, ich war damals einfach dumm.»

«Ach, Jenny, bei dir gibt es wirklich keine halben Sachen. Einen Tag ist der Mann ein Gott und am nächsten der größte Schweinehund unter der Sonne …» Er reibt sich die Schulter und grinst breit, bevor er sie aus dem Büro schiebt.

In dem Moment geht einer der jungen Graphiker auf dem Gang vorbei, und als er Jennifer in der Tür stehen sieht, ruft er: «Jen! Ich habe gerade deinen Mann kennengelernt! Echt irre! Ich hab gar nicht gewusst, dass du verheiratet bist!»

Mit einem alarmierten Blick starrt sie ihn an: «Wie bitte?»

«Aber ja, dein Bruno! Bruno … und dann irgendwas Adeliges.»

Jennifer ist machtlos dagegen, dass sich ihre Beine jetzt von selbst in Bewegung setzen und entschlossen in Richtung Empfang eilen. Auf dem Weg dorthin sprechen zwei weitere Angestellte sie an und gratulieren ihr lachend zu ihrem Ehemann. Doch ihre Füße tragen sie unwillkürlich weiter, bis sie bei Bruno angekommen ist, der sich gerade lebhaft mit einigen Mitarbeitern unterhält und ihnen Fotos zeigt – Fotos von ihrer Hochzeit!

Jennifer reißt ihnen die Bilder aus der Hand und wirft Bruno einen strafenden Blick zu: «Was tust du da, verdammt noch mal?»

«Warum? Ich zeige nur ein paar Familienfotos.» Er wirkt stolz und freut sich sichtbar über die Reaktion, die er bei Jennifer hervorruft.

Ihre Augen funkeln wild, und sie ist kurz davor, ihm alles Mögliche an den Kopf zu werfen. Doch Sergio legt ihr zur Beruhigung eine Hand auf die Schulter und sorgt dafür, dass sie letztlich nicht die Kontrolle verliert. Sondern den Mund wortlos und genauso schnell wieder schließt, wie sie ihn geöffnet hat.

«Was ist? Darf ich meine Frau etwa nicht an ihrem Arbeitsplatz besuchen?», beharrt Bruno mit einem unschuldigen Lächeln.

Jennifer braucht enorm viel Willenskraft, um jetzt ruhig zu bleiben und nicht vor den anderen auszurasten. Denn sie hat eine Wahnsinnslust, ihm einen gewaltigen Arschtritt zu versetzen. Aber eins muss sie Bruno lassen: Er versteht es wunderbar, sie auf die Palme zu bringen.

Sergio nimmt die Hand von ihrer Schulter und wendet sich dem wenig willkommenen Gast zu: «Sie müssen Bruno sein? Darf ich mich vorstellen: Sergio Campillo, Freund und Geschäftspartner von Jennifer. Entschuldigen Sie bitte die kleine Verspätung, aber unser Zeitplan ist im Moment sehr eng gesteckt.»

«Monsieur Campillo? Sehr erfreut, einen so talentierten Mann wie Sie kennenzulernen! Ich habe Ihre Projekte im letzten Jahr verfolgt. Glückwunsch zu dem Preis vom hiesigen Advertising & Design Club, den Sie gewonnen haben … Es war ein Publikumspreis, oder?»

«Ja, genau.»

Freundschaftlich schütteln sie sich die Hand und beginnen höflichen Smalltalk zu machen. Jennifer ist fassungslos. Und wieso gratuliert Bruno eigentlich nur ihrem Freund, obwohl sie den Preis gemeinsam gewonnen haben? Die Agentur hat ihn bekommen. Und woher weiß er solche Dinge überhaupt?

Das Männergespräch dauert an, bis es Jennifer irgendwann zu bunt wird und sie schließlich grob dazwischengeht: «Gut, ich bin jetzt da. Was willst du?»

Brunos Blick wandert von Sergio zu ihr, und sein Ausdruck wird kühl. Eilig nimmt er ihr die Fotos aus der Hand, die sie noch immer festhielt, und lässt sie in seiner Tasche verschwinden. «Willst du das wirklich hier besprechen? Ich dachte, du würdest mir zeigen, wo –»

«Du bist sicher nicht extra aus Spanien gekommen, um dir unsere Agentur anzusehen, oder?», unterbricht Jennifer ihn mit einem schmalen Lächeln. Sie registriert aus dem Augenwinkel, wie sich mehrere Angestellte bemüht unauffällig nähern und neugierig stehen bleiben. Wahrscheinlich ahnen sie, dass sich hier gerade ein spannendes Duell anbahnt.

Nachdem Sergio sie eine Weile schweigend beobachtet hat, schlägt er schließlich vor, dass er Bruno ja herumführen könne. «Danach bringe ich ihn dann in dein Büro. Solange kannst du noch den Plan fertigstellen ...»

Im ersten Moment traut Jennifer ihren Ohren nicht. Dann schluckt sie ihre Wut hinunter und nickt Sergio kurz zu. Als wäre es nicht genug, dass dieser Idiot Bruno ungebeten an ihrem Arbeitsplatz erscheint, jetzt meint Sergio auch noch, ihn hofieren und ihm höchstpersönlich alles zeigen zu müssen. Und der Gipfel ist, dass er sie deshalb mit dem Wochenplan allein sitzenlässt!

Wortlos macht sie auf dem Absatz kehrt und marschiert

geradewegs in ihr Büro. Ach, wenn Sergio ihn auf seiner Tour durch die Agentur doch nur unauffällig aus dem Fenster stoßen könnte …

Als Jennifer kurz darauf an ihrem Schreibtisch sitzt, kann sie sich kaum konzentrieren. Und je länger die beiden in den Räumlichkeiten der Agentur unterwegs sind, desto ungeduldiger wird sie. Was zeigt Sergio ihm seit mehr als zwanzig Minuten bloß alles? Aus Rache teilt Jennifer ihm beim Erstellen des Wochenplans den Großteil der schwierigen Projekte zu. Das hat er nun davon, wenn er Bruno den roten Teppich ausrollt!

Obwohl sie die ganze Zeit auf die beiden gewartet hat, fährt sie zusammen, als schließlich die Tür zu ihrem Büro geöffnet wird.

«Na, endlich», brummt sie. «Ihr habt aber lange gebraucht!»

«Um dir Zeit zu geben, dich ein bisschen zu beruhigen», zischt Sergio ihr zu.

Bruno, der direkt hinter ihm den Raum betritt, geht zielstrebig bis in die Mitte des Büros und sieht sich aufmerksam um. Es wirkt, als würde er gedanklich genau abspeichern, was er sieht. Das also war Jennifers Traum? Der, für den sie alles aufgegeben hat, ihn inbegriffen, ohne noch einmal zurückzuschauen.

Nachdem Sergio Jennifer aufmunternd zugenickt und die Tür hinter sich geschlossen hat, erhebt sie sich, geht um ihren Schreibtisch herum und lehnt sich gegen dessen Vorderseite. «Also? Was willst du?», fragt sie tonlos.

«Du weißt genau, was ich will.»

«Ich habe dir gesagt, dass ich nicht mit dir kommen werde.»

Bruno stößt einen leicht gereizten Seufzer aus und setzt sich auf den Besucherstuhl, um Jennifer das Gefühl zu geben, in einer dominanten Position zu sein, weil sie jetzt von oben auf ihn herabschaut. Entschlossen, die Sache ein für alle Mal zu regeln, zwingt er sich, ruhiger zu sprechen: «Ich wollte mich entschuldigen. Ich bin gestern vielleicht ein bisschen zu weit gegangen.»

«Das sagt sich leicht.»

«Jen, ich will ehrlich mit dir sein: Ich brauche diese Scheidungspapiere wirklich. Ich habe mir gedacht, wenn ich so unangenehm wie möglich auftrete, wirst du sofort zusagen, weil du froh bist, mich dann endlich los zu sein.» Er bemüht sich, freundlicher und aufrichtig zu wirken. Sie soll denken, dass er das Vorgehen, mit dem er versucht hat, sie so schnell wie möglich rumzubekommen, aufrichtig bedauert.

Offenbar mit Erfolg, denn Jennifer klingt bereits versöhnlicher. «Ich habe dir ja auch gesagt, dass ich mit der Scheidung einverstanden bin. Ich will bloß nicht wieder in dein Dorf zurück.»

Enttäuscht senkt Bruno den Blick, um nicht im Affekt abermals zu wiederholen, was sie bereits weiß: dass sie mit ihm kommen muss, weil es keinen schnelleren Weg gibt, sich scheiden zu lassen. Und dass er keine Lust hat, noch ein Jahr zu warten, bis er Emma heiraten kann.

Das Schweigen dauert an, bis Bruno schließlich sagt: «Ich weiß, was du denkst. Du sagst dir, dass es mir ganz recht geschieht, weil ich vor acht Jahren hätte zustimmen sollen, als du mich darum gebeten hast, die Ehe aufzulösen. Ich habe die Sache … verschleppt, das gebe ich zu, aber damals habe ich noch gehofft, dass du zurückkommst.

Wenn ich könnte, würde ich es jetzt anders machen, Jen, das schwöre ich, aber … Können wir die Geschichte einfach vergessen und die Sache ein für alle Mal regeln?»

Sein sanfter Ton und seine Einsicht überraschen sie. Nie hätte sie geglaubt, dass sie mal erleben würde, wie Bruno de Verteuil einen Fehler zugibt. Dass er sie gerne wiedergesehen hätte! Wie oft hatte sie nach ihrer Rückkehr aus Spanien gehofft, diese Worte zu hören? Wie oft hatte sie sich danach gesehnt, dass er sein Weingut verlässt, sich ins Flugzeug setzt und sie bittet, zu ihm zurückzukehren … So viel geht ihr durch den Kopf, dass ihr ganz schwindelig wird.

«Wenn es dir wirklich so wichtig ist», sagt sie schließlich, «könnte ich versuchen, nächsten Monat auf einen Sprung rüberzukommen. Früher geht es nicht. Im Moment ist hier im Büro echt total viel los, und von jetzt auf gleich kann ich meine Leute nicht im Stich lassen.»

«Kein Problem. Ich habe das schon mit Sergio besprochen. Er sagt, dass er hier alles im Griff hat und du direkt mit mir kommen kannst.»

Sergio hat was gesagt???

Grimmig sieht sie ihn an: «Siehst du? Jetzt fängst du schon wieder an. Das ist meine Sache, nicht Sergios! Mit welchem Recht erlaubst du dir, über mein Leben, meinen Zeitplan zu entscheiden?»

«*Du* bist diejenige, die sich hier querstellt, Jen! Ich bezahle die Reise und trage alle behördlichen Kosten, und ich bin sogar bereit, dich zu entschädigen … Also, für die Tage, die du nicht in der Agentur sein kannst …»

«Weil du glaubst, das ist das Problem? Dass ich Geld brauche? *Dein* Geld noch dazu?»

Dieses Mal merkt er, dass er einen Fehler gemacht hat. Es war nicht klug, das Finanzielle ins Spiel zu bringen, doch ihm bleibt keine Zeit, seine Worte zu revidieren, da Jennifer bereits mit dem Finger auf die Tür zeigt und ihn barsch auffordert zu gehen: «Sieh zu, dass du wegkommst. Es bringt nichts, mit dir zu reden. Du hörst einfach nicht zu.»

«Jen, ich will mich doch nur mit dir auf einen Kompromiss einigen.»

«Du willst keinen Kompromiss, du willst mich zwingen, sofort mitzukommen – das ist ein großer Unterschied!»

Bruno holt tief Luft, um einen letzten Versuch zu unternehmen, die Sache zu retten: «Für mich ist das alles sehr, sehr wichtig. Und ich bin bereit zu verhandeln! Und damit meine ich nicht unbedingt Geld.» Er sieht sie herausfordernd an. «Bald werde ich meine Produkte auch nach Quebec exportieren. Du könntest die Werbung dafür machen. Die Etiketten neu gestalten oder … ach, ich weiß es doch auch nicht!» Er wirkt erschöpft. Einen Moment lang hatte er geglaubt, ernsthaft mit ihr zu diskutieren, doch er hat sich getäuscht. Er ist mit seinen Argumenten am Ende.

Jennifer, die nach wie vor an den Schreibtisch gelehnt steht, verschränkt die Arme. «Moment mal, du versuchst einen Werbeetat als Gegenleistung für eine Scheidung auszuhandeln?»

Er grummelt. «Ich versuche einen Kompromiss zu finden. Und wenn das nicht hilft, dann …»

«Dann was? Wirst du im ganzen Land erzählen, dass wir verheiratet sind? Falls du es noch nicht bemerkt haben solltest: Maxime weiß es bereits. Und abgesehen davon, dass du in der Agentur kompromittierende Fotos zeigst und lächerliche Gerüchte verbreitest, sehe ich nicht, wen deine Geschichten interessieren sollten. Oder was du tun könntest, um mir zu schaden.»

Unvermittelt steht er auf und baut sich vor ihr auf. «Unterschätz mich nicht», warnt er mit zu schmalen Schlitzen zusammengekniffenen Augen. «Was du bislang erlebt hast, ist noch harmlos.»

«Drohst du mir jetzt?»

«Du kennst mich: Wenn ich etwas will, bin ich zu allem bereit.»

«Zum Beispiel?»

Ein breites Lächeln erscheint auf Brunos Gesicht. Ha! Er hat Jennifer neugierig gemacht. Zufrieden nimmt er zur Kenntnis, auch so etwas wie Furcht in ihren Augen aufblitzen zu sehen.

«Wenn du nicht auf meinen Vorschlag eingehst», erklärt er und versucht, vollkommen entspannt zu wirken, «wird dir das, was du dann erleben kannst, noch weniger gefallen, darauf kannst du Gift nehmen.»

«Von dir lasse ich mir keine Angst einjagen. Was kannst du schon machen?», kontert sie betont selbstbewusst. Jennifer ist sich allerdings nicht sicher, ob sie davon wirklich so überzeugt ist, wie sie klingt.

Er beugt sich vor und kneift ihr wie einem pausbäckigen Kind in die Wange. «Ganz die Alte!», ruft er und lächelt überheblich. «Gut, da du ja offenbar unbedingt weiterspielen willst …»

«Das ist kein Spiel, Bruno!»

Er zuckt mit den Schultern und wendet sich zum Gehen. «Hat mich sehr gefreut, aber jetzt muss ich leider los. Schönen Tag noch, Chérie.»

Die Tür zu ihrem Büro lässt er sperrangelweit offen stehen.

Weil er sie sonst wahrscheinlich mit einem lauten Knall zugeschlagen hätte, denkt Jennifer und schäumt vor Wut. Der gnädige Herr hätte sich keinen Zacken aus der Krone gebrochen, wenn er die Tür selbst hinter sich geschlossen hätte! Und was sollte das «Chérie» zum Schluss? Von den Drohungen, die jetzt im Raum standen, ganz zu schweigen!

Wie eine Löwin in ihrem Käfig beginnt Jennifer in ihrem Büro auf und ab zu gehen und kann nur mit Mühe ein wütendes Knurren unterdrücken, als sie die Hände so fest zu Fäusten ballt, dass es weh tut. Soll er sich doch einbilden, was er will, sie wird dieser verdammten Scheidung nicht zustimmen!

Bruno hingegen ist recht zufrieden mit sich, als er das Gebäude verlässt. Zwar ist das Hauptziel noch nicht erreicht, einen Etappensieg aber hat er errungen: Jennifer ist hochgradig genervt, und das ist ein gutes Zeichen. Wenn sie auf dem Ohr der Vernunft taub ist, wird er sie eben über ihre Wut knacken.

Kapitel 3

Jennifer weiß, dass sie spät dran ist, als sie mit einer Flasche Wein in der Hand und Maxime im Schlepptau das schmale Vorstadthäuschen ihrer Mutter betritt.

«Wir sind's», ruft sie beim Eintreten.

Sie hat noch nicht einmal den Mantel ausgezogen, als ihre Mutter auch schon im Flur erscheint. «Endlich! Ich habe mir schon Sorgen gemacht! Hatten wir nicht halb sieben gesagt?»

«Ich bin in der Agentur aufgehalten worden, tut mir leid.»

«Ach, die Agentur. Bei dir dreht sich immer alles um die Arbeit. Wie dem auch sei … weißt du, wer da ist? Das errätst du nie. Ich freue mich ja so, ihn endlich kennenzulernen!»

Jennifer hat keine zwei Schritte getan, als sie wie angewurzelt stehen bleibt, weil sie sieht, wer dort im Flur auf sie zukommt. «Was machst du denn hier?», fragt sie schrill.

Mit unerschütterlicher Ruhe tritt Bruno hinter Jennifers Mutter und legt den Arm um ihre Schulter wie ein alter Freund. «Anne hat mich eingeladen, was ich ausnehmend nett von ihr finde. Du nicht auch?»

Er grinst Jennifer breit an und freut sich sichtbar, den erhofften Überraschungseffekt erzielt zu haben. Dann erklärt er, er habe Lust gehabt, endlich einmal seine Schwiegermutter kennenzulernen, und da habe sich dieser Aufenthalt in Montreal angeboten. Als daraufhin niemand etwas sagt, wirft er einen Blick auf die Flasche Wein, die Jennifer in der Hand hält.

«Ein Bordeaux? Ist das nicht ein bisschen zu … gewöhnlich für diesen Anlass? Also, für die Vorspeise können wir ihn nehmen, aber für den Hauptgang habe ich eine von meinen Flaschen mitgebracht.» Mit geschwellter Brust erklärt er: «Ich habe mir gedacht, deine Mutter würde sicher gern einmal den Wein probieren, den ich herstelle …»

Er beugt sich zu Maxime vor und streckt ihm freundschaftlich die Hand entgegen. «Und du vielleicht auch.»

Jennifer, die noch immer unter Schock steht, beobachtet die Begrüßung und wendet sich dann ihrer Mutter zu: «Hast du ihn eingeladen?», fragt sie vorwurfsvoll.

«Natürlich!» Ihre Augen strahlen. «Aber keine Sorge, Bruno hat mir versichert, dass er kein Problem mit Max hat …»

«Ganz sicher sogar nicht», bekräftigt Bruno und sieht Maxime tief in die Augen. «Wir sind uns schon begegnet, und er weiß, dass ich in keinerlei Hinsicht eine Bedrohung für ihn darstelle, stimmt's?»

«Ähm … ja, klar», stammelt Maxime und fährt sich verlegen durch die Haare.

«Gut! Dann können wir ja jetzt mit dem Essen anfangen», ruft Jennifers Mutter und klatscht in die Hände, um deutlich zu machen, dass das Thema ihrer Meinung nach damit ausdiskutiert ist. «Es ist schon seit zwanzig Minuten alles fertig. Rémi ist das Warten auch leid.»

Jennifer sagt nichts zu dieser Spitze, auch wenn ihr bei der Vorstellung, den Abend mit Bruno und ihrem Stiefvater verbringen zu müssen, die Lust an diesem Essen gründlich vergangen ist. Entsprechend rührt sie sich nicht vom Fleck, bis nur noch Maxime und sie im Flur stehen. «Komm, wir gehen», verkündet sie und will ihn mit sich Richtung Tür ziehen.

Doch er hält sie zurück und drückt sie sanft an sich. «Moment, Moment! Jetzt beruhigen wir uns erst mal. Du bist hier zu Hause. Das ist dein Terrain, mein Schatz! Du siehst doch genau, was seine Strategie ist.»

«Ja! Mich wahnsinnig machen!», faucht sie und zwingt sich, leiser weiterzusprechen. «Aber warum muss er ausgerechnet bei meiner Mutter auftauchen?» Sie hätte keine Skrupel, jetzt einen Riesenaufstand zu machen, um Bruno zu zeigen, wie sehr sie seine Anwesenheit nervt. Doch Maxime hat recht, diesen Gefallen will sie ihm nicht tun, weshalb sie sich bemüht, ihre Wut in Schach zu halten.

Maxime grinst verschwörerisch: «Du wirst ihm nicht das Feld überlassen. Bleib ganz ruhig und mach dir einen netten Abend. Für ihn ist das alles doch nur ein Spiel …»

Jennifer seufzt tief und gewinnt langsam die Fassung wieder. Natürlich ist sie sich dessen bewusst, das Problem ist nur, dass Bruno das Spiel in *ihrer* Welt spielt: mit ihrem Freund, ihren Angestellten und ihrer Familie … Es ist ihr komplettes Leben, das er auf den Kopf stellt!

Maxime bleibt hartnäckig, versucht sie zu stärken, sagt, sie solle es als Herausforderung sehen und sich nicht von ihrer Wut beherrschen lassen. Wenn sie jetzt abhaut, würde sie Bruno das Feld überlassen, womit er die Schlacht für sich entschieden hätte.

Sie nickt zu alldem, während sie sich die Situation gleich am Tisch ausmalt, was die Wut in ihr sofort wieder auflodern lässt. Doch sie muss stark sein, sie muss Bruno zeigen, dass sie es mit ihm aufnehmen kann. Also zwingt sie sich, ein strahlendes Lächeln aufzusetzen. «Du hast recht», sagt sie. «Ich werde ihm zeigen, aus welchem Holz ich geschnitzt bin.» Denn im Grunde ihres Herzens will sie nur eins: Bruno de Verteuil als Trottel dastehen lassen.

Es ist das wahrscheinlich seltsamste Essen, das Jennifer je erlebt hat: links neben sich ihr Noch-Ehemann, rechts ihr Freund und auf der anderen Seite ihre Mutter mit ihrem Stiefvater Rémi, zu dem sie keine Beziehung hat und der kaum den Blick vom Teller hebt. Die meiste Zeit redet Bruno, animiert von Fragen, die Jennifers Mutter stellt. Er erzählt, wie seine Familie Anfang des 20. Jahrhunderts aus Frankreich nach Spanien kam. Sein Großvater hat sich in das Dorf Esclanyà, und vor allem in den hügeligen Landstrich, verliebt, auf dem Jahre später das Weingut «Le Domaine de Verteuil» entstehen sollte. Er berichtet von seiner Herkunft, die dem Großvater so wichtig war, dass er all seinen Kindern und Enkelkindern eine «französische» Erziehung ermöglichte. Nicht nur die französische Sprache, auch die Kultur ihrer Vorfahren sollten ihnen vermittelt werden.

«Das ist sehr achtsam von ihm.» Jennifers Mutter ist von Brunos Geschichte sichtlich gerührt.

Jennifer, die das alles nicht zum ersten Mal hört, konzentriert sich unterdessen auf ihre Vorspeise und macht keinen Hehl daraus, dass sie keine Lust hat zuzuhören. Wie sehr sie die zahlreichen Einzelheiten langweilen, die er nicht müde wird, haarklein auszuführen, bringt sie zum Ausdruck, indem sie mehrmals laut seufzt.

Bruno scheint das sehr wohl zu registrieren. Er trinkt einen großen Schluck von dem Wein, den Jennifer mitgebracht hat, und nutzt dann die Gelegenheit, sich genüsslich über dessen Schwächen auszulassen. «Also, den Geschmack des Lachses bringt er überhaupt nicht zur Geltung. Ein trockener Weißer hätte viel besser gepasst», erklärt er und verzieht den Mund.

«Tut mir leid, wenn dir mein amerikanischer Geschmackssinn nicht passt», erwidert Jennifer frostig, «aber falls es dich überhaupt interessiert, der Wein war ja auch für den Hauptgang gedacht. Egal, wenn der Wein dir so missfällt, trinke ich ihn eben!»

Ohne eine Antwort abzuwarten, greift sie nach der Flasche und schenkt sich großzügig nach. «Wollt ihr auch noch?», fragt sie die anderen am Tisch, doch nur Maxime hält ihr sein Glas hin.

Jennifer schenkt ihm ein und kippt dann auch noch den letzten Rest der Flasche in ihr Glas.

«Langsam, du musst noch fahren», tadelt ihre Mutter zaghaft.

«Keine Sorge, nach diesem Glas höre ich auf. Von dem anderen Wein wollte ich sowieso nichts. Den kenne ich schon. Und ich mag ihn nicht besonders.»

«Wie schlecht du lügst», kontert Bruno sofort. «Damals hast du diesen Wein geliebt …»

Jennifer schweigt lieber, weil sie befürchtet, sonst die Fassung zu verlieren. Sie isst erst noch den Lachs zu Ende, bevor sie Bruno mit einem aufgesetzten Lächeln antwortet: «Ich habe doch von Wein gar keine Ahnung, erinnerst du dich nicht? Ich habe sowieso von überhaupt nichts eine Ahnung.»

«Dabei war der hier wirklich teuer», meldet sich Maxime zu Wort und hebt sein Glas Bordeaux an die Lippen.

«Der Preis ist absolut kein Entscheidungskriterium. Hierzulande noch weniger», doziert Bruno sichtlich pikiert. «Was zählt, ist einzig und allein die gelungene Vermählung der Aromen!»

«Tja, und mit gelungenen Vermählungen kennst du dich ja aus», ruft Jennifer und hebt ihr Glas in Richtung Bruno.

«Jennifer!» Ihre Mutter schlägt mit der Faust auf die Tischkante, dass das Geschirr klappert.

Doch Jennifer weiß sich zu rechtfertigen: «Was ist, Maman? Du kannst nicht behaupten, dass das ein schlechter Witz war. Seit vorgestern liegt er mir wegen unserer Scheidung in den Ohren, und jetzt fachsimpelt er hier über *gelungene Vermählungen*!»

Verstohlen schielt ihre Mutter zu Bruno, um zu sehen, wie er reagiert.

«Sie hat recht», beeilt sich dieser, ihr beizupflichten. «Wenn es eine Vermählung gibt, für die ich Talent habe, dann ist es die perfekte Harmonie von Speisen und Wein. Und nehmen Sie unsere kleinen Kabbeleien bitte nicht zu ernst, das sind nur Neckereien unter Eheleuten, nicht wahr, mon chérie?»

Mit leuchtenden Augen sieht er Jennifer an und scheint dieses Duell der Andeutungen richtig zu genießen. Sie nickt und hält seinem Blick stand. Insgesamt schlägt sie sich besser als gedacht. Zufrieden schiebt sie das Glas von sich weg: «Stimmt, und als Beweis werde ich sogar aufhören, diesen dreifach goldprämierten Bordeaux zu sechsundzwanzig Dollar die Flasche zu trinken, um doch noch von dem besonderen Tropfen kosten zu können, den du uns freundlicherweise extra aus Europa mitgebracht hast.»

«Diese Auszeichnungen gibt es nur für französische Weine, Jen. In Spanien ist mein Wein vielfach prämiert worden.»

«Ach, das weiß ich doch. Das war gar nicht negativ gemeint», lügt sie ihm dreist ins Gesicht.

Bruno schiebt sein Glas ebenfalls von sich weg, mehr aus Ärger denn aus Geschmacksgründen. Ihm wäre es lieber gewesen, Jennifer hätte einen nicht so hochwertigen Wein mitgebracht. Insgeheim muss er zugeben, dass sie eine ziemlich gute Wahl getroffen hat, und das, obwohl in Amerika zwischen guter und schlechter Qualität oft kaum unterschieden wird.

Jennifer verkneift sich ein stolzes Grinsen und beglückwünscht sich stattdessen im Stillen. Sie hat Bruno nicht nur verunsichert, sie hat ihn auch noch an einem neuralgischen Punkt erwischt: beim Wein. Warum war ihr das nicht eher eingefallen?

Während Bruno neue Gläser aus der Vitrine holt und sich eine kleine Menge seines bereits dekantierten Weins zum Probieren einschenkt, macht sich Jennifer Gedanken über ihre weitere Strategie. Und da er den Vorgang regelrecht zelebriert und ausgiebig an dem Glas riecht, bevor er davon trinkt, bleibt ihr viel Zeit dafür.

Schließlich greift Bruno zufrieden nach der Flasche und zeigt Jennifer das Etikett, bevor er ihr eine kleine Menge serviert. Ungeniert beobachtet er, wie sie das Glas in die Hand nimmt. Sie macht es genau so, wie sie es vor Jahren von ihm gelernt hat. Sie schließt die Augen und atmet das Bouquet ein, bevor sie das Glas an die Lippen führt und den dunkelroten Wein in den Mund nimmt, wo sich eine kurze, heiße Explosion ereignet und der Schluck dann die

Kehle hinunterrinnt. Schade, sie hätte gern noch ein bisschen mehr getrunken, stattdessen stellt sie das Glas ab und hebt den Kopf: «Der hat wirklich ein schönes Volumen, mehr, als ich in Erinnerung hatte, das muss ich zugeben. Er ist vollmundig, ein bisschen fruchtig, kräftig, aber für meinen Geschmack ein klein wenig holzig. Vielleicht durch den Transport. Oder man hätte ihn ein bisschen länger atmen lassen sollen?»

Bruno ist vor allem überrascht, wie fachkundig Jennifer seinen Wein beschrieben hat, auch wenn ihn ihr Urteil einigermaßen sprachlos macht. Einen Moment lang starrt er nur auf die Flasche, dann greift er abermals zu seinem Glas, um einen Schluck zu nehmen und ihre Kritik zu überprüfen. Doch sobald sich das Aroma in seinem Mund ausgebreitet hat, sieht er sie spöttisch an. «Verstehe … Ich nehme an, zu einem positiveren Kommentar konntest du dich nicht durchringen, wenn es um mich geht. Da du mich nicht kränken kannst, kritisierst du eben meinen Wein. Wie praktisch …»

«Du hast mich nach meiner Meinung gefragt, dann kriegst du sie auch», verteidigt sie sich und setzt eine Unschuldsmiene auf. «Wenn es dich nicht interessiert, hättest du mich gar nicht erst probieren lassen sollen. Ich habe dir doch gesagt, dass sich mein Geschmack verändert hat.»

Beleidigt schiebt Bruno ihr das Glas mit dem Bordeaux wieder hin und brummt: «Dann trink eben deinen Fusel hier.»

«Wenn du meinst …» Sie versucht, locker zu klingen, auch wenn er sie behandelt wie ein kleines Mädchen, das eine Dummheit begangen hat. Doch sie schluckt ihren Ärger runter und greift nach dem ersten Glas.

Auch die anderen probieren Brunos Wein und loben ihn entsprechend.

«Siehst du?», knurrt er und sieht sie an. «Der Wein ist exzellent.»

«Ich habe nur eine winzig kleine Anmerkung gemacht», stöhnt sie, «und kriege sofort einen auf die Finger. Kein Wunder, dass dir jetzt alle nach dem Mund reden.»

«Aber der Wein ist hervorragend!»

Dieses Mal verkneift sich Jennifer ihr Grinsen nicht. Ganz offensichtlich hat ihr Kommentar Bruno mehr verärgert, als sie zu hoffen gewagt hatte. Eigentlich war es sogar ziemlich einfach, ihn zu provozieren. Zu einfach vielleicht.

Dennoch zwingt sie sich angesichts des missbilligenden Blicks ihrer Mutter, einen freundlicheren Ton anzuschlagen: «Du hast recht, er ist hervorragend. Besser?» Ohne die Antwort abzuwarten, trinkt sie einen großen Schluck von dem Bordeaux, was die soeben gesagten Worte hohl klingen lässt.

«Vor lauter Aufregung habe ich ganz vergessen, dass ich euch eine Neuigkeit zu verkünden habe», wechselt sie gewollt fröhlich das Thema. «Ich werde nächstes Frühjahr eine Fotoausstellung in New York kuratieren.»

Alle gratulieren – bis auf Bruno natürlich. Jennifer verspürt dennoch einen gewissen Triumph. Sie hat ihn gerade auf ganzer Linie fertiggemacht. Aber war er nicht selbst schuld? Immerhin ist er in ihre Welt eingedrungen und hat unverschämte Forderungen gestellt!

Als das Thema Fotoausstellung erschöpft ist und Anne den Hauptgang serviert, auf den sich alle sofort stürzen, ergreift Bruno schließlich wieder das Wort: «Vielleicht habe ich ein schlechtes Gedächtnis, aber … ich erinnere mich an eine Frau, die selbst Fotografin werden und nicht nur die Ausstellungen anderer kuratieren wollte, oder täusche ich mich da?»

Kurz ist Jennifer sprachlos, nicht, weil er sich noch daran erinnert, sondern, weil er etwas angesprochen hat, das tatsächlich noch an ihr nagt. Sie hat damals ihren Traum beiseitegeschoben, um Sergio zu helfen, die Agentur aufzubauen. «Ich kann mich nicht beschweren», verteidigt sie sich. «Unsere Agentur *Zone X* gewinnt regelmäßig Preise. Seit drei Jahren ziehen wir die größten Etats an Land und lassen die renommiertesten Kreativen für uns arbeiten. Und so eine Ausstellung zu kuratieren ist eine Art, andere dazu zu ermutigen, ihre Träume zu verwirklichen.»

«Und deine eigenen Träume, was ist aus denen geworden?», hakt er nach.

«Das würde ich auch gern mal wissen», schaltet sich Jennifers Mutter mit vorwurfsvollem Blick ein.

Sofort ärgert sich Jennifer, die Ausstellung überhaupt erwähnt zu haben. Ihr hätte klar sein müssen, dass Bruno grundsätzlich die Konfrontation sucht – und bei diesem Thema natürlich besonders.

«Manche Jugendträume lösen sich eben in Luft auf, wenn man erst einmal erwachsen ist», antwortet sie schließlich. «Ich habe früher ja auch mal gezeichnet und gemalt. Sogar einige Skulpturen habe ich gemacht. Das bedeutet aber noch lange nicht, dass ich begabt genug war, um damit mein Geld zu verdienen.»

«Aber du wolltest eigentlich immer Fotografin werden», beharrt ihre Mutter.

«Und du warst eine sehr begabte Fotografin», bekräftigt Bruno.

Jennifer sieht ihn erstaunt an. Mit einem Kompliment von seiner Seite hatte sie in diesem Moment nicht gerechnet. Doch noch bevor sie darauf reagieren kann, steht er auf und entschuldigt sich, um eilig den Raum zu verlassen.

Eine unbehagliche Stille breitet sich am Tisch aus.

Wenig später kehrt Bruno mit einem Stapel Fotos zurück, die er zwischen Jennifers Mutter und Maxime legt. «Das sind Bilder, die sie während ihrer Zeit in Spanien gemacht hat. Einige sind eher gewöhnlich, aber die meisten bringen die Schönheit der Landschaft auf ganz besondere Weise zum Ausdruck. Das kann man nur neidlos anerkennen.»

Jennifers Mutter nimmt den Stapel in die Hand, schaut sich interessiert die Fotos an und nickt mehrmals.

Als sie ein Bild ausgiebiger als die anderen betrachtet, beginnt Bruno, der noch immer hinter ihr steht, zu lächeln. «Das hat sie von meinem Salon aus aufgenommen. Haben Sie die Farben bemerkt? Ich glaube, Jen hat eine Dreiviertelstunde gewartet, bis das Licht genau richtig war. Und natürlich besaß sie damals nur eine analoge Kamera, was es noch unglaublicher macht, oder?»

«In der Tat, die Aufnahme ist wunderschön.»

Jennifer rutscht unruhig auf dem Stuhl herum, da sie nicht weiß, von welchem Bild sie sprechen. Die Situation wird noch unangenehmer, als sich Maxime und Rémi zu ihrer Mutter hinüberbeugen und die vier sich weiter über das Foto unterhalten, als wäre sie gar nicht anwesend.

«Kann ich auch mal sehen?», platzt es schließlich aus ihr heraus.

Ihre Mutter dreht das Bild um, doch aus der Entfernung

kann Jennifer nicht viel erkennen, weshalb sie sich ausstreckt, um es ihr aus der Hand zu nehmen. Jetzt sieht sie es: das Meer und das Dorf Esclanyà im sanften Hellblau der Morgendämmerung, die bereits mit einem leichten Orangerot versetzt ist. Sogleich werden die Erinnerungen wach, auch an all das, was nicht darauf zu sehen, aber doch damit verbunden ist. Sie erinnert sich sogar, worüber sie an jenem Morgen mit Bruno im Schlafzimmer geredet hat, nachdem sie sich in der Nacht geliebt hatten. Sie weiß noch genau, wie sie diesen zauberhaften Ort und dieses besondere Licht unbedingt festhalten wollte. *«Ein perfekter Moment»*, hatte sie damals gesagt. Plötzlich wird Jennifer allerdings auch noch etwas anderes bewusst: «Ich habe dieses Bild noch nie gesehen», stellt sie verwundert fest.

«Das stimmt, du hast es noch nie gesehen, aber fotografiert hast du es trotzdem», erwidert Bruno.

Jennifer sieht ihn skeptisch an. Möglich wäre es jedoch. Sie war damals quasi von der Domaine de Verteuil geflüchtet und hatte nichts mitnehmen wollen, was sie an die Zeit dort erinnern könnte. Fotos, den Ring – alles hatte sie dort gelassen, als sie nach Montreal zurückgekehrt war.

Während sie jetzt gedankenverloren die Bilder durchschaut, versucht sie ungerührt zu wirken, aber etwas ist sonderbar. Es sind ausschließlich Landschaftsaufnahmen und kein einziges Bild von Bruno und ihr selbst. Gab es sie nicht mehr?

«Niemand hat je so schöne Fotos von Esclanyà gemacht», fährt er mit sanfter Stimme fort. «Und von Begur sind auch einige schöne dabei, hast du gesehen?»

Anstatt darauf zu antworten, sieht sie ihn fragend an: «Hast du meinen Film entwickeln lassen?»

«Deine Filme. Es waren zwei», verbessert er sie.

«Okay, aber … warum?»

«Warum?» Er wirkt ein wenig überrascht, sich dafür vor allen rechtfertigen zu müssen.

«Ich finde nicht, dass dieses Foto so genial ist. Man könnte so ein Bild fast jeden Tag machen. Man muss nur früh genug aufstehen und sich ans Fenster setzen!»

«Du glaubst also, ich hätte es nicht versucht?» Er zuckt mit den Schultern. «Ach, lassen wir's. Darüber wollte ich heute Abend gar nicht sprechen. Ich habe nur gedacht, es würde dich vielleicht freuen, diese Bilder nach all den Jahren zu sehen …»

«Das war eine sehr gute Idee», versichert ihm Jennifers Mutter. «Und es beweist, dass Sie bei einer Sache goldrichtig liegen: Jennifer war begabt und hat ihr Talent verschenkt.»

«Ich habe überhaupt nichts verschenkt», protestiert Jennifer. «Ich kann immer noch gut fotografieren.» Sie legt die Bilder neben sich auf den Tisch, zögert aber, sie Bruno zurückzugeben. Streng genommen gehören sie ja ihr. Um die Diskussion zu beenden, wendet sie sich wieder ihrem Essen zu, stellt allerdings fest, dass sie gar keinen Appetit mehr hat, weil immer mehr Erinnerungen hochkommen.

Bruno nimmt den Stapel an sich, wählt einige Fotos aus und reicht sie Jennifers Mutter: «Das ist die Domaine de Verteuil. In der Ferne sieht man die Weinberge. Und hier, direkt vor dem Haus, das ist der Olivenhain. Leider habe ich nicht daran gedacht, eine Flasche Öl mitzubringen. Schade, es ist nämlich sehr gut.»

«Die Landschaft ist wirklich traumhaft», versichert Jennifers Mutter. «Und so weitläufig!»

«Ja, sehr», bestätigt er und klingt wieder heiterer. «Zumal wir vor drei Jahren noch mehr Land hinzugekauft haben. Aber vor allem die Lage ist einzigartig, mit Blick auf das Dorf und das Meer. Einfach phantastisch, aber natürlich bin ich nicht objektiv, wie Sie sich denken können. Jen würde sagen, es ist ziemlich abgelegen, von jeglicher Zivilisation weit entfernt, aber … Es ist mein Zuhause.» Er lächelt. Vor aufmerksamen Zuhörern von seinem Weingut zu schwärmen macht ihm sichtbar Spaß. Als er jedoch Jennifers Blick spürt, fürchtet er, dass sie gleich wieder dagegenhalten wird, um ihm eins auszuwischen. Deshalb fügt er schnell hinzu: «Du kannst sagen, was du willst, Jen, deine Fotos sprechen für sich!»

«Ich habe doch gar nichts gesagt», erwidert sie, überrascht, wie defensiv er klingt.

«Na ja, aber ich weiß, dass du nicht gern dort gelebt hast.»

«Trotzdem ist es ein schönes Fleckchen Erde», gibt sie zu. «Nur: Für mich ist es dort nichts, das ist alles.»

In dem Moment meldet sich Jennifers Stiefvater zu Wort, der seine Mahlzeit vor allen anderen beendet hat. «Das hättest du dir vielleicht überlegen sollen, bevor du den Kerl geheiratet hast», poltert er.

Jennifer wirft ihm einen finsteren Blick zu, der ihm unzweifelhaft zu verstehen gibt, dass er besser geschwiegen hätte, als derartige Dummheiten von sich zu geben.

«Rémi hat recht.» Natürlich unterstützt ihre Mutter ihn auch noch. «Wenn du damals ein bisschen mehr überlegt hättest, wärst du jetzt nicht in dieser Situation.»

«Na super, es ist mal wieder so weit», murmelt Jennifer genervt und trinkt einen großen Schluck von ihrem Wein.

«Anscheinend bin ich die Einzige in dieser Familie, die Fehler macht.»

Da sie unbedingt vermeiden will, sich vor Bruno mit ihrer Mutter zu streiten, schiebt sie ihren Teller zurück und will sich gerade erheben, als Bruno unvermittelt seine Hand auf ihre legt: «Jen, das ist doch nicht so schlimm. Kein Grund, sich aufzuregen.»

«Ganz im Gegenteil», erklärt sie aufbrausend, «wenn es um meine Fehler geht, ist es immer schlimm. Meine Mutter ist der Meinung, ich hätte in jenem Sommer gar nicht erst wegfahren dürfen. Dann hätte ich dich nicht geheiratet und wäre anschließend auch nicht überstürzt abgereist – was irgendwie widersprüchlich ist, wenn man darüber nachdenkt. Aber das ist noch nicht alles: Ich hätte auch nicht die Agentur mit Sergio eröffnen dürfen, geschweige denn mein Leben so leben dürfen, wie ich es tue. Dabei habe ich eine superschöne Wohnung, eine gutlaufende Firma, ein Leben, das ich liebe, und einen wunderbaren Freund, aber das ist ihr nicht genug. Es ist nie genug.»

«Jennifer!» Ihre Mutter funkelt sie böse an, warnend und mahnend zugleich.

Bruno geht ihr Verhalten erstaunlich nah. Vielleicht, weil er die Mutter gerade ähnlich temperamentvoll erlebt wie die Tochter, die er einst so geliebt hat. Offenbar hat Anne diese Eigenschaft vererbt.

Jennifer erhebt sich unterdessen seufzend und sieht ihre Mutter herausfordernd an. «Sag's schon, Maman! Dafür ist Bruno ja gekommen: dass du mich vor ihm runtermachst. Tu ihm also den Gefallen.» Ohne ihre Mutter aus den Augen zu lassen, wartet sie auf eine harsche Reaktion. Was könnte sie ihr schon vorwerfen, was Jennifer nicht bereits gehört hat? Dass sie zu oft aus einer Laune heraus handelt, dass es ihrem Leben an Ernsthaftigkeit mangelt, dass man nicht alles um die Arbeit herum organisiert und dass sie in ihrem Alter längst verheiratet sein, ein solides Leben führen und zwei Kinder haben sollte? Die Leier kennt sie auswendig. Sie könnte sie selbst aufsagen, wenn ihre Mutter es von ihr verlangen würde.

Stattdessen herrscht Stille im Raum.

Bis es Jennifer schließlich reicht. «Gut, das Essen war köstlich. Danke und schönen Abend noch», sagt sie trocken und verlässt den Tisch.

Doch sie ist noch nicht an der Tür, als ihre Mutter mit strengem Ton fordert: «Jennifer, komm sofort zurück! Wie kannst du vor unserem Gast so eine Szene machen?»

Jennifer lacht verbittert, dreht sich um und sieht ihre Mutter mit höhnischem Blick an: «Unserem Gast? Nein, Mama, er ist ein Fremder, den du nur eingeladen hast, weil wir vor acht Jahren mal was miteinander hatten. Und das, obwohl du wusstest, dass Max auch da sein würde!»

«Meine liebe Tochter, was du da sagst, ist sehr unhöflich», ereifert sich ihre Mutter mit angespannter Miene. «Und ob es deinem derzeitigen Freund gefällt oder nicht, du bist immerhin noch mit Bruno verheiratet!»

«Meinem *derzeitigen* Freund? Ich fass es nicht! Max und ich sind seit fast einem Jahr zusammen!»

Mit einem höflichen Lächeln wendet sich Jennifers Mutter an Maxime: «Verstehen Sie mich nicht falsch, aber seit Sie mit ihr zusammen sind, hat meine Tochter trotzdem nur ihre Arbeit im Kopf. Ich glaube nicht, dass Sie der Richtige für sie sind. Ich –»

«Das darf doch nicht wahr sein!», schimpft Jennifer.

«Merkst du überhaupt, was du da redest?» Sie stellt sich zwischen Maxime und ihre Mutter, damit diese ihr zuhört. «Mit welchem Recht beurteilst du, was gut für mich ist, wenn du doch dein ganzes Leben Papas Dummerchen vom Dienst gewesen bist!»

«Genau aus dem Grund! Deshalb erlaube ich mir, dir die Wahrheit ins Gesicht zu sagen! Du glaubst, ich weiß nicht, was es bedeutet, zwanzig Jahre lang mit dem Wissen zu leben, den falschen Weg gegangen zu sein? Du kannst sagen, was du willst: Du bist genau wie er! Immer auf der Suche nach etwas anderem und nur mit irgendwelchen unwichtigen Dingen beschäftigt!»

Jennifer verkneift sich die Worte, die ihr auf der Zunge brennen, damit die Situation nicht noch weiter eskaliert. So schwer es ihr auch fällt, sie versucht einigermaßen souverän zu wirken, als sie sich zu Bruno umdreht und mit sarkastischem Tonfall sagt: «Ich hoffe, du hast dich heute Abend gut unterhalten. Und hast gekriegt, was du wolltest …»

«Jenny!»

Ohne auf ihre Mutter einzugehen, dreht sie sich zu Maxime um. «Kommst du?»

Maxime bleibt nur wenig Zeit, sich zu erheben und schnell zu stammeln: «Schönen Abend noch.» Denn Jennifer greift bereits im Flur nach ihrem Mantel, um das kleine Vorstadthaus eilig zu verlassen. Aus der Ferne hört sie noch, wie sich ihre Mutter immer wieder bei Bruno entschuldigt.

Nachdem Maxime in den Wagen gestiegen ist, tritt Jennifer sofort aufs Gaspedal.

«Warum bist du gerade so ausgeflippt?», will er wissen.

«Warum?» Sie kann es nicht fassen. «Allein, was meine Mutter über dich gesagt hat! Hast du das nicht gehört?»

«Aber es ist mir total egal, was deine Mutter über mich denkt. Und wenn ich mich nicht täusche, macht sie dir diese Vorwürfe nicht zum ersten Mal. Deine Mutter kann behaupten, was sie will. Ich meine, was weiß sie schon über unsere Beziehung? Ich habe sie heute erst zum dritten Mal gesehen.»

«Aber muss sie mir die Vorwürfe vor *ihm* machen?»

«Na und? Du musst diesem Kerl doch nichts beweisen.»

Jennifer fährt jetzt nicht mehr ganz so schnell – ein Zeichen, dass sie ein wenig ruhiger wird und nachdenkt. Genervt ist sie aber immer noch: «Wenn ich nur daran denke, dass er noch ganze zwei Tage da ist!»

«Jenny, hör zu, ich weiß, dass es mich nichts angeht, aber … vielleicht solltest du seinem Vorschlag zustimmen.» Bevor sie darauf reagieren kann, dreht sich Maxime zur Seite, um sie besser ansehen zu können, und erklärt: «Sieh doch den Tatsachen ins Auge: Du hast mit dieser Ehe nichts mehr zu schaffen, ihr werdet kein Paar mehr. Aber solange wir nicht verlobt sind, wird deine Mutter nicht einsehen, dass ich dir wichtig bin. Man könnte also zwei Fliegen mit einer Klappe schlagen. Was meinst du?»

«Bist du vollkommen verrückt geworden?» Fassungslos sieht Jennifer ihn an, mehrfach, bis sie sich schließlich wieder ganz auf die Straße konzentriert. An der nächsten Ausfahrt fährt sie ab und hält an einer Tankstelle.

«Ich sehe doch, wie dich die Sache nervt», versucht Maxime es erneut. «Wenn du geschieden wärst, könntest du das alles abhaken und nach vorn schauen.»

«Aber ich habe nicht vor, mich von diesem Kerl erpressen zu lassen! Wieso verstehst du das nicht? Du solltest mir, mehr als jeder andere, zur Seite stehen!»

«Aber ich steh dir doch zur Seite», verteidigt er sich. «Das ändert aber nichts daran, dass du mit *mir* verheiratet sein solltest! Ich meine, wir sind lange genug zusammen, um wenigstens mal darüber nachzudenken. Letztlich ist das hier eine Gelegenheit, die sich uns bietet: Du wirst deinen Ehemann los und bringst deine Mutter zum Schweigen. Davon haben doch alle was!»

«O Mann, du verstehst es einfach nicht: Du verlangst von mir, dass ich ihn gewinnen lasse!»

Maxime schnallt sich ab und beugt sich zu ihr, bis sie sich an der Stirn berühren. «Ist mir doch egal, ob er gewinnt», sagt er sanft. «Das ist für mich kein Spiel. Ich liebe dich.»

Er küsst sie leidenschaftlich und fragt dann: «Willst du mich heiraten? Ich verspreche dir auch, dass die Ehe länger als zwei Monate hält. Und dass ich bei der Scheidung keinen Ärger mache …»

Jennifer weicht zurück, dreht den Kopf zur Seite und blickt mit einem schalen Geschmack im Mund ins Leere. Macht er sich über sie lustig? Wie kann Maxime ihr nur auf diese Art einen Heiratsantrag machen? Nein! Sie wird ihre Meinung nicht ändern.

«Jenny, ich habe dir eine Frage gestellt …»

Seufzend blickt sie ihn an. «Du verstehst es nicht. Ich kann nicht.»

«Aber ich liebe dich! Ich möchte mein Leben mit dir verbringen! Das alles hat mir lediglich den Mut gegeben, es endlich auszusprechen!»

Erschöpft kreuzt Jennifer die Arme auf dem Lenkrad und legt den Kopf darauf. Wie hat Bruno es nur geschafft, innerhalb von weniger als zwei Tagen ihr ganzes Leben über den Haufen zu werfen?

«Willst du mich nicht heiraten?», fragt Maxime besorgt.

Jennifer hebt den Kopf. «Aber das hat doch alles gar nichts mit dir zu tun», brummt sie genervt. «Alles, was ich will, ist, dass dieser Blödmann aus meinem Leben verschwindet! Und nach dem, was heute Abend passiert ist, habe ich sicher nicht vor, ihm noch irgendeinen Gefallen zu tun.»

«Du räumst ihm zu viel Bedeutung ein. Du solltest –»

«Ich sollte nach Hause fahren und ein entspannendes Bad nehmen», unterbricht sie ihn. Wieso scheinen alle immer zu wissen, was sie tun oder lassen sollte. Jennifer will im Moment nur noch allein sein.

Sie startet den Wagen erneut und fährt mit Vollgas an, ohne Maximes Proteste zu beachten. Wenig später setzt sie den Blinker an der Abzweigung zu seiner Straße, um ihn nach Hause zu bringen, anstatt ihn mit zu sich zu nehmen. Und als sie vor seinem Wohnhaus stehen bleibt, stellt sie den Motor nicht ab, weil sie so schnell wie möglich weiterfahren will.

«Jenny …»

«Gib mir einfach ein bisschen Zeit, okay? Geh nach Hause, ich melde mich.»

Er seufzt laut, rührt sich aber nicht vom Fleck, weil er offensichtlich noch nicht bereit ist, das Gespräch zu beenden.

Nachdem sie beide eine Weile geschwiegen haben, versucht sie es noch einmal: «Hör zu, es hat keinen Zweck, jetzt weiter darüber zu reden. Ich bin viel zu gereizt, um über irgendetwas nachzudenken.»

«Gut … okay.»

Trotz ihrer Auseinandersetzung verabschiedet sie Maxime noch mit einem Kuss. Sobald er ausgestiegen ist, fährt Jennifer zügig los. Sie ist froh, endlich allein zu sein, um ihrem Zorn freien Lauf zu lassen.

Kapitel 4

Es ist dreiundzwanzig Uhr, und Jennifer ist es nicht gelungen, auch nur einen sinnvollen Gedanken zu fassen, seit sie wieder zu Hause ist. Sie ist nicht einmal in der Lage, ihre Termine für die nächsten beiden Tage zu organisieren, weil sie befürchtet, dass Bruno auftauchen könnte. Sollte sie lieber alles absagen? Bei Maxime übernachten? Die Stadt verlassen, um seine Pläne zu durchkreuzen? Kommt gar nicht in Frage! Schließlich befindet er sich auf ihrem Territorium. Da darf und wird sie nicht weichen!

Sie überlegt, ob ein vorgetäuschter Waffenstillstand etwas bringen würde, um zumindest bis zu Brunos Abreise Ruhe zu haben. Das Problem ist allerdings, dass er, dickköpfig, wie er ist, seinen Aufenthalt wahrscheinlich einfach verlängern würde, um seine Überlegenheit zu demonstrieren.

Jennifer steht im Wohnzimmer am Fenster und seufzt. Montreal mag ihr Territorium sein, doch das macht es nur noch schwieriger, etwas gegen Bruno auszurichten, denn alles, was ihm etwas bedeutet, befindet sich in Katalonien: seine Weinberge, sein Gut, seine Familie und – unbekannterweise – diese Emma. Er hat nur ein Ziel, und das ist die Scheidung, aber wie weit würde er gehen, um es zu erreichen?

In der Wohnung ist es so still, dass Jennifer zusammenfährt, als es plötzlich an der Tür klingelt. Ob es Maxime ist, der weiter übers Heiraten reden will, obwohl sie im Moment doch wirklich andere Dinge im Kopf hat?

Es ist Bruno.

Ohne zu zögern, schlägt Jennifer ihm die Tür vor der Nase zu. Doch er reagiert blitzschnell und fängt sie ab. «Jen, warte! Ich bin gekommen, um mich zu entschuldigen.»

«Sicher», ruft sie verächtlich und versucht noch einmal, die Tür zuzudrücken.

«Ich schwöre, wirklich! Zugegeben, mit dem Besuch bei deiner Mutter wollte ich dich provozieren, aber ich hätte nie gedacht, dass ihr beiden euch derart hochschaukeln würdet. Ich meine … Ich habe sie ja heute zum ersten Mal gesehen … und die Situation ganz offensichtlich falsch eingeschätzt. Das war nicht zu ahnen.»

Jennifer lässt die Tür los, lehnt sich gegen die Wand und sieht ihn mit frostigem Blick an. «Und? Ist das alles? Ich dachte, du bist gekommen, um dich zu entschuldigen. Aber wenn du glaubst, dass du mich so überreden kannst, mit dir nach Spanien zu kommen, dann –»

«Nein, das weiß ich selbst.» Seufzend senkt er den Kopf und fährt kleinlaut fort: «Wirklich, es tut mir sehr leid. Ich habe nicht nachgedacht, als ich deine Mutter angerufen habe. Aber nach dem, was heute Morgen in deinem Büro passiert ist, fühlte ich mich … provoziert.»

«Du hast es nicht einmal für nötig gehalten, mich zu fragen, ob ich Zeit habe und ob es passt.»

«Weil ich ja sicher auch sofort einen Termin bei dir bekommen hätte», kontert er.

Kurz lacht sie verbittert auf, aber dann gibt sie unumwunden zu: «Sicher nicht.»

«Siehst du? Was also muss ein Ehemann in diesem Land tun, damit ihm seine Frau mehr als fünf Minuten Aufmerksamkeit gewährt, kannst du mir das bitte sagen?» Er reckt die Hände zum Himmel.

Aber anstatt etwas zu erwidern, wechselt Jennifer schnell das Thema: «Ich würde gern wissen, woher du eigentlich so viel über mich weißt? Die Adresse meiner Mutter, ihre Telefonnummer und all das?»

Bruno lässt die Arme sinken und lächelt verhalten. Offenbar freut er sich, zumindest Jennifers Neugier geweckt zu haben. Während er an ihr vorbei in den Wohnungsflur blickt, stellt er eine Gegenfrage: «Willst du das wirklich hier ausdiskutieren?»

«Du glaubst doch wohl nicht, dass ich dich hereinbitte?»

«Warum denn nicht? Ich bin schließlich dein Mann.»

«Pah! Hör auf mit dem Mist!»

Er greift in die Tasche, die er über der Schulter trägt, und zieht eine Flasche des Weins von der Domaine de Verteuil hervor. Feierlich hält er sie Jennifer vor die Nase. «Und wenn wir bei einem Glas Wein darüber reden? Ich weiß, es ist nicht deine Lieblingssorte, aber es ist schon spät, und ich habe gerade keinen Bordeaux dabei …»

Zum ersten Mal an diesem Abend muss Jennifer lachen. Sie schüttelt den Kopf und öffnet dann die Tür, um ihn hereinzulassen.

Zufrieden, sie mit seinem Wein herumbekommen zu haben, tritt Bruno ein und folgt ihr in die Küche.

Mit verschränkten Armen lehnt sie sich an den Tisch und mustert Bruno, wie er seine Tasche abstellt und die Flasche auf der Anrichte platziert. Sie ertappt sich bei dem Gedanken, dass er nach wie vor ein durchaus attraktiver Mann ist.

«Also», sagt Jennifer schnell, «woher weißt du das alles über mich, meine Agentur, meine Mutter?»

«Ich ... habe dich einfach nie wirklich aus den Augen verloren», gesteht er. «Was es mit deiner Agentur auf sich hat, wusste ich bereits, bevor ich beschlossen habe herzukommen. Das Internet funktioniert ja auch in der alten Welt.» Er lächelt sie verschmitzt an. «Für den Rest habe ich einen Detektiv engagiert.»

Fassungslos sieht Jennifer ihn an.

Aber Bruno fährt gelassen fort: «So habe ich erfahren, wann du arbeitest, was du in deiner Freizeit so machst, wie dein Freund heißt, die Adresse deiner Eltern ... Solche Sachen eben.»

Offensichtlich hat er sich nicht spontan zu der Reise nach Montreal entschlossen, denkt Jennifer. Auch das überfallartige Erscheinen in ihrer Wohnung am Sonntag war wohl von langer Hand geplant. «Warum hast du nicht einfach angerufen? Das wäre doch ein bisschen einfacher gewesen.»

Er senkt den Kopf und gibt amüsiert zu: «Weil ich meine Zweifel hatte, ob du mit mir reden würdest. Aber ich bin nicht nur deinetwegen in Montreal, wenn es dich beruhigt. Ich bin auch gekommen, um meinen Wein hier zu präsentieren, damit er vielleicht bald in Quebec vertrieben werden kann.»

«Was auch die Frage beantwortet, wie du so viel von deinem Wein unter der Hand einführen konntest ...»

«Ja, die Klienten sind ganz schön dreist, das glaubst du nicht. Ich musste zwei Kisten meines köstlichen Rebsafts mitbringen!» Zärtlich streicht er mit den Fingerspitzen über die Flasche und gibt Jennifer mit einer Geste zu verstehen, dass er einen Korkenzieher braucht.

Bemüht lässig öffnet sie eine Schublade und reicht ihm den Korkenzieher. Dann holt sie zwei bauchige Gläser aus dem Schrank und stellt sie auf den Tisch.

Als Bruno weiterredet, ist er bereits dabei, die Flasche zu entkorken: «Morgen Vormittag treffe ich einen gewissen Monsieur Cormier vom Verband der Spirituosenindustrie. Was du gut finden dürftest, denn während ich dort bin, kann ich wenigstens nicht in deiner Agentur aufkreuzen.»

Jennifer beobachtet, wie er gekonnt den Korken herauszieht und den Wein einschenkt. Der Duft steigt ihr in die Nase, doch Bruno hält die Gläser noch fest und fragt neugierig: «Dein Kommentar zu dem Wein vorhin, der war nicht ernst gemeint, oder?»

«Inwiefern?»

«Dieser Tropfen ist wirklich hervorragend austariert», sagt er ernst. «Ich bin mir ziemlich sicher, du hast das mit dem holzig nur behauptet, um mich zu provozieren.»

Da sich das Bouquet des Weins weiter im Raum entfaltet und sie es kaum erwarten kann, davon zu trinken, gibt Jennifer schließlich klein bei, um das Thema zu beenden. «Na ja, ein bisschen übertrieben habe ich schon …»

Sie schnappt sich ein Glas und tritt damit sofort einen Schritt zurück, aus Sorge, Bruno könnte es ihr wieder aus der Hand nehmen. Während sie behutsam die Nase über den Wein hält und das Aroma einatmet, lächelt er. Dann hält sie es wirklich nicht mehr aus und trinkt einen großen Schluck.

«He, he, langsam!», tadelt er lachend.

Er nimmt sein eigenes Glas und schlendert damit ins Wohnzimmer zu dem großen Erkerfenster, von wo aus man einen schönen Blick auf die Innenstadt von Montreal hat, die auch um diese späte Stunde noch erleuchtet ist.

Schnell schenkt sich Jennifer noch ein wenig Wein nach und ruft hinter ihm her: «Los, sag's schon …»

«Was denn?»

Sie folgt ihm ins Wohnzimmer. «Wie man diese Stadt mit ihrem Lärm und allem, was dazugehört, nur mögen kann.»

Wieder lacht Bruno und dreht sich schulterzuckend kurz zu ihr um, bevor er sich erneut dem Ausblick widmet, der so anders ist als bei ihm zu Hause. «Eigentlich ist sie ganz hübsch, deine Stadt. Abgesehen davon, dass es hier ein bisschen zu kalt und deine Wohnung viel kleiner ist, als ich erwartet hätte.»

«Ich lebe allein. Ich brauche nicht mehr Platz.»

«Ah, deshalb ist Maxime nicht da.»

Beide schweigen, doch es ist nicht mehr feindselig. Jennifer fürchtet zwar, dass Bruno jeden Moment den Streit mit ihrer Mutter noch einmal ansprechen könnte, aber es geschieht nicht. Stattdessen kehrt Bruno jetzt der Stadt den Rücken zu, nimmt auf dem Sofa Platz und trinkt einen kleinen Schluck. «Ich will mich ja nicht selbst loben, aber … er ist wirklich verdammt gut, der Wein.»

«Stimmt, schlecht ist er nicht.»

Sein Blick gibt ihr zu verstehen, dass ihm diese Antwort nicht reicht. Lachend lässt sich Jennifer auf dem Sessel ihm gegenüber nieder, und da er sie weiter erwartungsvoll anschaut, lenkt sie schließlich ein: «Okay, er ist tatsächlich sehr gut. Du bist aber vermutlich nicht gekommen, um dir mein Lob abzuholen?»

«Nein, ich bin gekommen, um mich zu entschuldigen, weißt du nicht mehr?»

«Ach ja, stimmt. Du hast dir gedacht, nach einer Flasche Wein werde ich dir schon verzeihen.»

Bruno lacht so laut, dass es durch den ganzen Raum schallt. «Wenn es doch so einfach wäre! Dann hätte ich eine ganze Kiste mitgebracht!»

«Soso, mich betrunken machen, damit ich deine Entschuldigung annehme. Und der Scheidung zustimme, natürlich. Nicht sehr einfallsreich, aber da ich in diesem Moment sehr gut ein Glas vertragen kann, kommt mir dein Angebot gerade recht. Nur damit du es weißt.»

Während sie einen weiteren großen Schluck trinkt und sich auf dem Sessel bequem zurücklehnt, lässt Bruno sie nicht aus den Augen. Ein wenig überrascht es ihn, sie nach diesem Abend so entspannt zu sehen. Eilig steht er auf und holt die Flasche Wein, die noch auf dem Küchentresen steht, bevor ihre Stimmung womöglich kippt, und schenkt ihr nach. «Zehn Minuten ohne Streit, wir machen wirklich Fortschritte.»

«Das ist der Wein», sagt sie und hält sich abermals das Glas unter die Nase.

Jetzt, da der erste Durst gestillt ist, kann sie ihn richtig genießen und atmet das Bouquet tief ein. Erneut weckt der Duft Erinnerungen an die Domaine de Verteuil, doch diesmal kann Jennifer sie zulassen. Sie denkt an die Fotos von den Weinbergen, dem Olivenhain, der Terrasse und den pittoresken Straßen des Dorfes. Und obwohl sie nach wie vor in Montreal im Sessel sitzt, tut sich mit einem Mal vor ihr der Weg nach Katalonien auf.

«Beschreib ihn mir, den Wein», flüstert Bruno und nimmt wieder auf dem Sofa Platz.

Jennifer schließt die Augen. «Ich rieche den trockenen,

steinigen Boden, das Salz und das Meer … und den Olivenhain. Ja, ich glaube, Olive ist irgendwie dabei.»

«Das stimmt», bestätigt er.

Sie öffnet die Augen, verzieht das Gesicht zu einer Grimasse und grinst. «Das war leicht, ich wusste, was ich sagen musste.»

«Dann hast du ein gutes Gedächtnis …»

Beim nächsten Schluck Wein wird Jennifer bewusst, dass sie zu schnell trinkt, und stellt das Glas auf dem kleinen Tisch vor sich ab. Dann zieht sie die Füße hoch und rückt an die Lehne, um es sich noch bequemer zu machen. Gern würde sie die Augen wieder schließen und die Ruhe in ihrem Kopf genießen, doch sie ist nicht allein. Fordernd sieht sie Bruno an. «Ich bin jetzt total relaxed. Also sag mir, warum du hier bist.»

«Jen, ich versichere dir, dass es nicht meine Absicht war, einen Streit zwischen dir und deiner Mutter zu entfachen.» Er beugt sich vor. «Und ich hätte auch nicht damit gerechnet, dass sie sich Maxime vorknöpft! Die ist echt nicht ohne … Jetzt weiß ich auch, von wem du dein Temperament hast.»

Die letzten Worte waren wohl scherzhaft gemeint, aber Jennifer spürt, dass der Wein, den sie in Rekordzeit runtergestürzt hat, die Wut in ihrem Bauch lediglich ein wenig besänftigt hat. «Wenn es dich beruhigt», erklärt sie, «ich bin an die verbalen Spitzen meiner Mutter gewöhnt. Du solltest am besten wissen, dass nie jemand gut genug für die eigenen Kinder ist. Ich erinnere mich, dass ich das schon einmal erlebt habe – und zwar mit deiner Mutter.»

«Da ist vermutlich was dran», gibt Bruno mit verkniffener Miene zu.

«Aber Maxime gegenüber brauchst du sicher kein schlechtes Gewissen zu haben: Er schert sich einen feuchten Kehricht darum, was meine Mutter von ihm denkt. Außerdem kann er deiner Sicht der Dinge inzwischen sogar etwas abgewinnen.»

«Was meinst du?»

«Die Sache mit der Scheidung … ich weiß auch nicht … Das hat ihn auf eine Idee gebracht.»

Bruno setzt sich im Sofa auf, stellt sein Glas ab und sieht sie aufmerksam an: «Was soll das heißen? Hat er dir einen Heiratsantrag gemacht?»

«Wenn man so will.»

«Sieh einer an!» Er grinst. «Ein bisschen habe ich ja mit so was schon gerechnet. Glückwunsch!»

«Ganz ruhig, mein Lieber. Ich habe nicht Ja gesagt.»

«Aber … warum nicht?»

«Weil ich der Meinung bin, dass Heiraten für eine Beziehung nicht förderlich ist. Nach dem Desaster unserer Ehe kann ich mir auch gar nicht vorstellen, wie du Lust haben kannst, dich noch einmal darauf einzulassen. Also, für mich ist das ganz sicher nichts mehr.»

Hektisch greift Bruno nach seinem Glas und trinkt einen großen Schluck, bevor er es mit einer fahrigen Bewegung geräuschvoll wieder auf dem Tisch abstellt. Dieses Mal hat *er* wohl Wein zur Beruhigung gebraucht, um kein flammendes Plädoyer für die Ehe zu halten.

«Das ist heute etwas ganz anderes», sagt er dennoch. «Du weißt doch, dass wir beide uns damals kaum kannten. Maxime und du dagegen …»

«Würdest du bitte aufhören, mich unter Druck zu setzen? Du bist derjenige, der wieder heiraten will, wenn ich dich daran erinnern darf! Und wenn du meine Meinung dazu wissen willst: Es ist eine bescheuerte Idee.»

«Ach, hör doch auf. Auch bei uns gab es nicht nur schlechte Momente!»

«In zwei Monaten Ehe? Zum Glück! Aber war es das wert? Ich glaube nicht.»

«Nein, wahrscheinlich hast du recht», gibt er kleinlaut zu. «Aber dieses Mal ist es anders. Glaube ich.» Er versucht positiv zu klingen, was ihm aber nicht gelingt.

Jennifer wird neugierig. «Gut, dann erzähl mir mal von deiner bezaubernden Emma.»

«Du erinnerst dich, wie sie heißt?»

«Ich habe ein gutes Gedächtnis.»

Ein allzu gutes Gedächtnis sogar, denkt sie. Doch warum Öl ins Feuer gießen, wenn sich stillschweigend gerade etwas wie eine Waffenruhe eingestellt hat.

Bruno lehnt sich wieder bequem auf dem Sofa zurück und beginnt von seiner Verlobten zu berichten, die er schon gekannt hat, als sie noch ein Kind war, lange bevor sie zum Studieren nach Frankreich ging. Nach ihrer Rückkehr, letztes Jahr Weihnachten, lernten sie sich dann ganz neu kennen und kamen sich näher.

«Hilfe!», unterbricht ihn Jennifer. «Erzähl mir jetzt nicht, dass du wieder eine Zwanzigjährige heiratest!»

«Sie ist vierundzwanzig, aber sehr reif für ihr Alter.» Ihn nervt ein wenig, dass er diesen Halbsatz immer hinzufügen muss, wenn er über Emma redet.

«Und ich war damals nicht so reif?», will Jennifer wissen.

«Offenbar habe ich mich bei dir getäuscht.»

«Sicher … Aber wenn ich so darüber nachdenke, glaube

ich, dass von uns beiden nur ich in der Lage war, zu erkennen, dass es nicht funktionierte.»

«Du meinst, es *erkannt* zu haben?», ruft er verächtlich und richtet sich wieder auf. «Du hast es ja nicht einmal versucht. Du wolltest gar nicht, dass es funktioniert!»

Er hebt die Hand, um Jennifer davon abzuhalten zu widersprechen. Dann nimmt er sein Glas und signalisiert ihr, das Gleiche zu tun. «Trinken wir. Das hilft, ruhig zu bleiben.»

Jennifer lacht leicht gequält, lässt sich aber nicht zweimal bitten. Sobald sie die Gläser wieder abgestellt haben, schenkt Bruno ihnen nach. Er befürchtet allerdings schon, dass die Flasche nicht reicht, bis sie alles besprochen haben.

«All das war früher und liegt hinter uns», sagt er schließlich. «Sollten wir uns nicht lieber auf die Gegenwart konzentrieren?»

«Fängst du schon wieder mit dieser blöden Scheidung an?»

«Für mich ist sie wichtig», seufzt er, «und das weißt du genau. Du kannst mir nicht vorwerfen, dass ich darauf bestehe. Aber ...» Er blickt sie intensiv an. «Ich bin bereit, dir dafür etwas als Gegenleistung anzubieten. Sag, was du willst, egal, was. Ich bin mir sicher, dass wir uns einigen können.»

Jennifer runzelt die Stirn. Will er wirklich handeln?

«Schlag du doch etwas vor», sagt sie verunsichert. «Los, überrasch mich!»

Anstatt sich selbst etwas zu überlegen, schaut sie aus dem Fenster und behandelt ihn wie Luft. Als wäre er nicht mehr da. Was Bruno gar nicht gefällt. Er hätte es lieber, wenn sie aktiv etwas fordern würde. Wenn sie konkret etwas verlangen oder ihn zumindest ein wenig in eine Richtung lenken würde. Doch da sie beharrlich schweigt, schlägt er zögerlich vor: «Ich könnte dir … Wein anbieten. Sagen wir ein oder zwei Kisten pro Jahr?»

Laut lachend setzt sich Jennifer auf. «Meinst du das ernst? Wein für die Scheidung?»

«Willst du lieber Alimente?»

«Pah! Sicher nicht! Euer Geld könnt Ihr behalten, Majestät!»

Seufzend lehnt sie sich mit ihrem Glas im Sessel zurück, lässt die Beine baumeln und betrachtet lange den Wein, bevor sie den Blick wieder auf Bruno richtet. «Und wenn wir sagen …» Ein schwaches Lächeln macht sich auf ihrem Gesicht breit. «Sechs Kisten pro Jahr?»

«Deal!»

Jennifer zuckt zusammen. «Moment, Verteuil! So einfach kommst du mir nicht davon! Ich will sechs Kisten Wein aus dem Vorjahr und eine von dem hier.» Sie hebt ihr Glas. «Von dem zehn Jahre gereiften.»

«Hmm. Den hier kannst du nicht jedes Jahr haben», erklärt Bruno. «Aber ich will kein Spielverderber sein. Du bekommst auf jeden Fall eine Kiste davon, sobald die Scheidung durch ist. Darüber hinaus biete ich dir sechs Kisten von dem normalen und drei Kisten *Gran Reserva* jährlich an. Das ist doch noch besser, findest du nicht?»

Jennifer zögert, betrachtet wieder ihr Glas und hält es sich unter die Nase. Nur eine einzige Kiste von diesem großartigen Wein? Wie er wohl geschmeckt hat, als er noch jung war? Plötzlich bedauert sie, sich nicht mehr daran erinnern zu können.

«In fünf Jahren wirst du selbst hochklassigen Wein haben», durchkreuzt Bruno ihre Gedanken. «Wenn du ihn entsprechend lagerst, natürlich.» Das bringt ihn auf eine weitere Idee, die er sogleich äußert: «Und wenn ich dir hier in deiner Wohnung einen Wein-Lagerschrank einbauen lasse? Du würdest nicht nur ein Qualitätsprodukt bekommen, auch für die jahrelange fachgerechte Lagerung wäre gesorgt.»

«Na ja, ich weiß nicht …»

«Also gut, ich erhöhe mein Angebot auf zwölf Kisten! Das macht eine pro Monat! Und ich verspreche dir, dass alle neuen Erzeugnisse dabei sein werden. Das ist ein Angebot, das du einfach nicht ablehnen kannst!»

Sie beißt sich auf die Unterlippe. «Zwölf Kisten plus Lagerschrank? Und zusätzlich eine Kiste von dem zehn Jahre alten?»

Bruno ist überrascht, wie gut man mit ihr verhandeln kann. Langsam glaubt er, dass ihr der Wein wirklich zu Kopf gestiegen ist. Egal! Eilig streckt er ihr die Hand entgegen. «Einverstanden», bestätigt er.

Jennifer zögert kurz, dann streckt sie sich vor und schüttelt ihm mit festem Blick die Hand. «So, Majestät, jetzt kriegt Ihr Eure Scheidung also doch noch.» Dabei lacht sie seltsam berührt, fast spöttisch angesichts der lächerlichen Verhandlung, die sie gerade geführt haben.

Bruno aber scheint dermaßen erleichtert, dass er gar nicht aufhören kann, ihr zu danken. «Ich gebe zu, dass ich schon nicht mehr wusste, wie wir jemals auf einen Nenner kommen sollten, du und ich. Ich meine, nach allem, was bei deiner Mutter vorgefallen ist.»

«Jetzt hör auf, dir darüber Gedanken zu machen. Trotzdem würde ich gern morgen früh meinen Anwalt bitten, einen Vertrag aufzusetzen. Nur, um sicher zu sein, dass du mich mit dem Wein nicht übers Ohr haust.»

«Was?» Bruno wirkt ehrlich empört. «Sicher nicht! Warum sollte ich das tun?»

«Lediglich eine Vorsichtsmaßnahme. Du weißt doch, auf wie dünnem Eis wir beide uns gerade bewegen, oder?»

Als sie ihm bewusst komplizenhaft zuzwinkert, nickt er laut lachend. Doch seine nächste Frage verrät, wie skeptisch er nach wie vor ist. «Und du wirst mich wirklich nach Spanien begleiten? Am Mittwoch?»

«Mir bleibt ja wohl nichts anderes übrig ... Für Sergio scheint es okay zu sein, und auch Maxime hofft, dass ich nachgebe. Ich habe Wein, du deine Scheidung ... Wirklich, ich glaube, alle sind zufrieden.»

Sie hält ihm das Glas hin, um mit ihm anzustoßen, was Bruno auch sogleich tut – erleichtert, dass der Krieg zwischen ihnen endlich beendet ist. Emma wird so froh sein. Er freut sich jetzt schon darauf, ihr die gute Nachricht zu überbringen.

«Weißt du», sagt Jennifer und lacht bitter, «wahrscheinlich werden wir beide bessere Geschiedene als Eheleute sein.» Die Vorstellung löst ein komisches Gefühl in ihr aus.

«Bestimmt», antwortet Bruno überraschend gelassen.

Das alles scheint ihn weniger mitzunehmen als sie selbst, denkt Jennifer. Und als sie feststellt, wie wenig Wein nur noch in der Flasche ist, drängt es sie, den Abend zu beenden.

«Gut», erklärt sie geschäftig, «jetzt, da du bekommen hast, was du wolltest, kannst du ja auch gehen. Ich besauf mich noch mit dem Rest vom Wein und geh dann schlafen. In der Agentur wartet so viel Arbeit auf mich, dass ich keine Ahnung habe, wie ich das alles in zwei Tage quetschen soll.»

Jennifers Stimmungsumschwung erwischt Bruno kalt, zumal sie ihn ziemlich unverschämt einfach rausschmeißt, denkt er. Doch es ist ja auch schon nach Mitternacht und damit tatsächlich höchste Zeit, ins Hotel zurückzukehren.

Nachdem sie ihn förmlich aus ihrer Wohnung geschoben hat und schon die Tür schließen will, fällt ihr noch etwas ein: «Eine Frage habe ich noch … Wenn wir uns heute Abend nicht geeinigt hätten, was hättest du dann gemacht?»

Er zögert und wägt seine Worte genau ab, bevor er antwortet: «Also, nur für den Fall, dass sich die Dinge doch nicht zu meinen Gunsten entwickeln, behalte ich meinen Plan B lieber noch für mich. Aber ich verspreche dir, ich werde es dir sagen, wenn wir im Flugzeug sitzen.»

«Selbstbewusst wie eh und je», stöhnt sie.

«Ich bin am Anfang vielleicht ein bisschen zu drastisch vorgegangen, und dafür entschuldige ich mich. Aber es liegt daran, dass ich dich als eine Frau in Erinnerung hatte, die sich nicht so leicht rumkriegen lässt.» Er blinzelt, weil er noch immer nicht fassen kann, wie schnell sie sich geeinigt haben.

Jennifer lächelt die Tatsache weg, dass er der Abmachung offenbar noch nicht traut. «Wie du siehst, bin ich manchmal auch vernünftig. Los, und jetzt geh, ich kann mich vor Müdigkeit kaum noch auf den Beinen halten. Gute Nacht.»

Doch die Tür ist kaum geschlossen, als sie auch schon

alle Masken fallen lässt, während sie noch Brunos leiser werdenden Schritten lauscht. Ihr Lächeln verschwindet, und der Zorn kehrt zurück. Wie kann er nur glauben, dass der Krieg beendet wäre?

Kapitel 5

Entschlossenen Schrittes marschiert Jennifer früh am Dienstagmorgen in die Agentur. Anstatt in ihr Büro zu gehen, steuert sie direkt auf Sergios Tür zu und tritt, ohne zu klopfen, ein.

«Du musst mich ein paar Tage vertreten», teilt sie ihm mit, ohne lange um den heißen Brei herumzureden.

Sergio blickt von der Zeitung auf und sieht sie überrascht an. «Dir auch einen guten Morgen, Jenny. Soll ich daraus schließen, dass dich Bruno überredet hat, mit nach Spanien zu fahren?»

«Das könnte man so sagen …»

Mit unschuldiger Miene lässt sie sich auf einen Besucherstuhl fallen und kann doch ihr Grinsen nicht verbergen.

«Was hast du vor?», fragt Sergio.

«Nichts», behauptet sie und blinzelt einige Male.

Doch Sergio traut dem Frieden nicht. Er legt die Stirn in Falten und schüttelt den Kopf. «Ich höre?» So leicht lässt er sich nicht abwimmeln.

Jennifer zieht die Schultern hoch wie ein Kind, das bei einer Dummheit ertappt wurde. «Erst ist dieser Blödmann bei mir zu Hause aufgetaucht, dann hier in der Agentur, und als wäre das nicht genug, gestern Abend auch noch bei meiner Mutter!»

«Er war bei deiner Mutter? Echt?»

«Damit ist er endgültig zu weit gegangen.»

«Kein Wunder, dass du sauer bist.»

«Ja, so sauer, dass ich dieser verdammten Scheidung zugestimmt habe.»

Fragend sieht Sergio sie an.

«Mir bleibt nichts anderes übrig», schnaubt sie. «Ich muss zu härteren Maßnahmen greifen!»

«Was heißt das denn?»

Jennifer stützt sich mit den Ellbogen auf den Schreibtisch und flüstert, als handele es sich um ein Staatsgeheimnis: «Ich werde dafür sorgen, dass aus seiner Hochzeit nichts wird. Ich werde die Sache rauszögern, ihm Ärger machen und, wenn's sein muss, seiner Verlobten klarmachen, was für einen Mistkerl sie sich da geangelt hat.» Ihre Augen funkeln. «Auf jeden Fall schwöre ich dir, dass er es bereuen wird, hergekommen zu sein, um mich zu provozieren.»

«Jenny! Gehst du da jetzt nicht ein bisschen zu weit?»

«Er hat angefangen», verteidigt sie sich wie ein trotziges Kind. «Du kannst dir nicht vorstellen, wie schlimm der Abend gestern war. Meine Mutter ist seinetwegen total unverschämt geworden. Sie hat sogar gesagt, Max wäre nicht der richtige Mann für mich! Und das alles vor dem blöden Verteuil!» Sie rauft sich die Haare. «Er wollte, dass ich reagiere? Bitte schön, das soll er jetzt haben.»

Sergio sagt nichts mehr, auch wenn ihn Jennifers Verhalten beunruhigt. Seit ihrer Rückkehr aus Spanien vor acht Jahren hat sie sich oft in seiner Gegenwart über Bruno de Verteuil aufgeregt. Aber er hat gedacht, dass der Hass mit der Zeit nachgelassen hätte. Doch offenbar bringt Jennifer das Wiedersehen viel mehr aus dem Gleichgewicht, als er erwartet hätte. «Jenny, sich zu rächen bringt nie etwas, das weißt du genau.»

«Aber er bettelt ja förmlich darum! Und ich werde sicher nicht tatenlos zusehen, wie er mein ganzes Leben auf den Kopf stellt. Mir reicht's, hast du verstanden?»

Sie erhebt sich, um zu gehen, hält dann aber inne, als sie ein leises Geräusch wahrnimmt. Sie wühlt in ihrer Handtasche nach dem Handy und wirft einen kurzen Blicks aufs Display. «Sieh an, meine Mutter! Willst du es hören?»

Ohne Sergios Antwort abzuwarten, nimmt sie das Gespräch an und sagt barsch ins Telefon: «Guten Morgen, Mama, hast du es nicht mehr ausgehalten, bis Mittag zu warten, um mich anzumotzen?»

«Jennifer Élie, so habe ich dich nicht erzogen!» Die Stimme ihrer Mutter schallt durch den Raum, weil Jennifer das Telefon auf laut gestellt hat, damit Sergio merkt, dass sie nicht übertrieben hat. «Hast du überhaupt eine Ahnung, wie sauer ich war, nachdem du gestern Abend einfach abgerauscht bist? Und das vor Bruno. Er ist ein sehr netter junger Mann.»

Jennifer balanciert das Handy auf den Fingerspitzen und sieht Sergio triumphierend an. Nachdem ihre Mutter ihre Schimpftirade beendet hat, antwortet Jennifer in ironischem Tonfall: «Ja, genau, Mama. Bruno ist der ideale Ehemann. Leider sehe ich ihn nur alle acht Jahre. Außerdem ist er gekommen, weil er sich von mir scheiden lassen will. Doch abgesehen davon ist er wirklich ein sehr netter junger Mann.»

«An wem liegt es denn, dass er sich scheiden lassen will?»

«An mir natürlich, weil es ja immer meine Schuld ist, nicht wahr, Mama?» Jennifer spitzt die Lippen und zieht eine Grimasse.

Die Antwort ihrer Mutter lässt nicht auf sich warten: «Ach, mit dir kann man einfach kein vernünftiges Gespräch führen. Ich stimme Bruno voll und ganz zu: Immer sollen alle nach deiner Pfeife tanzen!»

Jennifer verdreht die Augen. «Du hast recht, Mama. Es ist verrückt, wie ein Mann, mit dem ich zwei Monate lang geschlafen habe und den ich seit acht Jahren nicht gesehen habe, mich so gut kennt. Mindestens so gut wie du. Schade, dass wir uns jetzt scheiden lassen.»

Sergio gibt ihr mit Gesten zu verstehen, dass sie sich mäßigen soll, doch sie wendet sich ab und redet einfach weiter: «Und was Maxime angeht, werde ich dir einen kleinen Gefallen tun, Mama. Solange er und ich zusammen sind, bringe ich ihn nicht mehr mit zu dir. Ich denke, dass wir uns deshalb auf Weihnachten und deinen Geburtstag beschränken müssen. Und auch das muss nicht unbedingt sein. Ich weiß, dass Rémis Kinder sowieso besser sind als ich, also –»

«Jennifer!», unterbricht ihre Mutter sie. «Noch einmal, du willst es einfach nicht begreifen, oder? Warum weigerst du dich, der Wahrheit ins Auge zu sehen?»

«Der Wahrheit?», ruft sie. «Die Wahrheit ist, dass du seit deiner Scheidung meinst, über mein Leben urteilen zu können. Aber du hast einen Mann geheiratet, der es mit jeder dahergelaufenen Schlampe getrieben hat, dafür kann ich doch nichts!» Jennifer ist außer sich. Nur mühsam unterdrückt sie den Schrei, der ihr zu entweichen droht.

«Dein Vater hat nichts damit zu tun. Es –»

«Maxime auch nicht», schneidet sie ihrer Mutter das Wort ab. «Also: Du hast die Wahl, Mama, entweder du akzeptierst ihn, oder du kannst den Kontakt zu mir vergessen. So läuft es von jetzt an.» Dann fügt sie noch bissig hinzu: «Außerdem hat er mir gestern Abend einen Heiratsantrag gemacht!»

Plötzlich ist es still am anderen Ende der Leitung. Jennifer beeilt sich hinterherzuschieben: «Schön zu hören, wie sehr du dich darüber freust, aber ich muss jetzt Schluss machen. Ich habe im Büro noch einiges zu tun, und dann muss ich nach Hause, um meinen Koffer zu packen. Ah, das habe ich ja ganz vergessen, dir zu sagen: Ich fliege morgen Nachmittag mit Bruno nach Spanien, um die Scheidung einzuleiten.»

«Jennifer!»

«Ich weiß schon, was du sagen willst, deshalb sag es lieber nicht. Also tschüs. Und mach dir keinen Kopf wegen gestern Abend, ist schon fast vergessen. Ciao.» Eilig beendet sie das Gespräch und wirft wütend das Handy auf Sergios Schreibtisch. «Du glaubst gar nicht, wie sehr sie mich nervt! Aber du hast ja selbst gehört, wie sie drauf ist. Bruno hier, Bruno da!»

«Max hat dir einen Heiratsantrag gemacht?», fragt Sergio ungläubig.

Jennifer hebt den Blick. Erst jetzt wird ihr bewusst, was sie ihrer Mutter gerade lautstark unter die Nase gerieben hat. Leicht betreten, dass Sergio die Neuigkeit auf diese Weise erfährt, gibt sie zu: «Ja, so etwas in der Art.»

«Und hast du Ja gesagt?»

«Nun … Ich habe nicht wirklich darauf geantwortet», erwidert sie ausweichend.

«Aber du hast deiner Mutter gerade gesagt, dass –»

«Weil ich sie ärgern wollte! Mein Gott, Sergio, ich finde es schon kompliziert genug, meinen ersten Ehemann loszuwerden. Glaubst du etwa, ich habe Lust, noch mal in die gleiche Falle zu tappen?»

«Du hast also Nein gesagt?», fragt Sergio verwirrt.

«Ich habe gar nichts gesagt», wiederholt sie. «Zuerst muss ich die Sache mit Bruno zu Ende bringen, und wenn ich wieder hier bin und mein Leben ein bisschen geordnet habe, dann … Dann wird man sehen.»

Nachdem er lange geschwiegen hat, hakt Sergio schließlich noch einmal nach, auch wenn ihm bewusst ist, dass er sich damit auf sehr dünnes Eis begibt. «Jenny … glaubst du wirklich, dass du Max je heiraten wirst?»

«Ach, keine Ahnung. Ich habe ja nicht einmal darüber nachgedacht, ob ich mit ihm zusammenziehen will.» Sie lässt sich auf den Stuhl fallen und seufzt. «Warum wollen Männer nur immer noch mehr? Ist die Beziehung, die er und ich gerade führen, nicht wunderbar so, wie sie ist? Zwei bis drei Tage gemeinsam, den Rest der Zeit hat jeder für sich. Er wäscht seine Wäsche, ich meine, wir unterstützen uns gegenseitig, haben Sex – und alles ist wunderbar. Warum gerate ich nur immer an Männer, die heiraten wollen?»

«Weil es normal ist! Willst du nicht …» Sergio kratzt sich am Kopf. «Ich weiß nicht, aber willst du nicht jemandem abends erzählen können, wie dein Tag gelaufen ist? Kinder haben und …?»

«Kannst du dir mich mit Kindern vorstellen?» Sie wirft ihm einen bitterbösen Blick zu, und Sergio bereut sofort, diese Frage gestellt zu haben. «Ich verbringe fast sechzig Stunden pro Woche in der Agentur.»

«Das verlangt aber niemand von dir», gibt er zu bedenken. «Wir haben zweiunddreißig Angestellte, genau aus dem Grund: damit die Arbeit unser Privatleben nicht auffrisst.»

«Aber ich liebe meine Arbeit! Wir sind kurz davor, den *Prix Boomerang* zu bekommen, Sergio. Wir sind die Favoriten, verdammt!»

Lächelnd zuckt er mit den Schultern und bringt damit seine Gleichgültigkeit zum Ausdruck. Seit drei Jahren heimst die Agentur einen Preis nach dem anderen ein. Was macht der *Prix Boomerang* da noch für einen Unterschied? Ihm macht es Spaß, Konzepte zu entwerfen, eine Idee visuell umzusetzen, positive Reaktionen auf die neueste Kampagne der Agentur zu hören. Das treibt ihn an. Früher hat Jennifer ähnlich getickt, doch in letzter Zeit lässt sie sich mehr und mehr vom Erfolg vereinnahmen. Als müsste sie sich unbedingt selbst beweisen, dass sie ein Leben lebt, wie sie es sich immer gewünscht hat.

«Was ist?», fragt sie ungehalten, weil er nichts sagt. «Freust du dich nicht, dass wir beim *Boomerang* unter den Finalisten sind?»

«Doch, sehr! Es ist nur … ich glaube, dass man beides haben kann: eine anregende Arbeit und eine erfüllende Partnerschaft. Sieh mich und Steph an. Wir sind seit zwei Jahren zusammen und noch so verliebt wie am ersten Tag. Das wünsche ich dir auch.»

«Aber ich bin ja nicht allein. Ich bin mit Max zusammen!»

Sergios Blick verfinstert sich, ein deutliches Zeichen, dass er von ihrer Reaktion nicht überzeugt ist, weshalb sie patzig nachfragt: «Was willst du? Dass er mir täglich Blumen schickt? Wärst du dann zufrieden?»

«Jenny, du weißt genau, was ich dir zu sagen versuche.»

Kopfschüttelnd weicht sie einen Schritt zurück und schimpft: «Ich habe nun mal kein Interesse zu heiraten und Kinder zu kriegen. Das ist mein gutes Recht, oder? Und außerdem habe ich andere Dinge zu tun, als mich von Maxime schwängern zu lassen: einen Koffer zu packen, zum Beispiel, einen Vertrag aufsetzen zu lassen und eine Scheidung durchzuziehen. Danach können wir uns meinetwegen auch noch einmal über diesen ganzen Quatsch unterhalten.»

Sie ist bereits an der Tür, als Sergio ihr noch einmal hinterherruft: «Rache ist nie eine gute Lösung, Jenny!»

Sie dreht sich um und grinst. «Ich versuche daran zu denken, bevor ich ihm das Herz aus der Brust reiße.»

«Warum sagst du ihm nicht einfach die Wahrheit?», fragt Sergio mit deutlich sanfterer Stimme. «Sag es ihm ins Gesicht und befreie dich von diesem verdammten Zorn und dem schlechten Gewissen, das dich daran hindert, unbeschwert nach vorn zu schauen.»

Jennifer wird blass. «Du hast wirklich keine Ahnung, Sergio.»

Mit diesen Worten stürmt sie endgültig aus dem Raum, schlägt die Tür hinter sich zu und schließt sich in ihrem Büro ein. Endlich allein. Was ist bloß mit ihr? Wieso versteht sie nur keiner?

Lange starrt Jennifer ins Leere und wälzt ihre Gedanken. Dann gibt sie sich einen Ruck. Die ganze Geschichte beschäftigt sie schon viel zu lange, es ist höchste Zeit zu handeln. Bruno hat die Sache vielleicht ins Rollen gebracht, aber jetzt wird er erleben, dass man eine Frau wie sie nicht ungestraft herausfordern kann!

Den Rest des Vormittags verbringt Jennifer damit, ihre Reise vorzubereiten und ihre Abwesenheit zu organisieren. Zunächst beauftragt sie den Anwalt der Agentur, einen etwas ungewöhnlichen Vertrag aufzusetzen: diverse Kisten Wein gegen die Einwilligung in eine Scheidung. Der Anwalt würde sich der Sache wahrscheinlich gar nicht annehmen, wenn ihre Agentur nicht zu den besten Kunden gehörte. Und da Jennifer ihn darum bittet, den fertigen Vertrag noch am selben Tag zu schicken, hat er keine Wahl, als sich an die Arbeit zu machen. Und zwar umgehend!

Dann geht sie ihren Kalender durch und verschiebt alle Termine auf die nächste Woche oder delegiert sie an die für das jeweilige Projekt verantwortlichen Personen. Warum muss sie eigentlich bei allen Meetings dabei sein? Dieses Mal werden die Kollegen schon ohne sie zurechtkommen.

Last, not least ruft sie Maxime an, um ihm mitzuteilen, dass sie nun doch nach Spanien fliegt.

«Das heißt also Ja?», fragt er hoffnungsvoll.

Im ersten Moment ist sie überrascht über seine freudige Reaktion. «Ähm … ja, wozu?»

«Du willst mich also heiraten? Ich meine … dafür ist es jedenfalls schon mal gut, dass du es machst.»

Sie schlägt sich mit der flachen Hand gegen die Stirn: Wie hatte sie nicht daran denken können, was er daraus schließen muss, wenn sie in die Scheidung einwilligt?

«Ähm … Max … ich glaube nicht, dass wir … also, dass wir schon so weit sind, du und ich.»

«Aber du kannst es dir vorstellen, oder? Ich habe ja nicht gesagt, dass es sofort sein muss, aber wenn du dich scheiden lässt, können wir in Ruhe darüber reden, sobald du wieder da bist.»

«Mmh, ja … Das werden wir sehen, wenn es so weit ist. Tut mir leid, dass ich gerade so … so bin, wie ich bin. Das Ganze nimmt mich einfach ziemlich mit.»

«Schon okay.» Maxime lässt es dabei bewenden. «Was hat dich eigentlich umgestimmt?», fragt er noch.

«Zwölf Kisten Wein.» Jennifer muss sich das Lachen verkneifen. Der Deal ist wirklich mehr als schräg. «Und eine unbändige Lust, dem Blödmann die Suppe zu versalzen!»

Maxime lacht laut auf und will wissen, wie sie auf die Idee gekommen ist, Wein für die Scheidung zu fordern.

«Ach, ich habe einfach nach etwas gesucht, was er springen lassen könnte.»

«Aber was willst du mit so viel Wein?»

«Trinken natürlich! Er ist gar nicht schlecht, das musst du zugeben.»

Maxime antwortet mit einem vagen «Hmm». Auch wenn er es nicht offen sagt, es gefällt ihm nicht, dass Bruno de Verteuil auf diese Weise auch weiterhin eine Verbindung zu Jennifer haben wird. Er ist verunsichert. Nicht zuletzt, weil sie es plötzlich eilig hat, das Gespräch zu beenden. Dabei hätte er ihr unbedingt noch einmal sagen wollen, dass er sie wirklich wahnsinnig gern heiraten würde. Doch darauf zu bestehen ist zwecklos. Jennifer ist heute ganz offensichtlich nicht in der Stimmung, ihm seine Verunsicherung zu nehmen.

Am frühen Nachmittag bespricht Jennifer in ihrem Büro gerade etwas mit einem Graphiker, als plötzlich die Tür aufgerissen wird und Bruno im Rahmen steht. Höflich wartet er, bis die beiden fertig sind und sie ihn hereinbittet. Ihr Schreibtisch versinkt fast unter den vielen Unterlagen, die sie vor ihrer Abreise noch durchsehen und sortieren will. Bruno hat noch nicht einmal auf dem Besucherstuhl Platz genommen, als sie ihm auch schon ein Dokument in die Hand drückt und auf ihn einredet: «Entschuldige bitte, aber ich habe nicht viel Zeit. Ich muss vor meiner Abreise noch drei Projekte anschieben und kann nur hoffen, dass bei euch auf dem Weingut das Internet funktioniert, sonst weiß ich nicht, wie die Kollegen mich auf dem Laufenden halten sollen …»

Bruno nimmt das Schreiben und setzt sich, ohne jedoch einen Blick auf das Papier zu werfen. Stattdessen betrachtet er Jennifer besorgt. «Guten Tag erst mal. Wie geht's dir heute, Jen?»

«Hä? Ähm … ja. Guten Tag. Es ist nur … Heute steht noch viel an, und … Das kam eben von meinem Anwalt.» Sie deutet auf das Dokument.

Bruno überfliegt das Schreiben flüchtig und fragt dann: «Du erwartest aber nicht, dass ich das jetzt unterschreibe?»

«Warum nicht? Das war doch der Deal oder etwa nicht? Zwölf Kisten für die Scheidung …»

«Aber das Ding hier ist unvollständig.» Er wedelt mit dem Papier in der Luft. «Nicht mal die Weinsorten sind darin aufgelistet!»

Seufzend verschränkt sie die Arme vor der Brust. «Weißt du, wie sehr ich meinen Anwalt beknien musste, damit ich den Vertrag in nicht einmal vier Stunden vorliegen hatte?»

«Jen, du kannst nicht von mir verlangen, dass ich diesen Wisch unterschreibe, ohne ihn zuerst von meinem eigenen Anwalt prüfen zu lassen! Ich bin davon ausgegangen, dass der Vertrag an den Scheidungsbeschluss angehängt wird. So wie … die Aufteilung des Vermögens.»

Was ist damit jetzt schon wieder gemeint? Jennifer klopft sich mit dem Zeigefinger rhythmisch gegen die Stirn und versucht, gelassen zu bleiben. Aber ihre Geduld ist seit dem Morgen schon mehrfach auf die Probe gestellt worden.

Und dieser in letzter Minute in Auftrag gegebene Vertrag hat sie nicht nur Geld, sondern auch Zeit gekostet, die sie eigentlich nicht hat. Wieso schaut er ihn sich also nicht mal richtig an, sondern meckert gleich drauflos?

«Ich habe nicht gesagt, dass ich ihn nicht unterschreibe», lenkt Bruno ein, als er merkt, dass sie mit seiner Reaktion nicht gerechnet hat. «Aber ich möchte die nötige Zeit haben, ihn in Ruhe durchzugehen und … ich weiß nicht, nennen wir es, *Anmerkungen* dazu zu machen. Hier ist ja nicht mal der Lagerschrank aufgeführt.»

«Ich kann mir selbst einen Lagerschrank kaufen, Bruno! Nichts für ungut, aber dieser Vertrag ist mehr als fair. Mein Anwalt hält mich wahrscheinlich ohnehin für verrückt, dass ich Wein als Entschädigung für eine Scheidung annehme.»

Amüsiert nickt Bruno und lehnt sich auf dem Stuhl zurück. «Du hast recht, es klingt ungewöhnlich, und niemand ist überraschter als ich, wie wir uns überhaupt geeinigt haben. Dennoch unterschreibe ich grundsätzlich nie etwas, und sei es noch so unwichtig, ohne es vorher meinem Anwalt gezeigt zu haben.»

«Gut, soll ich ihm eine Kopie per Mail schicken?»

«Wozu die Eile? Wenn wir erst in Spanien sind, haben wir vier Tage, um uns darum zu kümmern.»

«Du glaubst also, dass ich mit dir komme, ohne Sicherheit zu haben, dass du deinen Teil des Deals einhältst?»

«Und warum sollte ich es nicht tun?», fragt er spitz.

«Was weiß ich?» Jennifer atmet tief durch. «Ich habe deswegen eine Stunde mit meinem Anwalt am Telefon verbracht! Da wäre eine Bestätigung, dass das alles nicht umsonst war, wohl nicht zu viel verlangt, oder?»

Mit einem tiefen Seufzer macht sich Bruno daran, das Dokument zu lesen, diesmal genauer. Auch wenn er nicht versteht, warum es Jennifer auf einmal so wichtig ist, alles sofort festzuzurren. Wenn man bedenkt, dass sie sich gestern noch entschieden geweigert hatte, der Scheidung überhaupt zuzustimmen. Nein, er wird diese Frau nie verstehen!

Er sucht sich auf dem überfüllten Schreibtisch eine freie Stelle, wo er den Vertrag vor ihren Augen unterschreibt, ohne ihn zu Ende gelesen zu haben. Doch bevor sie noch die Hand danach ausstrecken kann, nimmt er ihn schnell an sich und lässt ihn in der Innentasche seines Sakkos verschwinden.

«Ich geb ihn dir, wenn wir da sind», erklärt er. «In Spanien. Du kannst es mir nicht verdenken, dass ich – was Absprachen betrifft – bei dir vorsichtig bin.»

Ohne ihr Zeit zum Erwidern zu geben, schneidet Bruno ein unverfänglicheres Thema an: «Und da wir gerade dabei sind: Ab dem nächsten Jahr wird mein Wein in Quebec erhältlich sein! Ich habe heute Vormittag alles ausgehandelt. Also, fast alles. Denn ich habe da eine Idee, die ich erst noch mit dir besprechen wollte.» Nach einer Kunstpause fährt er fort: «Wie wäre es, wenn sich deine Agentur tatsächlich um die Werbung dafür kümmern würde?»

Jennifer richtet sich in ihrem Stuhl auf. «Dein Meeting ist also gut verlaufen?»

«Noch besser als erhofft!» Bruno wirkt sehr selbstzufrieden. «Letzten Endes entpuppt sich diese Reise als sehr erfolgreich. Erst willigst du in die Scheidung ein, und dann gewinne ich heute auch noch einen Vertriebspartner auf dieser Seite des Ozeans.»

«Du machst jetzt also mit Amerikanern Geschäfte?», stichelt sie.

Bruno hebt warnend den Zeigefinger, sie solle sich hüten, einen Streit anzufangen, doch dann fängt er schallend zu lachen an. «Wunder geschehen immer wieder, das ist der Beweis!»

Das Telefon klingelt, und Laetitia von der Rezeption vermeldet, dass ein Kunde da sei, mit dem Jennifer jetzt einen Termin habe.

«Bring ihn doch bitte zu mir, ja?», sagt Jennifer und wendet sich dann an Bruno: «Tja …»

Sofort erhebt Bruno sich, weil er verstanden hat, dass es an der Zeit ist, sich zu verabschieden. «Wann bist du heute hier fertig?»

«Heute? Puh! Wahrscheinlich nicht vor acht Uhr.»

«Oh! Na ja … gut … ich könnte dann noch mal vorbeikommen, wenn du willst.»

Leicht verunsichert sieht Jennifer ihn an, und da er auf eine Antwort von ihr zu warten scheint, fragt sie nach: «Und weshalb genau?»

«Um dich zum Essen einzuladen. Ich habe etwas zu feiern, und da wir seit gestern miteinander reden können, ohne uns sofort zu streiten, dachte ich, wir könnten versuchen, eine ganze Mahlzeit, bis zum Ende, gemeinsam einzunehmen.»

Sie seufzt und sucht nach den passenden Worten.

Obwohl sie äußerlich ruhig bleibt, merkt Bruno, dass sie

nicht begeistert von seinem Vorschlag ist. «Fühl dich nicht verpflichtet», fügt er deshalb eilig hinzu.

Sie schüttelt den Kopf. «Es ist nur, dass ... also, wenn ich morgen früh abreisebereit sein will, wird es ziemlich eng.»

«Aber du musst essen.»

«Wahrscheinlich werde ich mir mit Sergio etwas bestellen. Ich will mit ihm noch all meine Projekte durchgehen, für den Fall, dass es irgendwo brennt, wenn ich nicht da bin.»

«Hmm. Sergio ... Klar.» Verärgert spitzt Bruno die Lippen. Jedes Mal, wenn Jennifer ihm entgleitet, ist es wegen dieses Mannes. Als sie Esclanyà damals verlassen wollte, hat sie seinen Namen ständig erwähnt: Sie habe es Sergio versprochen, sie könne Sergio nicht hängenlassen, Sergio hier, Sergio da. Und heute, da Bruno sie lediglich darum bittet, ein wenig Zeit mit ihm zu verbringen, schiebt sie schon wieder Sergio vor.

«Außerdem», fügt Jennifer mit einem ironischen Lächeln auf den Lippen hinzu, «ohne dich ärgern zu wollen, aber ich glaube, es ist besser, wenn wir vor der Abfahrt nicht allzu viel Zeit miteinander verbringen. Die Wahrscheinlichkeit, dass wir uns wieder streiten, ist nicht gerade gering ...»

«Hmm. Da hast du vermutlich recht.»

«Ich habe immer recht, mein Lieber», erwidert sie spöttisch.

«Natürlich!» Er grinst. «Und wenn ich das vor acht Jahren schon verstanden hätte, wären wir womöglich noch verheiratet.»

«Aber wir *sind* noch verheiratet! Das ist im Übrigen

auch der Grund, weshalb ich mir zehn Stunden in einem Flugzeug und noch drei weitere in einem Auto antun muss, nur um mich dann vier Tage in einem gottverlassenen Kaff zu langweilen.»

Seufzend wird ihm bewusst, dass es wahrscheinlich wirklich besser ist, sich aus dem Weg zu gehen. Allein, wie abfällig sie über Esclanyà spricht, stellt seine Nerven stark auf die Probe. Wenn man bedenkt, dass sie ihm damals ständig versichert hat, es sei der schönste Platz auf Erden ... Wie hat sie das nur vergessen können?

«Tut mir leid», murmelt sie. «Es ist nur ... ich habe einfach noch echt viel zu tun und –»

«Schon gut, ich hab's verstanden. Ich komme dann morgen mit dem Taxi bei dir zu Hause vorbei. Sagen wir ... gegen zwei Uhr?»

Jennifer nickt. «Ich werde bereit sein.»

«Gut, bis morgen also.»

Bruno verlässt ihr Büro mit einem unguten Gefühl im Magen. Wie soll er mehrere Tage lang mit Jennifer klarkommen, ohne dass wieder ein Megastreit ausbricht? Plötzlich kann er sich nicht mehr vorstellen, dass sie es überhaupt bis Esclanyà schaffen ...

Kapitel 6

Bruno hat es sich in seinem Sitz in der Businessclass bequem gemacht und versucht möglichst lässig zu wirken, auch wenn er aus dem Augenwinkel immer wieder zu Jennifer auf der anderen Seite des Ganges schielt. Sie bemerkt es erst, als sie nach der Decke greift, die eine der Stewardessen bereitgelegt hat. «Was ist?», fragt sie.

«Nichts. Ich kann nur immer noch nicht glauben, dass du wirklich in diesem Flieger sitzt», sagt er mit einem gequälten Lächeln. «Ich weiß auch nicht, aber ich fürchte noch immer, du könntest jeden Moment aufstehen und noch schnell aussteigen, bevor wir abheben.»

Sie zuckt mit den Schultern, faltet die Decke auseinander und legt sie sich über die Knie. Er hat nicht ganz unrecht. Wenn es nach ihr ginge, säße sie jetzt nicht hier. So kurz vor dem Abflug melden sich die Dämonen der Vergangenheit wieder. Hatte sie in den letzten Jahren nicht alles dafür getan, ihre gemeinsame Geschichte zu vergessen, und sich geschworen, nie wieder einen Fuß auf die Domaine de Verteuil zu setzen? Und jetzt kehrt sie doch dorthin zurück. Und weshalb? Um ihre Rachsucht zu stillen? Um eine Scheidung durchzuziehen, die sie nur Kraft und Nerven kostet?

Als die Motoren des Flugzeugs zu brummen beginnen, versucht sie sich auf die letzten Handgriffe der Stewardess zu konzentrieren, um die plötzlich aufsteigende Panik in den Griff zu bekommen. Am liebsten würde Jennifer fliehen. Zur Beruhigung sagt sie sich zwischen zusammengebissenen Zähnen immer wieder den Satz auf, den sie schon seit dem Morgen gebetsmühlenartig wiederholt: «Fahr in dieses elende Kaff, geh zu diesem Richter und lass dich verdammt noch mal scheiden, dann bist du den Kerl ein für alle Mal los und kannst endgültig mit der Vergangenheit abschließen.»

Bruno würde ihr gern etwas Nettes sagen. Auch wenn er versucht, Jennifer nicht die ganze Zeit anzustarren, merkt er, dass sie nervös auf ihrem Sitz herumrutscht und offenbar keine bequeme Position für den Start findet. «Ich dachte, du würdest den Flug nutzen, um mich auszufragen.»

Sie streicht sich mit den Fingern die Haare aus dem Gesicht und sieht ihn kühl an. «Weil du glaubst, was bei dir passiert, interessiert mich?»

«Wahrscheinlich nicht, aber ich dachte, du würdest gern wissen, was ich getan hätte, wenn du dich noch länger geweigert hättest.»

Jennifer richtet sich in ihrem Sitz auf und sieht ihn mit diesem herausfordernden Blick an, den er früher so gemocht hat. Ihre Augen sind nurmehr schmale Schlitze. Deshalb ist ihm bewusst, dass er ihre volle Aufmerksamkeit hat, als er verkündet: «Ich wäre bei dir eingezogen.»

«Ha! Ich hätte dich aber gleich wieder vor die Tür gesetzt!», erwidert sie trocken.

«Wir sind verheiratet, schon vergessen?»

«Getrennt!»

«Offiziell nicht. Und meinem Anwalt zufolge –»

«Ach, dein Anwalt hat doch keine Ahnung», schneidet sie ihm das Wort ab.

«Ich sag ja nur, dass ich rein rechtlich Zugang zu deiner Wohnung hätte, weil sie *nach* unserer Hochzeit gekauft wurde.»

Jennifer schnaubt. «Das ist lächerlich: Sie läuft nur auf meinen Namen und –»

«Das ändert nichts an der Gesetzeslage, Chérie. Aber, keine Panik, damit wollte ich dich nur ärgern. Ich habe überhaupt kein Interesse an einer Wohnung in Montreal. Obwohl …»

Er zwinkert verschmitzt, was bei ihr aber nicht anzukommen scheint. Deshalb fügt er mit einem sarkastischen Lacher hinzu: «Wenn ich gewusst hätte, dass mein Kommentar bei dir so quer reingeht …!» Noch immer keine Reaktion. «Wie dem auch sei … schade. Auf jeden Fall hätte ich dir guten Kaffee gekocht. Wenn dir das überhaupt etwas bedeutet. Meiner Meinung nach hättest du auch noch eine vernünftige Kaffeemaschine aushandeln sollen, zusätzlich zu dem Wein-Lagerschrank …»

Jennifer ist kurz davor, an die Decke zu gehen, als sich der Flieger langsam in Bewegung setzt, der Start also unmittelbar bevorsteht. Vielleicht sollte sie das Flugzeug tatsächlich noch verlassen, bevor es endgültig abhebt – koste es, was es wolle. Einen Moment lang zieht sie einen Nervenzusammenbruch in Betracht, um den Abflug zu verzögern. Doch aufzugeben, ohne sich gerächt zu haben, wäre zu einfach.

Als Bruno spürt, wie es um sie bestellt ist, rudert er eilig zurück: «Das war ein Witz, Jen! Alles nur Spaß!»

«Spaß?», wiederholt sie barsch. «Das ist kein Spaß, Bruno, es ist *mein* Leben, in das du dich ständig einmischst!»

Um ihrem Ärger nicht noch lauter Luft zu machen, wendet sie sich schnell ab und kauert sich auf ihrem Sitz zusammen. Was bringt es, sich aufzuregen? Bald wird sie ihm alles heimzahlen …

Bruno sieht sie eingehend an. Dass sie so heftig reagiert, überrascht ihn. «Jen, ich wollte nur die Atmosphäre ein wenig auflockern.»

Entschlossen zieht sie sich die Decke über die Schultern und brummt in sich hinein: «Glaub mir, mein Lieber, du kriegst eine Scheidung, die sich gewaschen hat!»

Als das Flugzeug gut zehn Stunden später den Landeanflug auf Barcelona beginnt, ist Jennifer nicht nur nervös, auch eine gewisse Melancholie ergreift sie angesichts der Landschaft, die sich unter ihr auftut. Das letzte Mal war sie vor acht Jahren an diesem Flughafen – als sie Bruno verlassen hatte und nach Montreal zurückgekehrt war. Seitdem ist sie zwar einige Male in Europa gewesen, doch Spanien hat sie nie wieder betreten.

Nun ist die Vergangenheit sofort wieder präsent und damit nicht zuletzt auch die alten Ängste. Trotz der Müdigkeit – sie hat während des gesamten Fluges nicht schlafen können – arbeitet ihr Kopf auf Hochtouren. Sie stellt sich vor, wie es wohl sein wird, das Meer an der Costa Brava wiederzusehen, die Küste von Begur, das Weingut der Verteuils und alle Mitglieder von Brunos Familie, deren Existenz sie jahrelang verdrängt hat.

Während sie an der Passkontrolle warten, redet Bruno ununterbrochen auf sie ein. Er spricht über das Wetter, über Neuigkeiten aus der Region und natürlich über Wein. Aber Jennifer hört kaum hin. Nur wenn er sich auf Spanisch oder Katalanisch an Dritte wendet, spitzt sie die Ohren. Einerseits, weil sie ihre Sprachkenntnisse testen will, andererseits, weil sie sicherstellen möchte, dass er nicht über sie spricht. Fast wider Willen stellt sie fest, dass sie noch erstaunlich viel versteht – zumindest vom Spanischen. Doch auch das bessert ihre Laune nicht wirklich.

Schweigend folgt sie Bruno schließlich, den Rollkoffer hinter sich herziehend, zu dem riesigen Parkplatz am Flughafen. Dort lädt er ihre Koffer in einen kleinen dunkelgrauen, fast schwarzen Lieferwagen, während sie bereits auf dem Beifahrersitz Platz nimmt.

«Du bist so still», stellt er fest, nachdem sie losgefahren sind.

«Ich bin müde. Wahrscheinlich durch die Zeitverschiebung.»

«Du hast doch aber während des gesamten Flugs geschlafen.»

«Ich habe nicht geschlafen, ich habe meine Augen geschlossen und es versucht, das ist etwas anderes.» Als ihr bewusst wird, wie scharf sie gerade geklungen hat, schürzt sie die Lippen und schiebt schnell hinterher: «Tut mir leid, ich bin ein bisschen gereizt. Hör einfach nicht hin.»

Er nickt und lächelt gequält. Sosehr Bruno sich auch bemüht, die Reise für Jennifer angenehm zu gestalten, er merkt, wie angespannt sie ist. Entsprechend ahnt er bereits, dass sie auf seine nächste Frage nicht positiv reagieren wird – und stellt sie dennoch: «Was empfindest du dabei, wieder hier zu sein?»

«Nichts», antwortet sie einen Tick zu schnell.

«Hmm, klar», sagt er, und sein Seufzen lässt keinen Zweifel daran, wie enttäuscht er ist.

Jennifer will sich etwas mehr zusammenreißen und ringt sich deshalb noch einmal einen versöhnlichen Satz ab: «Ich freue mich darauf, das Meer wiederzusehen.»

Prompt erscheint ein strahlendes Lächeln auf Brunos Gesicht, und er gerät ins Schwärmen: «Wenn wir erst aus der Stadt raus sind, wird es gleich richtig schön. Wir werden fast die ganze Strecke an der Küste entlangfahren.»

Jennifer reagiert mit einem verhaltenen Lächeln.

Als Barcelona hinter ihnen liegt und die Landschaft weitläufiger wird, greift Bruno zum Handy und telefoniert kurz. Er spricht sehr schnell und auf Katalanisch, wahrscheinlich mit seiner Mutter oder seiner Verlobten, deren Namen er mehrfach nennt. Ihr Verdacht bestätigt sich, als er zum Abschluss leise in den Hörer haucht: *«T'estimo.»* Wenn sie sich im Katalanischen an eins erinnert, sind es diese Worte. Damals hat Bruno sie unzählige Male zu ihr gesagt, inzwischen sagt er sie zu einer anderen.

«*T'estimo poncella* – Ich liebe dich, meine kleine Blume.» Manchmal hat er noch *«rossa»* hinzugefügt, in Anspielung auf ihr helles Haar. Wie Emma wohl aussieht? Und welche Kosenamen hat Bruno ihr gegeben?»

«Tut mir leid», sagt er und legt das Handy zur Seite, «ich wollte ihnen nur Bescheid geben, dass wir auf dem Weg sind. Meine Schwester hat darauf bestanden, eine Paella zu machen. Die mochtest du doch immer so gern. Auch wenn es nicht gerade das typischste katalanische Gericht ist … Und Emma ist es wichtig, dass die ganze Familie zusammenkommt, um dir zu zeigen, wie sehr wir deinen … *Einsatz* schätzen.»

Die ganze Familie? Was für eine absurde Idee! Jennifer beißt sich auf die Lippe und tut so, als würde sie aufmerksam aus dem Fenster schauen, damit er ihre panische Miene nicht sieht. Es wird ihr schwerfallen, eine gute Figur zu machen, wenn Eleonore de Verteuil – Brunos Mutter – anwesend ist.

«Stimmt was nicht?», fragt er, als er bemerkt, wie ihr Kiefer zuckt.

«Alles okay», lügt sie und blickt weiter angestrengt nach draußen.

Er lacht leise und klopft mit den Fingern aufs Lenkrad, bevor er selbstgefällig feststellt: «Unsere Ehe hat vielleicht nur zwei Monate gedauert, aber wenn du lügst, erkenne ich es immer noch. Du rümpfst dann deine Nase auf so eine bestimmte Weise ...»

Er verzieht übertrieben das Gesicht und versucht sie zu imitieren. Seufzend schluckt Jennifer ihr Unbehagen hinunter. Muss er sie unbedingt provozieren, wenn sie kaum geschlafen hat? Aber sie begnügt sich mit einem schlichten: «Ich mag keine Familientreffen.»

«Emma will dich doch nur gebührend empfangen ...»

«Wie nett von deiner Verlobten», erwidert sie gequält. «Bestimmt will sie mir vor allem vor Augen führen, wie sehr ihr euch liebt, das ist es doch.»

Bruno wirft ihr einen finsteren Blick zu. «So ist Emma nicht!»

«Natürlich nicht. Wahrscheinlich ist sie perfekt», höhnt Jennifer. «Eine perfekte kleine Madame de Verteuil und keine amerikanische Schlampe. Und brav, wie sie ist, zieht sie erst nach der Hochzeit zu dir, vermute ich. Deine Mutter ist sicher ganz hin und weg.»

«Was soll das, Jen? Ja, sie wohnt noch nicht bei mir. Aber was hat meine Mutter damit zu tun?» Ratlos sieht er sie an. Warum macht sie ihm so eine Szene, wenn Emma ihr doch nur für ihr Kommen danken will?

«Lass es einfach», brummt sie schließlich. «Ich habe dir doch gesagt, dass ich gereizt bin. Der Flug, der Stress, die Zeitverschiebung …» Angestrengt lächelnd dreht sie sich zu ihm um. «Ich werde mich bemühen, okay?»

Die Art, wie sie meint, das Thema damit einfach beenden zu können, ärgert Bruno. Langsam glaubt er wirklich, dass Jennifer mit der Situation nicht umgehen kann. Dennoch versucht er, sich einen Kommentar dazu zu verkneifen und sie in Ruhe zu lassen. Doch nach ein paar Minuten hält er es schon nicht mehr aus. «Weißt du, ich habe mir gedacht, wir könnten die Fahrt dazu nutzen, um uns alles zu sagen. Alles, was wir uns vor acht Jahren hätten sagen sollen. Unsere Meinungsverschiedenheiten klären, um uns Neuem zuzuwenden …»

«Ich habe mich bereits Neuem zugewandt.» Jennifer hält nichts davon, jetzt in der Vergangenheit zu wühlen.

«Ich spreche nicht von deinem Leben in Montreal, sondern von dir und mir. Man kann schließlich nicht behaupten, dass zwischen uns alles geklärt ist, so, wie wir uns getrennt haben. Wir könnten … versuchen zu verstehen, was nicht funktioniert hat.»

Ruckartig richtet sich Jennifer in ihrem Sitz auf und sieht ihn mit funkelnden Augen an: «Machst du dich über mich lustig?»

«Überhaupt nicht! Aber anscheinend weißt du ja die Antwort auf die Frage. Also, schieß los: Ich höre!»

«Du willst wissen, was nicht funktioniert hat?» Sie kann es nicht fassen. «Alles! Ich war zu jung, und du hast mich zu sehr unter Druck gesetzt! Wir sollten uns eigentlich nur noch um das Anwesen kümmern, und ich sollte als Hausfrau an deiner Seite stehen, höchstens ein Job als Lehrerin oder Fotografin fürs Lokalblatt wäre noch drin gewesen. – Mein Gott, ich war einundzwanzig!»

«Ich wollte dich lediglich als meine Frau an meiner Seite wissen …»

«Du wolltest mehr als das! Mein ganzes Leben sollte ich für dich aufgeben! Die Wahrheit ist doch, dass wir aus einer Laune heraus geheiratet haben, Bruno. Und wenn ich nicht gewesen wäre, hättest du irgendeine andere genommen. Es wundert mich sowieso, dass du nicht diese … Elena oder irgendeine andere Frau aus dem Dorf geheiratet hast.»

«Elena?»

Während er noch stirnrunzelnd überlegt, ob er eine Frau mit diesem Namen kennt, empört sich Jennifer weiter: «Du erinnerst dich nicht einmal an sie? Sie hing an dir wie eine Klette!» Mit übertriebener Gestik streicht sie über Brunos Schulter und säuselt mit näselnder Stimme: «O Bruno, du bist so aufmerksam, so stark, so kultiviert …»

«Von wem redest du?»

«Von Elena! Der Buchhalterin! Na ja, … also, der Assistentin …» Jennifer kommt ins Wanken. «Sie ist vor der Weinlese gekommen, mit ihrem Vater …»

Plötzlich scheint Bruno zu verstehen. «Ach so, du meinst Joseps Tochter! An die habe ich gar nicht gedacht, muss ich zugeben.» Er beginnt laut zu lachen.

«Jetzt versuch nicht zu leugnen, dass sie versucht hat, mich zu ersetzen, nachdem ich gegangen bin.»

«Was? Nein! Was für eine Frage!»

«Ach, und geschlafen hast du mit ihr etwa auch nicht?»

«Aber … nein!» Er ist schockiert über Jennifers Unterstellung.

Doch sie scheint noch immer nicht überzeugt, sondern deutet bereits anklagend mit dem Zeigefinger auf ihn. Deshalb versichert er ihr schnell – und seine Stimme klingt leicht schrill dabei, weil er sich bemühen muss, nicht laut zu werden –: «Ich habe nicht mit ihr geschlafen. Ich erinnere mich ja kaum an sie! Warum hätte ich es auch tun sollen? Ich war doch mit dir verheiratet.»

«Aber nachdem ich dich verlassen habe, hast du –»

«Hörst du jetzt mal auf?», unterbricht er sie kopfschüttelnd. «Man könnte meinen, du willst mir unbedingt was anhängen. Ich weiß nicht, was du glaubst, Jen, ich habe mit niemandem geschlafen. Ich denke, daran könnte ich mich erinnern, wenn es so wäre.»

Jennifer setzt sich in ihrem Sitz zurück und sucht nach einer bequemeren Position, doch es fällt ihr schwer, sich zu entspannen, wenn sie an die Zeit damals denkt.

«Aber wie kommst du darauf, dass ich mit … mit der was gehabt haben könnte?»

«Ach, nur ein Gerücht», erwidert sie kurz.

Sie versucht sich trotz des Gurts so zu drehen, dass sie ihm den Rücken zukehrt, und richtet den Blick auf das blaue Meer, das in der Ferne aufblitzt. Sie hätte sich denken können, dass an der Sache nichts dran war, aber sie war zu stolz. Und total naiv.

«Würdest du mir bitte verraten, wer dieses Gerücht aufgebracht hat?», hakt Bruno verärgert nach.

«Das tut doch jetzt nichts mehr zur Sache.»

«Jen! Bitte …»

Seufzend dreht sie sich wieder zu ihm um. «Ungefähr

einen Monat nach meiner Abreise … habe ich angerufen.»

«Du hast angerufen? Was? Du meinst … bei mir? Auf dem Festnetz? Warum hast du es nicht auf dem Handy versucht?»

Als Jennifer an seinem entsetzten Gesichtsausdruck erkennt, dass er davon nichts gewusst hat, lächelt sie traurig: «Das ist alles lange her. Vergiss es.»

«Niemand hat mir gesagt, dass du angerufen hast! Das schwöre ich dir!»

«Das habe ich mir gedacht. Macht nichts. Jedenfalls hat mir jemand zu verstehen gegeben, dass du mit dieser Elena zusammen warst.»

Betroffen sieht er sie an. «Wer? Wie konnte jemand auf so etwas kommen?»

«Egal, wahrscheinlich habe ich es falsch verstanden.»

Er wird langsamer, um abzubiegen, doch sobald sie wieder geradeaus fahren, nimmt er das Thema erneut auf: «Dürfte ich denn bitte erfahren, warum du angerufen hast?»

«Ich musste mit dir reden, das war alles.»

Doch die Antwort genügt ihm nicht. «Jetzt bin ich ja da und höre zu.»

Jennifer lacht kurz verbittert auf und wirft dann nervös die Haare in den Nacken. Sie überlegt, ob sie die Bombe platzen lassen und ihm alles sagen soll, doch was würde es bringen? Dieses Gespräch findet acht Jahre zu spät statt, und jetzt ist nichts mehr retten. «Es gibt dazu nichts mehr zu sagen», antwortet sie schließlich.

Bruno umfasst das Lenkrad fester und beschleunigt, ohne es zu merken. War es möglich, dass Jennifer ihren

Fehler eingesehen hat und zu ihm zurückkehren wollte? Warum hatte ihm nur niemand von ihrem Anruf erzählt?

«Jetzt mach nicht so eine Riesengeschichte daraus, okay?», sagt sie. «Ich habe dich nicht angerufen, um dich anzuflehen, mich zurückzunehmen.»

«Und warum dann?»

Entschlossen, weiter darüber zu schweigen, zuckt sie mit den Schultern und bereut inzwischen, mit dem Thema überhaupt angefangen zu haben.

«Jen, ich weiß, dass wir nichts mehr ändern können, du und ich, aber sollten wir die Gelegenheit nicht nutzen und uns jetzt die Wahrheit sagen?»

«Die Wahrheit ist, dass ich geglaubt habe, du wärst mit dieser Elena zusammen. Und da sie aus der Gegend stammte, dachte ich: Perfekt, genau so eine brauchst du ...»

«Perfekt für wen? Und wie konntest du denken, dass ich mich kaum einen Monat nach deiner Abreise mit einer anderen einlasse?»

«Ich war dumm, ja, das war ich. Bist du jetzt zufrieden?»

Eine Weile schweigt er, und sie hofft, dass die Diskussion damit endgültig beendet ist, doch Bruno, den die Vorstellung nicht loslässt, dass dieser Anruf womöglich alles verändert hätte, kann mit dem Thema noch nicht abschließen: «Jetzt sag schon, mit wem hast du gesprochen? Warum hat man mir nie davon erzählt, dass –»

«Ach, ist doch egal. Ich habe keine Lust mehr, darüber zu reden.» Mit einer abwehrenden Geste versucht sie ihn zum Schweigen zu bringen und wendet sich erneut der maritimen Landschaft zu.

Bruno lässt die Sache keine Ruhe, aber er hält den Mund und konzentriert sich auf die Straße.

«Ich bin müde», durchbricht Jennifer nach einer Weile die Stille. «Und nur, damit eines klar ist, ich will keine Paartherapie machen, sondern mich scheiden lassen. Wenn du mir also wirklich etwas Gutes tun willst, hör auf, in der Vergangenheit herumzuwühlen …»

Enttäuscht, dass sie jeden Austausch über ihre gemeinsame Zeit unterbindet, zieht Bruno die Augenbrauen zusammen. Vielleicht schlägt es ihr wirklich aufs Gemüt, nach Katalonien zurückzukehren? Aber warum sagt sie es dann nicht einfach? «Jen, ehrlich … ich will mich nicht mit dir streiten. Letztlich wollen wir doch beide das Gleiche. Und einige Tage auf meinem Anwesen zu verbringen dürfte nicht allzu unangenehm sein …» Da sie nicht antwortet, seufzt er einmal laut und bemüht sich dann weiter um versöhnliche Worte: «Wir werden versuchen, dir den Aufenthalt so angenehm wie möglich zu gestalten. Ich für meinen Teil werde alles tun, um es dir leicht zu machen. Denn ich möchte, dass es gut zwischen uns läuft, du nicht auch?»

Sie reagiert noch immer nicht, schließlich kann sie ihm schlecht sagen, dass sie das Gegenteil im Sinn hat, dass ihr Ziel ist, es ihm heimzuzahlen, wenn sie erst einmal bei ihm angekommen sind.

Bruno bekräftigt unterdessen noch einmal feierlich: «Für Emma ist die Hochzeit sehr wichtig. Sie ist so froh, dass du eingewilligt hast mitzukommen, das kannst du dir gar nicht vorstellen.»

«So froh, dass sie gleich ein Familientreffen organisiert. Nett!», entgegnet Jennifer und verzieht das Gesicht.

«Freust du dich denn nicht wenigstens, meine Schwester wiederzusehen? Maria kann es kaum erwarten, dir ihren Mann und ihre Kinder vorzustellen.»

Überrascht fährt Jennifer zusammen und dreht sich neugierig zu ihm um. «Jetzt sag nicht, dass sie Eduardo geheiratet hat?»

«Du erinnerst dich an ihn?»

«Na klar! Ich habe ihn zwar nie getroffen, aber Maria war verrückt nach ihm und hat die ganze Zeit von ihm geredet. Wow! Ich kann gar nicht glauben, dass deine Mutter es zugelassen hat.»

«Eigentlich hatte sie keine Wahl. Maria hat sich heimlich mit ihm getroffen, und nach drei Monaten war sie schwanger. Du kannst dir nicht vorstellen, wie sauer meine Mutter damals war», fügt er lachend hinzu. «Ihr Sohn ist zwei Monate nach der Hochzeit sitzengelassen worden, und ihre Tochter hat sich von dem erstbesten dahergelaufenen Kerl schwängern lassen …»

«Deine Schwester war dreiundzwanzig, und Eduardo war sicher nicht der erstbeste dahergelaufene Kerl. Er war bis über beide Ohren verliebt in sie!»

«Und das ist er immer noch. Inzwischen haben sie drei Kinder.»

«Drei?», wiederholt sie verblüfft. «Schon?»

«Ja, es sind schon drei! Verrückt, was?»

Jennifer lächelt verlegen, als ihr bewusst wird, wie lange sie auch zu Maria keinen Kontakt mehr gehabt hat. Nachdem sie Esclanyà den Rücken gekehrt hatte, war das Schlechte so beherrschend gewesen, dass sie das Gute vollkommen verdrängt hatte. Mit Maria hatte sie sich damals sofort gut verstanden.

Und plötzlich kann es Jennifer gar nicht schnell genug gehen, bis sie auf dem Weingut sind.

Kapitel 7

Als der Wagen in Begur einrollt, atmet Bruno erleichtert durch. Auch wenn er nur fünf Tage fort gewesen war, seine Heimat hat ihm bereits gefehlt.

Jennifer schaut sich um und stellt überrascht fest, dass sich in den letzten Jahren – zumindest auf den ersten Blick – nichts oder kaum etwas verändert hat. Ihre Müdigkeit ist jetzt vollkommen verschwunden. Stattdessen spürt sie eine seltsam freudige Aufregung, die sie versucht, nicht allzu deutlich zu zeigen. Aber plötzlich ziehen die Bilder aus ihrer Vergangenheit wieder im Original an ihr vorbei: die kleinen, weißen Fischerhütten, die gewundenen Gässchen, die schmuckvollen Häuser zurückgekehrter Auswanderer im karibischen Kolonialstil …

Bruno fährt mitten durchs Zentrum, und nachdem sie die Kleinstadt wieder verlassen haben, dauert es nicht lange, bis sie Esclanyà erreichen, das offiziell sogar noch zu Begur gehört. Er fährt auch hier bewusst einmal durch den ganzen Ort, bevor er auf die Straße einbiegt, die steil den Hügel hinaufführt, auf dem die Domaine de Verteuil liegt. In der Ferne erblickt Jennifer die gegenüberliegende mächtige Erhebung, auf dem wie eine steinerne Krone die Burgruine von Begur thront – damals eins ihrer liebsten Fotomotive.

«Der gekrönte Berg», flüstert sie, da ihr gerade wieder eingefallen ist, wie sie ihn immer genannt hat.

«Daran erinnerst du dich?», fragt Bruno erstaunt und sieht sie freudig an.

«Sieht so aus», antwortet sie, ganz ohne scharfen Unterton, denn sie ist mit den Gedanken woanders – bei der hügeligen Landschaft, die einen sofort in den Bann schlägt, und bei der Vergangenheit. In ihrem Kopf fließt alles ineinander – ihr Besuch der Burgruine damals, die Fotos, Bruchstücke aus Gesprächen … und ihrer beider Geschichte.

Während sie weiter bergauf fahren, dreht Jennifer den Kopf Richtung Meer, wo der Horizont nicht mehr als eine schmale blaue Linie darstellt. Ohne die Wolken am Himmel wäre der Übergang zum Wasser kaum wahrnehmbar. Trotz Klimaanlage lässt sie das Fenster hinunter, um die Seeluft und den würzigen Geruch einzuatmen, die aus dem Tal heraufdringen. Wärme, Feuchtigkeit, Salz und Staub kitzeln ihr in der Nase, doch das ist nichts im Vergleich zu dem, was sie mit den Augen wahrnimmt: Die Landschaft um sie herum ist so wunderschön, dass es ihr fast den Atem raubt.

«Gefällt es dir immer noch so gut wie früher?», fragt Bruno prompt.

«Ja», gibt sie nickend zu.

«Am Wochenende können wir ja mal zur Burg rüberfahren, wenn du magst. Wenn ich mich recht erinnere, hast du von dort oben immer gern Fotos gemacht.»

«Aber … ich habe meine Kamera gar nicht dabei», sagt sie und sieht ihn an. «Und ich fotografiere inzwischen auch eher selten. Jedenfalls nicht mehr so wie früher.»

«Ach? Schade.» Mit ernster Miene fährt Bruno weiter, den Blick stur auf die Straße vor sich gerichtet. Ihm liegt eine Frage auf der Zunge, die er aber nicht auszusprechen wagt, weil er weiß, wie sensibel das Thema ist. Erst als er den Wagen in einen noch engeren Weg lenkt, an dessen Ende sein Anwesen liegt, kehrt sein Lächeln zurück.

Für eine Weile ist die Strecke links und rechts von Olivenbäumen gesäumt, doch schon bald ist jenseits der silbrig schimmernden Blätterkuppeln das große Gutshaus zu erkennen. Es steht inmitten von dreiundneunzig Hektar Land, auf dem sich noch einige weitere Gebäude aus dem letzten Jahrhundert befinden.

Die Domaine de Verteuil mit den dazugehörigen Ländereien bildet einen deutlichen Kontrast zu dem nahezu schwarzen Hang, der sich jenseits der mit Wein bepflanzten Hügel erhebt. Und sowie man sich ein Stück zur Seite wendet, sieht man nur noch Himmel und Meer ineinander übergehen. Ein magisches Blau, so weit das Auge reicht.

Während sie über das Anwesen rollen und schließlich vor dem prächtigen Haus halten, dessen weiß getünchter Stein Jennifer in der grellen Sonne noch leuchtender erscheint, als sie es in Erinnerung hat, kehrt ihre Nervosität zurück.

«Da sind wir», sagt Bruno, nachdem er den Motor abgestellt hat. Einen Moment bleibt er noch reglos sitzen, bevor er das Lenkrad loslässt und langsam den Gurt löst, als habe er Angst, Jennifer zu erschrecken, wenn er sich zu schnell bewegt. Sie rührt sich nicht vom Fleck und hält den Blick auf die Knie gesenkt, um die Erinnerungen zu verdrängen, die in ihr hochkommen. Als sie schließlich doch aussteigt, spürt sie, wie schwer und steif ihre Glieder sind. Wahrscheinlich ist die lange Reise schuld. Sie geht zum Kofferraum, um dort auf ihr Gepäck zu warten.

Bruno folgt ihr und muss sich beherrschen, sie nicht unaufhörlich anzustarren. Zu gern würde er ihre Gedanken lesen können, wissen, was sie nach so vielen Jahren beim Anblick des Weinguts empfindet.

«Ich bin müde. Und es ist heiß», sagt Jennifer, als sie seinen forschenden Blick bemerkt. Um das Gesagte zu unterstreichen, zieht sie ihr verschwitztes Shirt ein Stück vom Körper ab und wirft sich das Haar über die Schultern in den Nacken.

Bruno will gerade ihren Koffer ausladen, als sie ihm zuvorkommt und ihn sich selbst schnappt. Danach wartet sie jedoch, bis er den Wagen wieder geschlossen hat, und lässt ihn vorgehen.

Als sie sich dem Eingang nähern, dringt Kinderlachen heraus, was Brunos Laune sofort hebt: «Da drinnen wird's trubelig! Ich hoffe, du bist bereit?»

«Ähm … ja …», antwortet Jennifer leicht verunsichert.

Er legt eine Hand auf den Knauf des Eingangsportals und sieht sie ein letztes Mal an, bevor er die Tür öffnet. «Danke, dass du mitgekommen bist, Jen.»

Sobald sie die klimatisierte Kühle des Hauses betreten haben, sind die Rufe eines Kindes zu hören, und im nächsten Moment stürzt auch schon ein kleiner Junge mit braunem Haar auf Bruno zu: «Onkel Bruno!»

Damit wissen alle im Haus Bescheid. Als Nächste erscheint Maria am Ende des langen Flurs, von wo ein köstlicher Essensduft ausgeht. Jennifer erkennt sie sofort. Sie ist ein ähnlich dunkler Typ wie ihr Bruder und eine echte Naturschönheit. Fast gleichzeitig läuft ein kleines Mädchen auf Bruno zu, und da er bereits den Jungen im Arm hält, klammert sie sich an sein Bein und ruft ebenfalls immer wieder: «Onkel Bruno!»

«Man könnte meinen, ich wäre ein ganzes Jahr lang weg gewesen!», sagt er lachend und legt eine Hand auf den Kopf der Kleinen, bevor er den Jungen auf den Boden stellt, um sie zu umarmen und zu fragen, ob sie während seiner Abwesenheit auch brav gewesen sei.

Jennifer ist noch dabei, dieses Familienidyll, in dem sie sich wie ein Fremdkörper vorkommt, mit einem gewissen Abstand zu beobachten, als Maria auf sie zugelaufen kommt und sie stürmisch umarmt: «Du hast aber ganz schön lange gebraucht!»

Ein wenig überrumpelt von Marias herzlicher Begrüßung, ist Jennifer dennoch nicht um eine Reaktion verlegen: «Gehören die alle zu dir?», erkundigt sie sich lachend.

«Ähm, ja. Du hast zwar vor mir geheiratet, aber bei dem Rest war eindeutig ich schneller!»

Während sie noch gemeinsam lachen und Jennifer fasziniert feststellt, dass man Maria die drei Schwangerschaften kein bisschen ansieht, kommt ein Mann auf sie zu, der ein schlafendes Baby auf dem Arm trägt. Maria streckt die Hand nach dem kleinen Kopf aus und streicht über die dunklen, weichen Locken: «Das ist meine Jüngste: Ella. Sie ist gerade sechs Monate alt geworden. Und das ist Eduardo. Erzählt habe ich damals schon von ihm.»

«Natürlich! Wow, da wart ihr aber ganz schön fleißig.» Jennifer streichelt die Kleine ebenfalls, wenn auch etwas unsicher und nur mit den Fingerspitzen. Maria bedeutet ihrem Sohn näher zu kommen: «Das ist Michaël, sechs Jahre. Und bei Bruno auf dem Arm, das ist Jenny, sie wird bald drei.»

Jennifer sieht Maria überrascht an: «Deine Tochter heißt Jenny?»

Bruno nähert sich mit der großen Schwester, die noch immer die Arme um seinen Hals geschlungen hat. Und Maria wuschelt durch das ohnehin bereits zerzauste Haar ihrer älteren Tochter, die den Kopf in Brunos Hals vergraben hat, weil es ihr sichtlich unangenehm ist, einer Fremden vorgestellt zu werden.

«Es war Eduardos Idee», erzählt sie. «Immerhin hast du einen gewissen Anteil daran, dass wir zusammen sind, er und ich.»

«Wow. Ich muss sagen … damit hätte ich nicht gerechnet.» Jennifers Blick wandert von Maria zu ihrer Tochter, während Bruno meint, die beiden Namensschwestern noch einmal offiziell einander vorstellen zu müssen: «Weißt du, die Frau hier heißt fast genau wie du: Jennifer, aber manchmal wird sie auch Jenny genannt.» Er dreht sich, damit sich die kleine und die große Jenny direkt ansehen können, doch keine von beiden rührt sich. Sie beobachten sich nur schweigend, bis Bruno mit leicht hämischem Unterton sagt: «Wir haben gebetet, dass sie nicht auch deinen Charakter hat.»

Der Satz bringt alle zum Lachen, sogar Jennifer, die sich jetzt doch zu dem Mädchen vorbeugt und sie begrüßt: «Hallo. Weißt du, dass du sehr hübsch bist?» Ihr Spanisch ist noch ein wenig eingerostet, aber sie hätte nicht geglaubt, dass sie die Sprache nicht nur nach wie vor verstehen, sondern auch sprechen kann.

Die Kleine richtet sich im Arm ihres Onkels auf und löst eine Hand von seinem Hals, um sie mit ausgestreckten Fingern in Jennifers Haar zu schieben: «Bist du eine Prinzessin?»

«Ich? Ähm … ich glaube nicht, nein. Warum?»

«Weil Prinzessinnen immer solche Haare haben wie du.»

«Blond», erklärt Maria. «Mini-Jenny liebt Aschenputtel, und da es blondes Haar bei uns nicht gerade wie Sand am Meer gibt …»

«Ah, verstehe», antwortet Jennifer lächelnd. «Also, ich bin jedenfalls keine Prinzessin, aber *du* würdest eine sehr schöne Prinzessin abgeben, da bin ich mir sicher.»

Jenny kuschelt sich wieder schüchtern an Bruno, was die anderen zum Schmunzeln bringt. Schließlich wendet sich Jennifer dem Jungen zu: «Und du? Du bist ja schon ganz schön groß», ruft sie mit gespieltem Erstaunen. «Und hast die Augen … von deiner Mama.»

«Ein echter kleiner de Verteuil, das steht fest», bestätigt Maria und wuschelt jetzt ihrem Sohn durchs Haar.

Es ist nicht zu leugnen, dass Michaël nicht nur Maria, sondern auch Bruno ähnlich sieht: die feinen Gesichtszüge, das schokoladenbraune, fast schwarze Haar, das im Gegensatz zu dem seiner Schwestern nur wenig gelockt ist. Und dazu diese Augen, die eine ganz besondere Farbe haben, die zwischen Grün und Grau changiert. Augen, die Jennifer vor acht Jahren nach kürzester Zeit um den Verstand gebracht haben.

Maria fordert Michaël auf, Jennifer zu begrüßen, was darin endet, dass er sich an seine Mutter drückt, weil auch er sich nicht traut, auf eine Unbekannte zuzugehen. Liebevoll macht sich Maria über ihre Kinder lustig, während sie Bruno die kleine Jenny abnimmt: «Wenn sie doch nur immer so zurückhaltend wären, aber du wirst sehen, in zehn Minuten rennen sie wieder kreischend durchs Haus.»

«Sie übertreibt», erklärt Eduardo. «Es sind liebe Kinder.»

«Ja, nicht wahr, Mini-Jenny, du bist lieb, oder?», ruft Bruno und tut so, als würde er ihr in die Nase kneifen.

«Sehr lieb!», antwortet die Kleine und lacht strahlend.

Maria lässt sie zu Boden und sagt dann entschlossen: «Gut, aber nun habe ich noch eine ganze Menge zu erledigen, bevor der Rest der Truppe hier einfällt.» Und zu Jennifer gewandt, fügt sie hinzu: «Hat Bruno dir gesagt, dass heute Abend alle zum Essen kommen?»

Jennifer nickt und lächelt ein wenig gezwungen.

«Du wirst die zukünftige Mme de Verteuil kennenlernen», fährt Maria fort. «Wir hätten ja nie geglaubt, dass dieser Tag je käme. Und schon gar nicht, dass der Kerl sich eine noch jüngere Frau aussucht ...»

Lachend will sie jetzt auch Bruno durchs Haar wuscheln, der sich ihr jedoch entzieht und sichtlich verärgert brummt: «Emma ist gar nicht so jung.»

«Sie ist mehr als zehn Jahre jünger als du!», verteidigt sich Maria.

«Jetzt fangt nicht schon wieder damit an», klagt Eduardo und wiegt das Baby in seinem Arm, das unruhig geworden ist.

Während Jennifer den nicht ganz ernst gemeinten Familienstreit mit halbem Ohr mitverfolgt, wendet sie sich abermals der kleinen Jenny zu. Anstatt mit Michaël im Wohnzimmer zu verschwinden, ist diese in der Nähe geblieben und beobachtet Jennifer neugierig. Als Jennifer das Mädchen anlächelt, kommt es zu ihrer größten Überraschung mit ausgestreckten Armen auf sie zu. Erstaunt nimmt Jennifer sie hoch und setzt sie sich auf die linke Hüfte. «Ich glaube, sie hat mich adoptiert», sagt sie stolz zu Maria.

«Freu dich nicht zu früh. Jetzt wirst du sie nämlich nicht mehr los!»

Das Mädchen streicht Jennifer übers Haar und wickelt sich dann ungeschickt eine Strähne um die Finger, die sie ihr hinters Ohr zieht. «Du siehst aber aus wie eine Prinzessin», beharrt sie.

Maria lacht laut auf: «Sie bleibt dabei. Also, du kannst nicht sagen, dass meine Tochter dir keinen großen Empfang bereitet! Und jetzt komm, *menuda*, bedränge Jennifer nicht so.»

«Kein Problem», versichert diese ihr und drückt die kleine Jenny an sich.

Als hätte er ihre Reaktion nicht mitbekommen, nimmt Bruno ihr die Kleine aus dem Arm und fordert sie auf, mit ihrem Bruder im Wohnzimmer spielen zu gehen. Kaum dass er sich wieder aufgerichtet hat, gibt ihm Jennifers missbilligender Blick jedoch deutlich zu verstehen, was sie davon hält, derart übergangen worden zu sein.

«Die Reise war lang», verteidigt er sich. «Deshalb habe ich gedacht, du willst dich bestimmt gern ein bisschen ausruhen, bevor der Rest der Familie kommt. Duschen, umziehen …»

«Aha. Okay …» Jennifer zögert. Jetzt, da sie hier ist, umgeben von Maria und ihrer Familie, ist sie plötzlich überhaupt nicht mehr müde, und nervös auch nicht. Maria wiederzusehen macht sie richtig glücklich. Doch Bruno greift nach ihrem Koffer und bedeutet ihr, ihm zu folgen.

Maria zwinkert verschwörerisch und flüstert ihr im Vorbeigehen zu: «Komm bald wieder runter. Es gibt viel zu erzählen!»

Gut gelaunt geht Jennifer hinter Bruno die Treppe hinauf, fest entschlossen, nur schnell zu duschen und sich umzuziehen. Anschließend würde sie Maria bei den Vorbereitungen für das Essen helfen, und dabei könnten sie reden, bevor die anderen kämen.

Oben angekommen, öffnet Bruno die Tür am Ende des Flurs und stellt ihren kleinen Koffer ab. Jennifer erkennt das Zimmer sofort wieder. Es liegt auf der hinteren Seite des Hauses und bietet durch das große Erkerfenster einen wundervollen Blick aufs Meer. Auf der Stelle begibt sie sich zu der Glastür, die auf den Balkon hinausführt, und öffnet sie. Sofort dringt die heiße Luft in den klimatisierten Raum. Jennifer tritt hinaus und stützt sich mit den Ellbogen auf die Brüstung – und ist überwältigt. Ob es daran liegt, dass sie doch erschöpft von der Reise ist? Oder liegt es an den Emotionen, weil sie plötzlich wieder einer Vergangenheit ausgesetzt ist, die sie für immer abgeschlossen zu haben glaubte? Jedenfalls kann sie nach wie vor nicht glauben, dass sie wirklich am selben Ort steht wie vor acht Jahren.

«Es ist so seltsam, dich hier zu sehen», sagt Bruno, der ihr auf den Balkon gefolgt ist.

«Ja, für mich auch», flüstert sie.

Dann schweigen sie beide. Lange hält Jennifer es jedoch draußen in der Hitze nicht aus und seufzt erleichtert, als sie wieder die Kühle des Zimmers betritt.

Während sie bereits ihren Koffer nimmt und ihn aufs Bett legt, kommt auch Bruno wieder herein und schließt die Balkontür. «Du hast … Also, Handtücher sind im Badezimmer und –»

«Schon gut, Bruno, ich kenne mich hier aus», unterbricht sie ihn schroff.

«Stimmt, ja. Aber wenn du etwas brauchst …»

«Werde ich mir schon zu helfen wissen, keine Sorge.»

Ungeduldig gibt sie ihm zu verstehen, dass sie jetzt lieber allein wäre.

Nachdem er tatsächlich zur Tür gegangen und – leicht erstaunt darüber, in seinem eigenen Haus rausgeworfen zu werden – in den Flur getreten ist, lässt sich Jennifer auf die Bettkante fallen. Endlich gelingt es ihr, die Hände still zu halten und sich ein wenig zu sammeln. Sie hat unterschätzt, was diese Reise mit ihr machen würde. So viel schwirrt ihr im Kopf herum, Bilder von früher und heute vermischen sich. Jede Ecke dieses großen Hauses birgt Erinnerungen, nicht zuletzt dieses Zimmer am Ende des Flurs. Hinzu kommt die Vertrautheit mit Maria, die sich sofort wieder eingestellt hat, obwohl sie sich seit acht Jahren nicht gesehen haben – und mit dem kleinen Mädchen, das ihren Namen trägt! Wie könnte man bei so einem Engelsgesicht hart bleiben?

Mit einem tiefen Seufzer zwingt sie sich in die Realität zurück. Sie kann nicht davon ausgehen, dass es mit dem Rest der Familie de Verteuil ähnlich leicht werden wird wie mit Maria. Brunos Mutter gegenüber darf sie nicht das kleinste Anzeichen von Schwäche zeigen und erst recht nicht vor seiner Verlobten. Auf keinen Fall will sie wie eine verbitterte Exfrau rüberkommen, die gegen eine Jüngere eingetauscht wurde. Sie ist doch zufrieden und glücklich mit ihrem Leben in Montreal. Nein, Esclanyà verlassen zu haben, bereut sie nach wie vor nicht, und das will sie heute Abend deutlich zum Ausdruck bringen.

Es ist fast fünf Uhr, als Jennifer aus ihrem Zimmer tritt und noch kurz vor dem Spiegel stehen bleibt, der im Flur an der Wand hängt. Sie hat sich einige Haarsträhnen mit kleinen goldfarbenen Klammern zurückgesteckt und ein schlichtes blauweißes Sommerkleid angezogen, das ihrer Figur schmeichelt.

«Sehr hübsch», bestätigt Bruno, der im selben Moment aus seinem Zimmer ein paar Türen weiter kommt.

Jennifer fährt zusammen, als wäre sie in flagranti erwischt worden, und wirbelt herum, weil sie das Gefühl hat, er würde sich über sie lustig machen.

Doch er betrachtet sie eingehend und bekräftigt: «Wirklich sehr hübsch.»

«Meinst du das ernst?», fragt Jennifer erstaunt.

«Warum sollte ich dich anlügen?»

Sie zuckt mit den Schultern. «Üblicherweise macht man seine Ex eher runter, damit sich die Neue überlegen fühlt.»

Lachend schüttelnd Bruno den Kopf. «Was glaubst du denn?», gibt er sich selbstbewusst. «Emma und du, ihr seid doch keine Konkurrentinnen.»

«Das höre ich gern.»

Er stellt sich vor sie und lächelt amüsiert. «Hast du dich etwa deshalb heute so hübsch gemacht?»

«Hab ich doch gar nicht, ich habe nur ein Kleid angezogen. Ähnlich leger also wie du. Oder gibt es einen Dresscode?»

Bruno hat Hemd und Anzug gegen Jeans und ein schlichtes weißes T-Shirt eingetauscht. Sein Haar ist noch feucht, und er fährt sich ständig mit den Fingern hindurch, als hoffe er, es würde dann schneller trocknen. Plötzlich setzt er eine ernste Miene auf. «Bist du nervös?», fragt er leise.

«Warum? Weil ich deine zukünftige Frau kennenlerne?», erwidert sie und verzieht das Gesicht zu einem schiefen Lächeln.

Er grinst ebenfalls und verschränkt die Arme. «Möglich wäre es doch. Es muss sich seltsam anfühlen, plötzlich wieder hier zu sein, meine Schwester wiederzusehen und … meine Eltern.»

Augenblicklich verschwindet das ironische Lächeln aus Jennifers Gesicht, und sie schüttelt den Kopf: «Ich bin nicht nervös, dennoch könnte ich auf dieses Familientreffen verzichten. Aber … so ist es eben. Letztlich liegt das Risiko bei dir.»

«Das Risiko? Welches Risiko?»

«Denk dran, noch habe ich die Scheidungspapiere nicht unterschrieben! Wenn sich deine kleine Verlobte also vor mir aufspielt oder deine Mutter versucht –»

«Oh, jetzt mach mal halblang! Wenn ich dich daran erinnern darf, es war Emma höchstpersönlich, die sich für dieses Essen eingesetzt hat.»

«Ja, und ich kann mir auch sehr gut vorstellen, warum. Deine Emma will mir unbedingt zeigen, was für eine tolle Familie ihr seid. Was ich ein bisschen kindisch finde, aber gut … wenn es ihr so wichtig ist.»

«Ich habe dir doch schon gesagt, dass sie anders ist. So etwas wie Schadenfreude kennt sie gar nicht. Es sind nicht alle Frauen wie du!»

«Oh, welch Kompliment», höhnt sie und fügt dann trocken hinzu: «Wie dem auch sei, sag nicht, dass ich dich nicht gewarnt habe, wenn es schlecht laufen sollte.» Sie macht auf dem Absatz kehrt und marschiert die Treppe hinunter.

Bruno bleibt perplex stehen. Er hegt keinen Zweifel an Emmas guten Absichten, ist sich aber dennoch nicht mehr sicher, ob das Essen mit der gesamten Familie wirklich eine gute Idee war. Denn wenn es eins gibt, was er über Jennifer gelernt hat, dann, dass sie niemals grundlos droht. Was, wenn sie es nun als Gelegenheit sieht, sich für das verkorkste Essen bei ihrer Mutter zu rächen? Vielleicht hätte er darüber nachdenken sollen, bevor er Emmas Vorschlag zugestimmt hat.

Bruno streicht sich das feuchte Haar glatt und beschließt, am Abend auf der Hut zu bleiben. Schließlich hat er Jennifer bis hierher gebracht, da darf die Scheidung jetzt nicht mehr scheitern.

Kapitel 8

Verzückt reißt Brunos Nichte die Augen auf und beginnt um Jennifer herumzutanzen, als diese in der Küche erscheint. «Oh ja, da kommt die Prinzessin!»

«Sie ist ganz hin und weg von dir», lacht Maria.

Das Mädchen läuft davon, und Jennifer, der von dem überschwänglichen Empfang ein bisschen schwindelig geworden ist, lehnt sich an den Tresen: «Brauchst du Hilfe?»

«Alles fertig. Die Paella ist im Ofen, und das Dessert habe ich gestern schon gemacht – ganz professionell! Und du? Hast du dich ein bisschen ausruhen können?»

«Nicht wirklich. Wahrscheinlich das Adrenalin. Wieder herzukommen, dich wiederzusehen, alles eben.»

«Ja, dass dich das nicht kaltlässt, verstehe ich.»

«Da sagst du was. Wenn ich mir überlege, mit welcher Begründung dein Bruder mich überreden musste, herzukommen …!»

Jennifer und Maria sehen sich amüsiert an, ohne sich um das Kreischen der Kinder aus dem Nebenzimmer zu kümmern. Maria bietet Jennifer ein Glas Rosé an, das sie mit einem breiten Lächeln nur zu gern annimmt. Sie sind gerade dabei, auf ihr Wiedersehen anzustoßen, als die kleine Jenny mit einem Arm voller Krimskrams in die Küche zurückkehrt. «Für dich.»

Ihre Mutter ist wenig begeistert. «Was schleppst du denn alles an, Süße?»

«So was brauchen Prinzessinnen!», verteidigt sich die Kleine.

Jennifer nimmt ihr die Sachen ab und legt sie auf den Tresen: eine kleine, mit Glitzersteinen besetzte Krone aus Plastik, rosafarbene Bänder, Kinderschminke und noch ein paar Spielfiguren. Das Mädchen streckt die Arme aus, weil sie von Jennifer auf den Tresen gehoben werden will, wo sie ihr sofort die Plastikkrone ins blonde Haar setzt. Jennifer lässt es bereitwillig geschehen, obwohl das Teil viel zu klein ist.

«Deine Haare sind so schön!»

«Würdest du auch gern wie eine Prinzessin aussehen?», fragt Jennifer.

«O ja.»

Behutsam dreht Jennifer die Kleine ein Stück zur Seite, teilt ihr Haar mittig und beginnt zwei Zöpfe zu flechten, die sie mit den rosafarbenen Bändern zusammenbindet. Danach tut sie so, als würde sie sie schminken, und setzt ihr die Krone auf den Kopf. Zum Schluss zieht sich Jennifer noch die goldenen Klammern aus dem eigenen Haar und steckt der Kleinen die Zöpfe damit hoch.

«Jen, du musst ihr nicht deine Sachen geben», sagt Maria.

«Aber sieh mal, wie gut sie zu ihr passen. Sie ist echt eine ganz Süße!»

In dem Moment betritt Bruno die Küche, und er ist nicht allein, sondern in Begleitung einer hübschen brünetten Frau. Anstatt sie vorzustellen, beugt er sich gleich zu seiner Nichte vor und lächelt: «Du siehst ja wie eine richtige Prinzessin aus.»

«Die Prinzessin ist Jenniför!»

«Jennifer», verbessert ihre Mutter.

«Jenniför», wiederholt die Kleine mehr schlecht als recht.

Jennifer streicht sich die Haare hinters Ohr, da sie plötzlich das Gefühl hat, ihre Frisur könnte ohne die Klammern leicht derangiert aussehen. Dann hebt sie das Mädchen vom Tresen und streckt der Fremden freundlich die Hand hin: «Emma, nehme ich an?»

«Ja. Entschuldigung, ich wollte nicht unterbrechen.» Die junge Frau geht auf Jennifer zu und schüttelt ihr lächelnd die Hand. Einen Moment lang sehen sie einander an. Emma ergreift als Erste wieder das Wort: «Sie sehen … wirklich sehr gut aus.»

«Danke. Ich denke, wir können uns duzen. So alt fühle ich mich nämlich eigentlich noch nicht.»

«Oh nein! Natürlich nicht. Das wollte ich damit nicht … es ist nur –»

«Keine Sorge», unterbricht Jennifer sie lachend. «Ich wollte einfach die Stimmung auflockern.»

«Ah, okay. Ich … Entschuldigung», stammelt Emma und wird knallrot. Die Leichtigkeit, mit der Jennifer das Gespräch führt, scheint sie ein wenig zu überfordern. Hilfesuchend blickt sie zu Bruno, der ihr jedoch lediglich einen Arm um die Taille legt.

«Du siehst aber auch sehr gut aus», versichert Jennifer ihr jetzt. «Im Grunde meines Herzens habe ich immer gewusst, dass er mehr auf brünett steht.» Sie sieht Bruno verschmitzt an.

Bruno verdreht die Augen und zieht eine Grimasse. Dabei ist er eigentlich erleichtert, dass Jennifer die Unterhaltung scherzhaft angeht.

Nun tritt Emma näher an Jennifer heran und sucht sichtlich nach den richtigen Worten: «Ich … Danke, dass du den Weg hierher auf dich genommen hast. Ich weiß … das wirklich sehr zu schätzen.»

Sie klingt so gerührt, dass Jennifer unbehaglich zumute wird. «Du brauchst dich bei mir nicht zu bedanken. Warte erst einmal ab, wie es ist, mit diesem Kerl verheiratet zu sein! Es kann gut sein, dass wir uns in zwei Jahren wiedertreffen, um gemeinsam über ihn zu lästern. Als Ex hat man immer viele Gemeinsamkeiten.»

Maria fängt schallend an zu lachen, wofür sie einen warnenden Blick von Bruno kassiert. Emma dreht sich entgeistert zu ihm um. Sie scheint die Ironie in Jennifers Worten nicht verstanden zu haben.

«Das war doch nur Spaß!», versichert Jennifer schnell.

«Oh … Ach so … Entschuldigung», stammelt Emma.

«Da gibt es nichts zu entschuldigen», erwidert Jennifer. «Auch wenn du im Begriff bist, den gleichen Fehler zu machen wie ich, können wir uns doch trotzdem gut verstehen. Oder, Maria?» Sie dreht sich zu Brunos Schwester um.

«Sehe ich genauso», bekräftigt diese und muss sich das Lachen verkneifen, während sie ihr Glas hebt.

«Wahrscheinlich haben wir ohnehin die gleichen Schwächen», sagt Jennifer und streckt Bruno die Zunge raus.

Dieses Mal reagiert er auf ihre Provokation mit einem Lächeln und geht darauf ein: «Was? Und die Schwäche bin ich?»

«Aber sicher! Ein Macho, der in einem gottverlassenen Kaff lebt … Offenbar gefällt das einigen Frauen.»

Entschlossen zieht Bruno Emma an sich und lacht leise in ihr Haar. «Ja, zum Glück!»

Während die kleine Jenny zwischen ihnen herumtobt, setzt sich Jennifer auf einen Hocker und prostet Maria zu, die ihr verschwörerisch zuzwinkert. Sie trinkt einen großen Schluck von ihrem Rosé und hofft, das Schlimmste überstanden zu haben. Und tatsächlich beginnt Emma kurz darauf laut zu lachen und sagt, zu Bruno gewandt: «Du hattest recht. Sie ist wirklich charmant.»

Jennifer verschluckt sich fast an ihrem Wein und sieht Bruno erstaunt an. Hatte er sie wirklich mit diesen Worten beschrieben? Angesichts der zahlreichen Auseinandersetzungen, die sie seit seinem Erscheinen in ihrer Wohnung in Montreal gehabt haben, fällt es Jennifer schwer zu glauben, er könnte sie als «charmant» bezeichnet haben.

«Opi!», unterbricht der kleine Michaël plötzlich das Gespräch.

Dem nun folgenden Stimmengewirr vom Eingang ist zu entnehmen, dass Brunos Eltern soeben eingetroffen sind.

Bei der Vorstellung, François, aber vor allem Eleonore de Verteuil wiederzusehen, krampft sich bei Jennifer auf der Stelle alles zusammen. Schnell nimmt sie einen weiteren Schluck Wein, dann stehen die beiden auch schon in der Küche.

Maria eilt auf sie zu. «Na endlich! Wir haben schon auf euch gewartet.»

«Du kennst doch deinen Vater», seufzt ihre Mutter, «er wollte unbedingt zuerst einen Blick auf den Wein werfen. Und wenn er einmal dabei ist –»

«Dafür kann ich nichts», verteidigt sich François de Verteuil und wendet sich sogleich an seinen Sohn: «Übrigens müsste die Bewässerung im hinteren Teil mal überprüft werden, Bruno, einige Reben werden bereits gelb.»

«Ich werde mich gleich morgen früh darum kümmern», verspricht Bruno.

Da niemand mehr etwas sagt, will sich Jennifer von ihrem Hocker erheben, um nun ihrerseits Brunos und Marias Eltern zu begrüßen. Ihr bleibt allerdings nicht einmal die Zeit aufzustehen, denn François kommt bereits lächelnd auf sie zu. «Wenn das nicht unsere *petita rossa* ist!»

Nachdem sie lachend von ihm gedrückt wurde, setzt sich Jennifer wieder und sagt etwas verunsichert, aber freundlich: «Guten Abend, François.» Dann wendet sie sich ein wenig kühler an seine Frau und nickt ihr zu: «Eleonore.»

«Guten Abend», antwortet diese, ohne sich ihr jedoch zu nähern.

Jennifer tut so, als würde sie Eleonores reserviertes Verhalten nicht bemerken. Um ihren Blick nicht allzu lange ertragen zu müssen, konzentriert sie sich lieber wieder auf François, der auch sofort anfängt, sie mit Fragen über ihr Leben und ihre Arbeit in Montreal zu bombardieren. Sie unterhalten sich, bis Maria alle an den Tisch ruft.

Emma legt gerade noch das Besteck an jeden Platz, als die kleine Jenny lauthals verkündet: «Ich sitze neben der Prinzessin!»

«Aber *du* bist doch jetzt die Prinzessin», wirft Jennifer ein.

«Wir beide! Du und ich!» Umständlich klettert die Kleine auf einen Stuhl und klopft dann auf den Platz zu ihrer Linken.

Eduardo, der mit Ella auf dem Arm in den Raum kommt, muss grinsen. «Pech gehabt, jetzt wird sie dir für den Rest des Abends nicht mehr von der Seite weichen.»

«Ach, das macht mir gar nichts aus», lacht Jennifer.

Im Gegenteil. Wenn die kleine Jenny sie in Beschlag nimmt, muss sie sich während des Essens nicht so intensiv mit den anderen Gästen unterhalten. Das hofft Jennifer jedenfalls. Bei der Vorspeise geht die Rechnung auch noch auf, zumal François mit Bruno die ganze Zeit Fachgespräche über Wein führt. Doch als die Paella auf den Tisch kommt, nutzt Eleonore den Moment, in dem ihr Mann schweigt, um Jennifer direkt anzusprechen: «Und, Jennifer? Wie man hört, läuft es für dich ganz gut in Montreal?»

«Ja, ich kann nicht klagen, danke.» Damit ist das Gespräch für Jennifer beendet, und sie beugt sich wieder zu der kleinen Jenny hinüber, die gerade eine Garnele an den Rand ihres Tellers schiebt.

«Die mag ich nicht, Jenniför!»

«Die magst du sehr wohl. Man muss nur den vorderen Teil abmachen.» Gekonnt entfernt Jennifer den Kopf und die Schale des Tiers und reicht dem Mädchen das Fleisch, das es sich, ohne zu zögern, in den Mund stopft. «Mehr!» Mit einem breiten Lächeln deutet sie auf weitere Garnelen, die auf ihrem Teller liegen. Nach der dritten verlangt auch Michaël, der ihnen gegenübersitzt, nach Hilfe von Jennifer. Da sie froh ist, sich auf diese Weise weiterhin der Unterhaltung der Erwachsenen entziehen zu können, tut sie ihm den Gefallen nur zu gern.

«Hey, du kannst echt super mit Kindern», stellt Maria fest.

«Ja, klappt ganz gut.»

«Solltest du das nicht als Zeichen sehen?», fragt Maria.

Schulterzuckend antwortet Jennifer: «Wahrscheinlich bin ich mit den Kindern von anderen besser, als ich es mit eigenen wäre.»

Daraufhin meldet sich Emma mit leiser Stimme zu Wort: «Bruno hat uns gesagt, dass du bei dir drüben jemanden hast? Einen Freund?»

Natürlich hat Jennifer mit dieser Frage von der zukünftigen Madame de Verteuil gerechnet, aber dass Emma so ehrlich interessiert, fast verschwörerisch klingt, überfordert sie. Deshalb dauert es eine Weile, bis sie den richtigen Ton gefunden hat – nicht zu kühl und nicht zu herzlich: «Ähm … ja. Ich habe tatsächlich jemanden.»

«Und? Worauf wartest du noch?», mischt sich Maria ein. «Warum machst du nicht Nägel mit Köpfen und sorgst für eine süße Überraschung? So geduldig kenne ich dich ja gar nicht!»

«Geht's vielleicht noch indiskreter?», fragt Jennifer lachend. «Stell dir vor, mein Ehemann würde uns zuhören.»

Daraufhin bricht Maria in schallendes Lachen aus und muss sich eine Hand vor den Mund halten, um nicht hinauszuprusten, was sie im Mund hat. Abgesehen von Eduardo, der in das Lachen mit eingestimmt hat, starren die anderen sie verwundert an.

«Stimmt, wie blöd von mir.» Maria fällt es sichtlich schwer, sich zu beruhigen. «Ich werde ihm nichts sagen, versprochen!»

«Also, ich finde diesen Scherz äußerst geschmacklos», geht Eleonore dazwischen. «Ihr könntet zumindest an Emma denken.»

«Mama!», protestiert Maria. «Es ist kein Staatsgeheimnis, dass Jen noch mit Bruno verheiratet ist. Das ist jedem hier am Tisch bekannt. Und darüber darf man ruhig ein bisschen lachen.»

Mutter und Tochter sehen einander eindringlich an, bevor sich Maria mit einem tiefen Seufzer fügt und das Thema auf sich beruhen lässt. Eleonore versucht unterdessen, das Gespräch wieder zum Ausgangspunkt zurückzulenken, und fragt mit unterkühlter Stimme: «Hast du denn vor, diesen Jungen nach der Scheidung zu heiraten, Jennifer? Wie heißt er noch gleich?»

«Er heißt Maxime, und auch wenn ich der Meinung bin, dass das hier niemanden etwas angeht: Nein, ich habe nicht vor, ihn zu heiraten.»

Unwillkürlich sucht sie bei Bruno nach Unterstützung. Gern würde sie ihm zu verstehen geben, dass seine Mutter sich besser hüten sollte, noch irgendetwas Unangemessenes von sich zu geben. Nimmt er den herablassenden Ton, mit dem sie mit ihr spricht, denn gar nicht wahr?

«Ach, und warum nicht? Ist er vielleicht schon verheiratet?», bohrt Eleonore unverdrossen weiter.

«Mama, Jennifer hat das Recht, nicht wieder heiraten zu wollen», schaltet sich Bruno nun endlich ein.

«Lass sie doch selbst antworten!», giftet Eleonore. «Merkst du denn nicht, dass ich versuche, mit ihr ins Gespräch zu kommen?»

«Nein», erklärt Jennifer schnell. «Max ist nicht verheiratet. Aber Hochzeit steht bei mir im Moment einfach nicht auf dem Plan, das ist alles», sagt Jennnifer in der Hoffnung, das Thema damit endgültig zu beenden. Doch als niemand am Tisch etwas sagt, wird ihr bewusst, dass offenbar alle auf eine genauere Erklärung von ihr warten. «Also … Max und ich fühlen uns sehr wohl so, wie es im Moment ist. Wir arbeiten beide sehr viel, und die Frage hat sich bislang nicht wirklich gestellt», fügt sie deshalb hinzu, leicht genervt, ihr Privatleben hier ausbreiten zu müssen.

«Was macht er eigentlich beruflich?», fragt Emma mit ihrer Piepsstimme.

«Er ist Allgemeinmediziner und hat eine kleine Privatpraxis im Westen von Montreal.»

Maria hält, die Gabel zwischen Teller und Mund, in der Bewegung inne. «Ein Arzt! Wow. Und wie hast du ihn kennengelernt? Sag jetzt nicht, du hattest einen Unfall und er dir das Leben gerettet oder so etwas in der Art?»

«Ähm … nein. Wir haben uns auf einer Ausstellung im Museum für Zeitgenössische Kunst getroffen. Seine Exfreundin hat dort ausgestellt, und meine Firma sponserte das Event. Nicht besonders romantisch also, aber …» Jennifer senkt den Blick auf ihren Teller und beeilt sich weiterzuessen. Als sie vor acht Jahren von hier fortgegangen ist, hat sich niemand um sie geschert. Warum wollen sie jetzt plötzlich alles wissen?

«Aber … willst du denn gar keine Kinder haben?», fragt Emma weiter.

Blinzelnd sieht Jennifer sie an. Wie kann man nur so hartnäckig sein? Doch bevor sie reagieren kann, hat Eleonore bereits für sie geantwortet: «Jennifer leitet ein Unternehmen. Sie hat wichtigere Dinge im Kopf, als eine Familie zu gründen.»

Das reicht. «Ich glaube nicht, dass du in der Lage bist, das für mich zu beurteilen», faucht Jennifer für alle Beteiligten überraschend giftig.

«Aber hast du nicht genau das vor acht Jahren meinem Sohn gesagt?», erwidert Eleonore. «Dass dir deine Karriere wichtiger sei als das Leben, das er dir bieten kann?»

«Mama», brummt Bruno und legt geräuschvoll sein Besteck ab, wie um damit auf sich aufmerksam zu machen. «Das geht dich wirklich nichts an.»

Jennifer greift schweigend nach ihrem Glas, trinkt einen großen Schluck und hofft, dass sich die Diskussion nun endlich im Sande verläuft, doch schon schrillt Eleonores Stimme erneut durch den Raum: «Jedenfalls hoffe ich für dich, dass deine Ehe beim nächsten Mal länger als zwei Monate dauert.»

Der Zorn kocht so schnell in Jennifer hoch, dass sie nicht einmal mehr wahrnimmt, wie Bruno sie mit einer Geste zu beschwichtigen versucht. «Muss ich dich daran erinnern, dass Bruno und ich noch nicht geschieden sind?», fährt sie Eleonore an. «Wenn ich so darüber nachdenke, tue ich Emma vielleicht sogar einen Gefallen, wenn ich die Sache schleifen lasse.»

«Jen, beruhige dich», bittet Bruno leise.

Eleonore ist unterdessen aufgesprungen und steht jetzt kerzengerade am Tisch. «Wie kannst du es wagen, uns derart zu drohen, obwohl meine Familie dich mit offenen Armen in diesem Haus aufnimmt? Das Gelübde der Ehe ist in diesem Land heilig, meine Liebe!»

Jennifer wirft ihre Serviette auf den Tisch, holt tief Luft und erhebt sich ebenfalls. Da sie Angst hat, die Kinder zu verschrecken, sagt sie viel ruhiger, als sie es selbst für möglich gehalten hätte: «In einer Sache hast du recht, Eleonore. Auch vor acht Jahren hat mich die ganze Familie mit offenen Armen aufgenommen, mit einer Ausnahme: du selbst. Weil ich nicht der Frau entsprach, die du dir für deinen Sohn erhofft hattest. Ich war nicht sanft genug, nicht fügsam genug, nicht so, wie du es dir gewünscht hast. Dir wäre diese Elena oder irgendjemand sonst hier aus der Gegend lieber gewesen als ich. Das hast du mir damals mehr als deutlich zu verstehen gegeben. Also freu dich doch: Du hast jetzt genau das, was du wolltest! Wir werden uns scheiden lassen, und Bruno heiratet eine Frau, die dir passt. Ich glaube, das genügt für heute Abend. Wenn ihr mich jetzt bitte entschuldigen würdet …»

Sie ist bereits auf dem Weg in den Flur, als Bruno seinen Stuhl zurückschiebt und ihr hinterherruft: «Jen, warte doch, bitte.»

An der Tür bleibt sie stehen und dreht sich zu ihm um. Er sieht sie bestürzt an. «War es meine Mutter, mit der du vor acht Jahren am Telefon gesprochen hast?»

«Ach, Bruno, vergiss es.»

«Ich will es aber wissen.»

Da sie nicht antwortet, dreht er sich zu Eleonore um, die nach wie vor auf der anderen Seite des Tisches steht. «Hat Jennifer vor acht Jahren nach ihrer Abreise hier noch einmal angerufen?»

«Ähm … ich weiß nicht», stammelt seine Mutter. «Möglich ist es. Aber das … das ist alles lange her.»

Jennifer wendet den Blick ab und hofft, Bruno möge sich mit dieser Antwort zufriedengeben, doch er denkt gar nicht daran. Stattdessen schlägt er mit der Faust auf den Tisch, dass alle zusammenfahren. «Untersteh dich, mich anzulügen, Mama, oder ich schmeiß dich eigenhändig raus!»

Eine eisige Stille breitet sich aus, die jedoch schon bald vom Quengeln des Babys unterbrochen wird. Maria eilt zu Ella und nimmt sie auf den Arm.

Jennifer ärgert sich vor allem über sich selbst. Wie hat

sie vor Eleonore nur so die Fassung verlieren können? Wieso hat sie diesem blöden Essen überhaupt zugestimmt? Sie hätte in Montreal bleiben sollen!

Ohne sich von dem nicht zu überhörenden Kinderweinen ablenken zu lassen, hält Bruno unterdessen den Blick fest auf seine Mutter gerichtet. «Raus! Mit Familienmitgliedern, die mich anlügen, will ich nichts zu tun haben.»

«Aber … Versuch doch, mich zu verstehen», fleht Eleonore und deutet mit dem Finger auf Jennifer. «Ich konnte doch nicht zulassen, dass sie zurückkommt. Nicht nach all dem, was sie dir angetan hat!»

«Das war nicht deine Sache!», fährt er sie an und muss sich beherrschen, nicht laut loszubrüllen.

«Was sollte sie schon gewollt haben? Sagen, dass es ihr leidtut? Und? Das mit euch konnte nicht funktionieren! Das wusste jeder! Du hast dich einwickeln lassen von diesem … Flittchen. Und hast deinen Fehler zum Glück schnell eingesehen.»

Erschüttert von Eleonores Worten, weicht Jennifer einen Schritt zurück. Letztlich kann sie aus all diesen Anfeindungen aber nur eins schließen: *Hau ab.*

Instinktiv setzt sie sich in Bewegung, doch Eleonores Stimme verfolgt sie. «Nicht so eilig, Jennifer! Jetzt, da du für einen großen Streit an diesem Tisch gesorgt hast, tu uns doch bitte den Gefallen, uns zu verraten, warum du meinen Sohn nach deiner Abreise noch einmal angerufen hast. Erzähl uns, was es so Wichtiges gab!»

Jennifer ist so geladen, dass sie auf dem Absatz kehrtmacht und Eleonore ins Gesicht faucht: «Ich war schwanger, zufrieden? Deshalb wollte ich mit Bruno sprechen. Aber keine Sorge, ich habe es wegmachen lassen. Denn ich habe sehr gut verstanden, was du mir am Telefon gesagt hast!»

Die Nachricht schlägt ein wie eine Bombe.

Jennifer beißt sich auf die Lippe, als sie begreift, was sie gerade angerichtet hat. Sofort sieht sie zu Bruno, der wie versteinert ist. Plötzlich verspürt sie das dringende Bedürfnis, sich bei ihm zu entschuldigen. Sie hätte sich dazu nicht hinreißen lassen dürfen. Doch angesichts der Blicke, die jetzt auf sie gerichtet sind, sieht sie für sich schon wieder nur eine mögliche Reaktion: abhauen! Dabei hatte sie sich geschworen, sich weder als Opfer darzustellen, noch die geringste Schwäche vor ihrer Schwiegermutter zu zeigen. Doch nun ist es eben passiert.

Ohne länger zu zögern, dreht Jennifer sich abrupt um und hastet über den Flur zur Treppe. Sie rennt hinauf und flüchtet sich in ihr Zimmer, während sie noch hört, wie unten lautstark weitergestritten wird.

Doch sie hat sich kaum aufs Bett gesetzt und tief durchgeatmet, als sie zusammenfährt, weil die Tür aufgerissen wird. Aber bevor Bruno irgendetwas sagen kann, schreit sie: «Ich will nicht darüber reden!»

«Stimmt das?», will er nur wissen.

Jennifer weicht jegliche Farbe aus dem Gesicht, und sie fühlt sich plötzlich wie gelähmt. Dieser Mistkerl! Wie kann er es wagen, ihr an dieser Stelle zu misstrauen? Ihre Augen brennen, und sie befürchtet, die Tränen nicht mehr lange zurückhalten zu können. Aber sie will nicht vor ihm heulen, dann schon lieber der Wut freien Lauf lassen: Sie springt auf und holt aus, um ihm eine schallende Ohrfeige zu geben und ihn damit aus dem Zimmer zu katapultieren, doch er fängt ihren Arm locker ab und sieht ihr – sein Gesicht ist ganz dicht vor ihrem – tief in die Augen. Jennifer versucht ihren Arm zu befreien, und ihr ist bewusst, dass sie alles andere als vernünftig handelt, als sie faucht: «Es stimmt nicht, wolltest du das hören? Und jetzt lass mich bitte los!»

Bruno lockert den Griff, doch sein Blick bleibt unerbittlich. Als sie es nicht mehr ertragen kann, dreht Jennifer sich weg und stolpert mit tränenverschleierten Augen in Richtung Balkon. Umständlich versucht sie, die Tür zu öffnen.

«O Gott, … es ist also doch …»

Auch wenn Bruno diese Worte nur gemurmelt hat, versteht sie sie klar und deutlich. Er ist bei ihr, bevor Jennifer draußen ist, legt eine Hand auf ihre Schulter und will sie an sich ziehen. Entschlossen schiebt sie ihn von sich fort, und endlich gelingt es ihr, hinauszutreten. Sofort folgt er ihr. Und Jennifer dreht sich um und streckt schützend einen Arm aus, um Bruno von sich fernzuhalten. «Lass mich», bittet sie ihn mit zitternder Stimme.

Bruno macht einen kleinen Schritt auf sie zu, aber hält gebührenden Abstand. Er sieht mitgenommen aus. Ganz offensichtlich weiß er nicht, ob er traurig oder wütend sein soll, ist hin- und hergerissen zwischen dem Wunsch, bei ihr zu bleiben und wieder nach unten zu rennen, um dort alle rauszuschmeißen.

«Geh, bitte!» Jennifer entfährt ein Schluchzen, und sie schaut schnell in eine andere Richtung, damit er die Tränen nicht sieht, die ihr nun über die Wangen laufen.

Bruno fühlt sich machtlos. Seit so langer Zeit hofft er darauf, endlich zu verstehen, was vor acht Jahren passiert ist. Er will mehr wissen. Doch von unten sind jetzt wieder

Stimmen zu hören, die ihn ablenken. «Ich werde ihnen sagen, dass sie gehen sollen.»

«Nein!», widerspricht Jennifer. «Es ist … es ist meine Schuld. Okay? Du hättest nicht darauf bestehen sollen, dass ich herkomme. Es war vorherzusehen, dass es schiefgeht.» Entschlossen wischt sie sich die Tränen ab und sagt dann etwas ruhiger: «Lass es einfach. Geh wieder zu ihnen. Ich komm schon zurecht.»

Kurz legt er ihr eine Hand auf die Schulter und verspricht: «Ich regele das eben.» Dann geht er mit festen Schritten vom Balkon und aus ihrem Zimmer, nicht ohne die Tür hinter sich zu schließen.

Als sie endlich wieder allein ist, atmet Jennifer so tief ein und aus, dass ihr fast schwindelig wird. Erst jetzt merkt sie, wie lange sie nicht mehr Luft geholt hat. Zitternd kehrt sie vom Balkon nach drinnen zurück und schließt sich im Badezimmer ein, um sich das Gesicht kalt abzuwaschen. Sie beginnt laut zu fluchen. Wie hatte es so weit kommen können? Sie hatte sich alle möglichen Szenarien überlegt, um Bruno das Leben schwerzumachen – dieser Gau war nicht dabei gewesen! Ja, sie wollte ihn leiden lassen, aber sie selbst wäre von den Bomben, die sie platzen lassen wollte, gern verschont geblieben. Und vor allem wollte sie nie mehr von dieser Geschichte reden.

Von unten hört sie Bruno brüllen: «Ich toleriere nicht, dass man mich anlügt! Und bei meiner eigenen Familie schon gar nicht!»

Eleonore versucht, Abbitte zu leisten und ihren Sohn um Vergebung zu bitten. Immer wieder sagt sie, dass sie nicht ahnen konnte, worum es ging.

Doch er bleibt hart: «Raus! Ich will dich nicht mehr sehen!» Scharfe Worte und Beschimpfungen auf Katalanisch werden ausgetauscht, sodass sich Jennifer schließlich abermals auf den Balkon flüchtet und die Tür hinter sich schließt, um dem Lärm und dem Geschrei zu entkommen.

Kapitel 9

Draußen ist es immer noch erstaunlich heiß, aber Jennifer empfindet das nicht als unangenehm, im Gegenteil. Sie setzt sich auf den Steinboden des Balkons und starrt auf den schwachen Lichtstreifen am Horizont. Die Sonne ist gerade untergegangen, und es ist noch nicht wirklich dunkel, dennoch kann man den Himmel kaum mehr vom Meer unterscheiden. Nach einer Weile hört sie Motorengeräusche – Brunos Eltern und wahrscheinlich auch Maria. Jennifer bleibt reglos sitzen und sieht den roten Lichtern nach, die sich über den Hügel Richtung Hauptstraße immer weiter entfernen. Dann ist es wieder ruhig auf der Domaine de Verteuil.

Nach einer Weile hört Jennifer Schritte, und im nächsten Moment öffnet Bruno auch schon die Balkontür. Jennifer zuckt zusammen. Ehe sie imstande ist, auch nur ein Wort herauszubringen, zieht er eine Flasche Scotch und zwei Gläser hinter dem Rücken hervor und sagt: «Kleine Stärkung gefällig?»

«Ich dachte, du trinkst nur Wein?», erwidert sie zynisch.

«Manchmal reicht Wein eben nicht.» Er klingt niedergeschlagen.

Anstatt zu antworten, nickt Jennifer nur und bedeutet ihm, sich zu ihr zu setzen, nicht zuletzt, weil sie scharf auf den Scotch ist, der ihr derart den Kopf vernebeln soll, dass sie schlafen kann.

Bruno lässt sich neben ihr nieder und stellt die Flasche

sowie die Gläser zwischen sie. Da er die Tür hinter sich ein Stück weit offen gelassen hat, dringt eine angenehm kühle Brise klimatisierter Luft nach draußen.

Großzügig schenkt Bruno beide Gläser ein und reicht ihr eins davon. Als sich ihre Blicke treffen, hat Jennifer das Gefühl, er erwarte, dass sie den ersten Schritt macht, wozu sie sich aber nicht in der Lage fühlt. Deshalb nimmt sie erst einmal einen Schluck Whisky, um sich Mut anzutrinken.

Erst nachdem das Brennen in ihrer Kehle nachgelassen hat, sagt sie leise, ohne ihn anzusehen: «Es tut mir leid.»

«Ja, mir auch.» Brunos Stimme zittert ein wenig. «Aber wann hattest du vor, es mir zu sagen?», fragt er dann ein wenig gefasster.

«Was nützt es dir, das zu wissen?»

Er sieht sie erschüttert an. «Was soll das denn heißen? Dass du es mir eigentlich gar nicht sagen wolltest?»

Mit Schwung stellt Jennifer das Glas auf dem Steinboden ab, was ein unangenehmes, schepperndes Geräusch verursacht. «Aber was ändert das für dich? Es ist ja nicht so, als ob es etwas zu retten gäbe!»

Er stöhnt. «Ist dir überhaupt bewusst, was du da sagst? Hast du irgendeine Vorstellung, was das für mich bedeutet? Ich erfahre, dass meine Frau eine Abtreibung hatte, weil meine Mutter mir absichtlich eine Nachricht verschwieg. Warum hast du nicht noch einmal angerufen? War das Kind keinen zweiten Anruf wert?»

Sofort fühlt sich Jennifer angegriffen und faucht zurück: «Ah, da ist er wieder, der alte Macho! Willst du mir jetzt die Schuld in die Schuhe schieben?»

«Ich versuche nur zu verstehen …»

«Du willst verstehen? Dann frag deine Mutter nach all

den Beleidigungen und Lügen, die sie am Telefon losgelassen hat. So verstehst du vielleicht ansatzweise, warum ich nicht noch einmal angerufen habe: weil ich eine Woche gebraucht habe, um mich davon zu erholen, deshalb!» Als sie merkt, wie laut ihre Stimme durch die Nacht schallt, verstummt Jennifer, peinlich berührt, die fast feierliche Stille dieses Landstrichs durchbrochen zu haben. Erneut greift sie nach ihrem Glas und leert es in einem Zug. Der Alkohol brennt so stark in ihrer Kehle, dass sie husten muss, während sie das Glas wieder abstellt. Erst als die Flüssigkeit in ihrem Magen angekommen ist und sich eine wohlige Wärme darin ausbreitet, wird sie ein wenig ruhiger.

«Das alles ist doch jetzt auch egal», sagt sie und lässt den Kopf gegen die Glasscheibe hinter sich fallen. «Weil es vorbei ist.»

Bruno richtet sich auf und sieht sie eindringlich an. «Aber, Jen, ich muss es wissen. Was genau hat sie gesagt?»

«Sie hat die Wahrheit gesagt: dass wir nicht hätten heiraten sollen, du und ich, dass es scheitern musste, dass ich zu egoistisch sei, um eine gute Ehefrau zu sein, und … Und sie hat mir von Elena erzählt und dass du dich neu orientiert hättest und es für mich an der Zeit wäre, das auch zu tun.»

«Neu orientiert? Nach einem Monat? Und das hast du ihr geglaubt?»

Unschlüssig zuckt Jennifer mit den Schultern. «Was soll ich sagen? Wir waren ja nicht zehn Jahre verheiratet. Es hat mich überrascht, das stimmt, aber du warst so sauer, als ich gegangen bin …»

«Trotzdem hättest du noch mal anrufen können. Es ging um das Leben eines Kindes, verdammt!»

«Glaubst du, das weiß ich nicht?», erwidert sie aufgebracht und schlägt mit der flachen Hand auf den Boden. «Aber jetzt mach mal halblang! Du tust ja gerade so, als wäre alles meine Schuld.» Sie greift nach der Flasche und schenkt sich schwungvoll ein zweites Glas ein, während Bruno sie angesichts ihres Zorns nur fassungslos anstarren kann. Nachdem sie einen Schluck getrunken hat, seufzt Jennifer: «Aber das spielt doch nun eh keine Rolle mehr. Sag dir einfach, es ist besser so.»

«Träum ich? Du redest wie meine Mutter.»

«Ha! Da sind wir uns also ausnahmsweise mal einig, deine Mutter und ich.»

Ihr Ton gefällt Bruno nicht, und er greift nun ebenfalls nach dem Whisky, um sich zu beruhigen. Leider vermag der Alkohol seine Wut nicht zu lindern, und kaum dass er den ersten Schluck genommen hat, platzt es aus ihm heraus: «Wenn du unbedingt abtreiben wolltest, dann würde ich gern wissen, warum du überhaupt angerufen hast? Hast du vielleicht geglaubt, dass ich dir meinen Segen dafür gebe? Sicher nicht! Lass dir eins gesagt sein: Ich hätte es nie zugelassen!»

Wieder zuckt Jennifer mit den Schultern und lässt den Kopf gegen die Scheibe in ihrem Rücken fallen. «Aha, okay … das ändert nun aber auch nichts mehr.»

Er antwortet nicht. Jennifers Worte haben ihn auf den Boden der Tatsachen zurückgeholt: Es war zu spät und damit umso frustrierender. Betroffen flüstert er: «Wenn ich es nur gewusst hätte …»

«Hör auf damit! Ich will so was nicht hören. Ich denke im Moment genau das Gegenteil. Hätte ich bloß den Mund gehalten und dir nichts gesagt. Vielleicht tut es dir gut zu hören, dass ich damals ganz schön gelitten habe, aber inzwischen habe ich mich davon erholt. Also, sei so freundlich und behalte deine Vorwürfe für dich, okay?»

«Aber ich mach dir doch gar keine Vorwürfe», verteidigt er sich überrascht. «Ich bin traurig, verstehst du das denn nicht? Du setzt mich vor vollendete Tatsachen. Hätte ich da nicht auch ein Wörtchen mitzureden gehabt? Ich fühle mich so, als … als wäre ich in meiner eigenen Familie zu einer Randfigur degradiert worden. Ich meine … Wie hätte ich deiner Meinung nach denn reagieren sollen?»

Jennifer atmet tief ein und aus. Was will sie eigentlich hören? Sie weiß es selbst nicht. Sie hat dieses Gespräch mindestens eine Million Mal in ihrem Kopf durchgespielt, und jetzt, da es so weit ist, gelingt es ihr nicht mehr, auch nur Bruchstücke davon wiederzugeben. Warum kann er die Sache nicht einfach auf sich beruhen lassen und so tun, als hätte er nie davon gehört.

«Jen, ich will es dir nicht unnötig schwermachen», setzt er in versöhnlicherem Tonfall erneut an. «Ich weiß, dass ich mich blöd verhalten habe. Ich hätte diesen verdammten Hochmut ablegen und dich von mir aus anrufen sollen. Daran gedacht habe ich auch, mehrfach, das kannst du mir glauben! Es ist nur, dass –»

«Dass der große Bruno de Verteuil einfach nicht darüber hinwegkam, von einer Blondine sitzengelassen worden zu sein. Schon gut, das weiß ich bereits.»

Sie sehen einander traurig an, dann lächelt Bruno: «Ich hatte gehofft, dass du zur Vernunft kommen und zurückkehren würdest.»

«Vielleicht wäre ich zurückgekommen, wenn du mir nicht dieses dumme Ultimatum gestellt hättest: *jetzt oder nie.*» Sie seufzt. Die ganze Diskussion ist müßig und ruft nur unschöne Erinnerungen ins Gedächtnis zurück. Wieso nur war Bruno damals so vehement dagegen gewesen, dass sie ihr Studium in Kanada beendete? Dass sie ihre Interessen auslebte? Dass sie sich selbst treu blieb?

«Ganz ehrlich», sagt Bruno nach einer Weile, «ich hätte nicht geglaubt, dass wir die alten Sachen je wieder aufwärmen würden. Aber durch diese Geschichte ... Ach, ich weiß auch nicht. Ich habe gerade das Gefühl, dass so viel an mir vorbeigegangen ist. Wenn ich daran denke, dass meine Mutter mir den Anruf verschwiegen hat! Überleg mal, wie anders alles hätte laufen können.»

«Anders, aber nicht unbedingt besser. Stell dir doch mal vor, wie unser Leben mit Kind ausgesehen hätte: ich in Quebec und du in Spanien.»

«In dem Fall wärst du natürlich zurückgekommen.»

«Hast du es immer noch nicht verstanden? Ich war so jung, ich hatte keinen Job, keinen Abschluss und kein Geld. Wäre ich hiergeblieben, wäre ich nur deine Ehefrau gewesen und total abhängig von dir!»

Bruno versucht so gut wie möglich zu verbergen, wie sehr ihn Jennifers Worte in Rage bringen. Was für eine amerikanische Haltung, Geld als Heilsbringer zu sehen. Steht die Liebe nicht über allen materiellen Beweggründen? Sein Kiefer mahlt, als er sich abwendet und, den Blick in die Ferne gerichtet, den Whisky in sich hineinkippt, in der Hoffnung, der Alkohol würde seine Stimmung aufhellen.

«Pass auf, vergiss das alles», sagt Jennifer nun freundlicher. «Du wirst wieder heiraten, und deine neue Frau kann dir noch viele Kinder schenken.»

Er verkneift sich die Antwort, die ihm auf der Zunge liegt, und presst den Rücken gegen die Scheibe. Er merkt, dass er sich verrannt hat. Sich zu wünschen, dass die Dinge anders gelaufen wären, wenn er etwas in der Sache zu sagen gehabt hätte, hieße, mit Emma nicht glücklich zu sein. Und das ist nicht der Fall. Ihm ist lediglich daran gelegen, die einzelnen Teile dieses komplizierten Puzzles richtig zusammenzufügen, was ihm damals nach Jennifers Abreise nicht gelungen war.

«Wenn ich gewusst hätte, dass du so darauf reagierst», fügt Jennifer hinzu, «hätte ich versucht, überzeugender zu verneinen, als du mich gefragt hast, ob es stimmt.»

Er schnaubt. «Wenn eins feststeht, dann, dass du eine schlechte Lügnerin bist. Und dass ich dich noch immer ziemlich gut kenne.»

«So ein Quatsch! Der beste Beweis ist doch, dass du vor acht Jahren geglaubt hast, ich käme zurück.»

«Aber du hast ja auch angerufen», erinnert er sie, «was zeigt, dass ich letzten Endes nicht allzu falsch gelegen habe.» Für den Bruchteil einer Sekunde hat Bruno das Gefühl, die Vergangenheit würde sich lichten. Er würde endlich verstehen, wieso Jennifer gegangen ist und ihre gemeinsame Geschichte damit so mir nichts dir nichts beenden konnte. Damals war er zu dem Schluss gekommen, dass er falsch eingeschätzt hatte, was sie für ihn empfand. Dass sie ihm womöglich nur etwas vorgemacht hatte. Aber wenn es so gewesen wäre, warum hatte sie sich dann die Mühe gemacht anzurufen? Sie hätte die Abtreibung vornehmen lassen können, ohne jemals wieder Kontakt mit ihm aufzunehmen. Aber das wäre nicht seine Jen gewesen.

Mit blitzenden Augen sieht er sie an. «Es ist seltsam, ich habe plötzlich das Gefühl, dich so gut zu kennen wie sonst niemand auf der Welt.»

«Ein bisschen bescheidener geht's nicht? Für wen hältst du dich eigentlich?»

«Na ja», antwortet er mit einem Lächeln, das einen gewissen Stolz nicht verhehlt. «Merkt Maxime eigentlich, wenn du lügst?»

Jennifers Züge verhärten sich. Mit dieser Frage hat sie nicht gerechnet. Wieso muss Bruno jetzt Maxime ins Spiel bringen, den er doch kaum kennt? Und wie kommt er darauf, er würde sie nach so vielen Jahren noch immer einschätzen können, nur weil er eine einzige ihrer Schwächen erkannt hat?

«Vielleicht gibt es bei Maxime nichts zu lügen», erwidert sie patzig, um ihn aus dem Gleichgewicht zu bringen.

«Ach, na klar! Mademoiselle Élies Strategie Nummer eins, um einer Frage auszuweichen. Was mich dazu bringt zu behaupten, dass Maxime nicht in der Lage ist, deine kleinen Lügen zu erkennen. Was mich ehrlich gesagt auch nicht wirklich überrascht. Er hat ja nicht einmal gewusst, dass du verheiratet bist.»

«Ich habe ihm nur nicht davon erzählt, weil diese Ehe für mich keine Bedeutung hat. Ich hatte fast vergessen, dass du überhaupt existierst, *chérie.*» Auch wenn sie versucht, möglichst gleichgültig zu wirken, muss Jennifer zugeben, dass ihr Argument nicht besonders glaubwürdig klingt. Sie räuspert sich und versucht schnell, das Thema zu wechseln: «Du dagegen hast mit Emma ja anscheinend viel über mich geredet.»

«Selbstverständlich haben wir das. Eine Partnerschaft

basiert auf dem ehrlichen Umgang miteinander. Emma weiß alles, was es über uns beide zu wissen gibt.»

«Ach ja?» Jennifer versucht ein spöttisches Lächeln zu unterdrücken.

Ruckartig dreht er sich zu ihr um und sieht sie misstrauisch an. «Was willst du damit sagen?»

«Nichts. Denn ich nehme an, dass sie dann auch weiß, wie der Sex zwischen uns war und wie oft wir es in diesem Haus miteinander getrieben haben.»

Trotz der Dunkelheit entgeht Jennifer nicht, wie Bruno das Gesicht verzieht.

«Ich könnte ihr ein paar Tipps geben, was meinst du?», fügt sie noch schnell hinzu. «Aber vielleicht weiß sie auch schon, wie sehr du darauf stehst, gekratzt zu werden … Obwohl Emma mir eigentlich ein bisschen zu gehemmt für so etwas vorkommt.»

«Es reicht!»

Jennifer muss alle Muskeln anspannen, um nicht vor ihm zusammenzuzucken.

«Wenn du dich rächen willst, dann tob dich an mir aus», dröhnt Bruno, «aber lass Emma aus dem Spiel, verstanden?»

«Ach, weil du einfach mitten in mein Leben reinplatzen kannst und alle Leute mit in unsere Auseinandersetzung einbeziehen darfst, ich aber umgekehrt nicht? Soll ich das so verstehen?», faucht sie zurück.

«Ich habe nie öffentlich über unser Privatleben geredet und wäre auch nie auf die Idee gekommen, mit Maxime über den Sex mit dir zu sprechen.»

«Aber eben hast du noch behauptet, Emma wisse alles.»

Er presst die Lippen aufeinander und versucht seine

Wut zu unterdrücken. «Ich habe ihr von uns erzählt», sagt er schließlich gequält, «das stimmt, aber so sehr ins Detail bin ich nicht gegangen. Was sich in unserem Schlafzimmer abgespielt hat –»

«Nicht nur im Schlafzimmer!», unterbricht sie ihn zwinkernd.

«Jen, ich habe acht Jahre gebraucht, bis ich so weit war, mein Leben wieder mit einer Frau zu teilen. Mach mir das jetzt bitte nicht kaputt.»

Sie spitzt die Lippen, lehnt den Kopf abermals an die Scheibe und richtet den Blick in die Ferne, wo die Dunkelheit das Meer jetzt vollends verschluckt hat. Ob sie will oder nicht, versteht sie aus Brunos Worten, dass es acht Jahre gedauert hat, bis er über sie hinweg war.

«Und außerdem», fügt er betont herablassend hinzu, «wenn es dich beruhigt: Ich glaube nicht, dass du letztlich zu mehr in der Lage bist, als du heute Abend gezeigt hast, nämlich Unheil zu stiften.»

Zornig sieht sie ihn an. «Unterschätz mich nicht.»

«Auf die Idee würde ich nie kommen!» Er versucht ironisch zu klingen, aber es kommt falsch rüber, das merkt Bruno sofort. Anstatt ihr in die Augen zu sehen, lehnt er sich ebenfalls wieder gegen die Scheibe und blickt in die Nacht, ehe er gedankenverloren murmelt: «Ich muss zugeben, ich hatte damit gerechnet, dass du dich absichtlich danebenbenimmst und versuchst, dich zu rächen, aber *das* … niemals.» Er leert sein Glas. «Gleichzeitig bin ich auch stinksauer auf meine Mutter. Ich werde die Sache natürlich mit Emma besprechen müssen. Ganz davon abgesehen, dass ich lernen muss, damit zu leben, dass … dass wir ein neues Leben in unserer Mitte hätten haben können.

Ein Kind.» Niedergeschlagen wendet er sich wieder Jennifer zu, um zu sehen, was in ihr, die er einst so geliebt hat, in diesem Moment vorgeht. Bedauert sie noch immer, dass dieses Kind niemals leben wird? Möglich wäre es. Hatte sie nicht vorhin geweint? Ist das kein Zeichen, dass die Sache sie noch immer belastet?

«Hör zu», knurrt sie, als sie seinen forschenden Blick bemerkt, «du hast nicht mehr in meinem Leben herumzupfuschen und ich nicht in deinem. Wir sind jetzt quitt. Mir wäre zwar wirklich lieber gewesen, du hättest es nicht erfahren, aber könnten wir das Thema damit vielleicht ein für alle Mal beenden, zumal sich meine Entscheidung von damals ohnehin nicht mehr rückgängig machen lässt.»

Bruno braucht einen Moment, bis er antwortet: «Meinetwegen.»

«Danke. Also, genug geredet», sagt sie ungeduldig und schenkt sich noch einen Whisky ein. «Ich werde jetzt mein Glas austrinken und dann ins Bett gehen. Bestimmt werde ich schlafen wie ein Stein.» Auffordernd sieht sie ihn an. «Gute Nacht, Bruno.»

Da er jedoch keine Anstalten macht aufzustehen, versucht sie stattdessen, sich selbständig zu erheben, aber der Alkohol und wahrscheinlich auch die Nachwirkungen der Reise ziehen sie förmlich wieder hinunter. Fluchend stützt sie sich am Türrahmen ab, da ist Bruno bereits an ihrer Seite und schiebt ihr einen Arm unter den Ellbogen, damit sie das Gleichgewicht besser halten kann.

«Ich schaff das schon», fährt sie ihn an und stößt ihn von sich weg.

«Du hast aber ganz schön viel getrunken, hab ich den Eindruck.»

Er lässt von ihr ab, bleibt allerdings dicht hinter ihr, als sie ins Zimmer wankt, um sicherzustellen, dass sie ohne allzu große Umwege den Weg ins Bett findet. Auch als sie sich vor Erschöpfung tief seufzend in die Kissen fallen lässt, bleibt er noch neben ihr stehen.

Sie in einem so schwachen Zustand zu erleben entlockt ihm ein Lächeln. «Soll ich dich zudecken?»

«Sehr witzig.» Warnend sieht sie ihn an und hofft, er möge endlich das Zimmer verlassen, damit sie sich ausziehen und endlich schlafen legen kann. Doch Bruno kehrt noch einmal auf den Balkon zurück und holt Flasche und Gläser herein.

«Morgen früh gegen zehn komme ich, um dich zu wecken.»

«Okay.»

«Und den Alkohol bringe ich lieber nach unten. Ich glaube nicht, dass es eine gute Idee wäre, wenn du mit Schnapsfahne beim Friedensrichter erscheinst.»

Sie wirft ihm einen gespielt unterwürfigen Blick zu. Dann deutet sie auf die Tür. «Raus jetzt, ich will mich ausziehen.»

Aus Spaß bleibt er stehen und tut so, als wollte er ihr noch dabei zusehen. Da sie zu müde ist, um ihn tatkräftig rauszuschmeißen, dreht sie sich einfach auf dem Bett um und beginnt, sich das Kleid über den Kopf zu zerren.

Überrascht weicht Bruno einen Schritt zurück. «Jen, was tust du da?»

«Das siehst du doch.» Das Kleid fällt zu Boden. «Hör auf, mich zu nerven. Ich muss jetzt schlafen.» Sie macht sich an ihrem BH zu schaffen. «Und es ist ja nicht so, als hättest du mich so noch nie gesehen.»

Ihre Bewegungen sind so schnell, dass Bruno kaum Zeit hat, ihr den Rücken zuzuwenden, bevor sie ganz nackt ist.

«Jen!»

Fast hätte sie über Brunos Reaktion gelacht angesichts dessen, was sie gemeinsam erlebt haben, doch die Bettschwere ist stärker. Nur in Unterhose schlüpft Jennifer schließlich unter die Decke und bringt gähnend gerade noch die Worte heraus: «Machst du bitte das Licht aus?»

«Ähm … okay. Gute Nacht. Und schlaf gut, ja?»

Obwohl sich Bruno beim Verlassen des Zimmers Zeit lässt, wartet er vergeblich auf eine Reaktion. Schläft sie bereits? Er hingegen hat das Gefühl, dass es ihm in dieser Nacht schwerfallen wird, Ruhe zu finden.

Kapitel 10

Rastlos geht Bruno in der Küche auf und ab, während er darauf wartet, dass Jennifer endlich wach wird. Obwohl er müde war, hat er in der Nacht kaum geschlafen. Anders als offensichtlich bei Jennifer hat der Alkohol bei ihm keine Wirkung gezeigt. Der Abend ließ ihn einfach nicht los. Immer wieder hat er versucht, Jennifers Verhalten zu verstehen: ihr Bemühen, beim Essen ruhig zu bleiben und heikle Themen zu meiden, aber auch ihre Nervosität. Anstatt seiner Mutter die Stirn zu bieten, ergriff sie die Flucht, was eigentlich nicht zu ihr passt. Und sie hat geweint. Selbst bei den heftigen Streits während ihrer kurzen Ehe hat er sie nur selten so erlebt. Was soll er daraus schließen? Dass sie die Sache bedauert?

Bis gestern hatte er nicht die leiseste Ahnung, was sie durchmachen musste, jetzt fühlt er sich schuldig. Dabei wäre er nie auf die Idee gekommen, dass Jennifer nach ihrer Abreise noch einmal angerufen haben könnte, geschweige denn, dass sie schwanger war. Warum nur war sie nicht einfach zurückgekommen? Sie hätte ihm nur um den Hals fallen und ihn um Verzeihung bitten müssen, er wäre sofort dahingeschmolzen. Und wenn er damals seinem eigenen Verlangen, ihr nach Montreal nachzufliegen, gefolgt wäre, sähe heute wahrscheinlich auch alles anders aus.

Jetzt war es zu spät.

Obwohl es noch vor neun Uhr ist, ruft er Emma an. Er bemüht sich, sie zu beruhigen und gleichzeitig ehrlich zu ihr zu sein. Denn er muss zugeben, dass ihn die Nachricht noch immer betroffen macht und er sich schuldig fühlt, dass Jennifer so etwas durchmachen musste, während er sich zu fein war, auch nur einen Schritt auf sie zuzugehen. Gleichzeitig versichert er Emma, dass das alles nichts daran ändert, was er für sie empfindet. Sie hört ihm geduldig zu und bestärkt ihn darin, die Sache nun ein für alle Mal zu klären.

Die Sache ein für alle Mal klären? Das würde er nur zu gern. Die Frage ist nur, wie?

Während er die Küche aufräumt, um sich abzulenken, ruft dreimal seine Mutter an, aber er ignoriert das Klingeln. Schließlich gesteht er sich ein, dass er eigentlich nur eins will: nach oben gehen und an Jennifers Tür klopfen, um sie zu wecken. Er wartet noch eine quälende Stunde lang. Dann klopft er um Punkt zehn Uhr an ihre Tür. Da sie nicht reagiert, klopft er noch einmal, worauf von drinnen nur ein lautes Knurren zu vernehmen ist, mehr nicht. Nach kurzem Zögern beschließt Bruno, die Tür zu öffnen, bleibt dann aber auf der Schwelle stehen. Andächtig betrachtet er Jennifers nackten Rücken, die gekreuzten Beine und den im Kissen vergrabenen Kopf. Auf Zehenspitzen schleicht er schließlich zu ihr und wirft ihr eine Decke über.

Dann räuspert er sich. «Jen, Zeit zum Aufstehen!» Er versucht, geschäftig zu klingen. «Wir haben den Termin beim Friedensrichter, schon vergessen?»

Vom Bett ist erneut ein Knurren zu hören: «Aber es ist doch noch mitten in der Nacht.»

«Es ist zehn Uhr. Wenn ich den Termin absage, ist die nächste Möglichkeit erst am Montag. Willst du etwa länger hierbleiben?»

Sie brummt genervt und öffnet langsam die Augen,

was sie aber sogleich bereut, als sie merkt, wie hell es ist. Jennifers Bedürfnis zu schlafen ist einfach übermächtig. Seufzend gräbt sie sich tiefer ins Kissen, doch Bruno bleibt hartnäckig: «Jen!»

«Schon gut, ich hab's verstanden!» Mit Schwung setzt sie sich im Bett auf und zwingt sich, die Augen offen zu halten.

Als die Decke verrutscht, wendet sich Bruno ab: «Ein bisschen bedecken könntest du dich schon!»

«Hä?» Jennifer sieht an sich hinab. «Ach so. Na, reg dich ab, es ist ja nicht so, dass du mich zum ersten Mal nackt siehst.» Grinsend zieht sie die Decke hoch.

«Ich würde gern mit dir besprechen, was wir dem Richter sagen werden», beginnt er und wirft einen prüfenden Blick über die Schulter, bevor er sich wieder umdreht und auf der Bettkante Platz nimmt.

«Na, was wohl? Wir werden ihm sagen, dass wir uns scheiden lassen wollen.»

«Jen, ganz so einfach ist es nicht … Die Ehe ist hier heilig.»

«Ich weiß», murmelt sie genervt.

«Vielleicht wäre es besser, wenn du mich reden lässt.» Als Jen ihn empört ansieht, fügt er schnell hinzu: «In dieser Gegend wird es nicht gerade gern gesehen, dass man einen neuen Partner hat, bevor man geschieden ist. Und da wir beide anderweitig liiert sind –»

«Was soll das, Bruno? Wir leben seit acht Jahren getrennt!»

«Ich will damit ja nur sagen, dass ich an deiner Stelle Maxime lieber nicht erwähnen würde. Emilio ist ein bisschen … na ja, nennen wir es … altmodisch.»

«Emilio?» Jennifer runzelt die Stirn. «Du bist derjenige,

der wieder heiraten will, wenn ich dich daran erinnern darf.»

«Aber du bist diejenige, die gegangen ist», erwidert Bruno mit gequälter Miene. Ihm ist bewusst, dass seine Worte bei Jennifer nicht gut ankommen, aber was kann er dafür, wenn ihm die Denkweise des sogenannten Friedensrichters entgegenkommt? Dass die Leute hier meinen, der Mann habe das Recht, sein Leben neu zu ordnen, wenn die Frau ihn verlässt.

«Wie soll ich das verstehen?», fragt Jennifer auch sofort. Ihre Augen sind schmale Schlitze. «Dass du fröhlich mit der Hälfte aller Frauen in diesem gottverlassenen Kaff ins Bett gehen kannst, nur weil du ein Kerl bist, während von mir erwartet wird, dass ich enthaltsam lebe?»

«Ich will doch nur, dass der Termin gut verläuft. Und es bringt nichts, den einzigen Menschen, der helfen kann, gegen uns aufzubringen. Du willst dich doch nach wie vor scheiden lassen, oder?»

«Was glaubst du wohl?» Sie funkelt ihn böse an.

Nach dem Verlauf des gestrigen Abends ist Jennifer klar, dass diese Reise für die Katz war. Und sie hat keine Lust, hier noch mehr Zeit zu verschwenden. Jetzt geht es darum, so schnell wie möglich nach Montreal zurückzukehren. Und danach wird Bruno de Verteuil endgültig aus ihrem Leben verschwinden.

«Ich bitte dich, lass mich das regeln, ja?», sagt er mit sanfter Stimme.

Wortlos zuckt Jennifer mit den Schultern. Der Richter wird keine Wahl haben. Bruno und sie leben ausreichend lange getrennt. Wie könnte er ihnen die Scheidung verweigern?

Sie schält sich aus der Decke und steigt unbekleidet, wie sie ist, aus dem Bett. Bruno beobachtet sie dabei, wie sie seelenruhig ein T-Shirt aus ihrem Koffer nimmt und es sich über den Kopf zieht. Er kann sich nur wundern, dass es ihr kein bisschen unangenehm zu sein scheint, dass er sie beobachtet.

«Musst du hier nackt vor mir herumrennen?»

«Jetzt hör aber auf, den Moralapostel zu spielen. Du bist schließlich in meinem Zimmer!» Auf dem Weg zum Bad dreht sie sich noch einmal um, hebt ihr T-Shirt ein Stück an und erklärt spöttisch: «Und nur zur Info, ich war gar nicht nackt, meine Unterhose hatte ich die ganze Zeit an.»

Anstatt darauf etwas zu erwidern, rollt Bruno nur genervt mit den Augen.

«Also, ich geh jetzt duschen», erklärt Jennifer und gähnt. «Machst du mir einen Kaffee? Denn wenn du glaubst, dass ich das Haus ohne einen verlasse, dann –»

«Ist gut, ich geh ja schon. Ich warte dann unten», brummt er, bleibt jedoch noch auf der Bettkante sitzen und beobachtet, wie sie ins Bad geht. Er lässt den Blick über ihren Rücken bis auf den Hintern und die Beine hinabgleiten. Es kommt ihm seltsam vor, Jennifer so zu sehen, kaum bekleidet, als wären sie nach wie vor intim miteinander. Erst als er hört, wie das Wasser angestellt wird, erhebt Bruno sich seufzend. Er verlässt das Zimmer und kehrt in die Küche zurück, wild entschlossen, Jennifer zu zeigen, dass das, was man in Montreal offenbar Kaffee nennt, den Namen nicht verdient hat.

Emilio Danto ist ein älterer, katholischer Friedensrichter, dessen Hauptaufgabe darin besteht, die Bewohner von Esclanyà zu verheiraten. Scheidungen stehen eher selten auf seiner Tagesordnung. Als sie sein verstaubtes Büro im letzten Winkel des Bürgermeisteramts betreten, begrüßen sich Bruno und Danto freundschaftlich. Jennifer, die noch immer einen leichten Jetlag verspürt und vielleicht auch noch ein wenig die Nachwirkungen des Alkohols vom Vorabend, setzt sich, ohne sich für das Gespräch der Herren auf Katalanisch zu interessieren. Doch dann lässt sich Danto hinter seinem schweren Schreibtisch nieder und wendet sich in einem Französisch an sie, das von einem starken Akzent durchzogen ist: «Madame de Verteuil, ich verstehen, dass –»

«Madame Élie», verbessert Jennifer ihn.

Verwirrt blickt Danto zu Bruno, der nur diskret nickt. Daraufhin beginnt der Richter erneut: «Madame … Élie, ich verstehen, dass Sie und Monsieur de Verteuil … wollen haben die … äh, Autorisierung … für ein Scheidung. Stimmt es?»

«Ja, das ist richtig.» Trotzig bleibt sie beim Französischen und wechselt nicht ins Spanische.

«Meine Rolle ist … äh, Empfehlung geben. Ich sicher sein muss, dass Ehe nicht gut.»

Jennifers Gesicht hellt sich auf, und sie erklärt lächelnd: «Das sollte kein Problem sein. Bruno und ich leben seit acht Jahren getrennt.»

«Hmm … ja, aber … wie sagt man …» Er sucht die richtigen Worte und wirkt plötzlich ein wenig griesgrämiger als zu Beginn des Treffens. Schließlich wendet er sich auf Katalanisch an Bruno, der stirnrunzelnd übersetzt: «Er weiß, dass du nicht hier lebst und dass ich bereits mit einer anderen Frau verlobt bin, aber der Ablauf schreibt nun mal vor –»

«Ja, genau, der Ablauf», bekräftigt Danto kopfnickend.

«… dass er sich vergewissern muss, ob unsere Ehe wirklich beendet ist.»

«Na ja, das ist doch wohl eindeutig», erwidert Jennifer.

Bruno zögert. «Nun, seiner Definition zufolge nicht.»

Augenblicklich gefriert Jennifers Lächeln zu einer Maske. Beunruhigt wartet sie darauf zu hören, was der Friedensrichter sagt, als er auf Katalanisch weiterspricht.

Brunos Übersetzung lässt sie dann vollständig erstarren. «Er sagt, es sei üblich, sicherzustellen, dass zwischen den Eheleuten wirklich nichts mehr läuft.»

«Aber da läuft garantiert nichts mehr», versichert sie in Dantos Richtung.

In dessen Gesicht werden daraufhin tausend Fältchen sichtbar, weil er ein wenig lächelt. «Manchmal», sagt er wieder auf Französisch und klopft sich auf die Brust, «ist doch noch Liebe da. Man muss … reden. Viel reden.»

Bruno fragt ihn etwas auf Katalanisch. Als Jennifer in der Antwort das Wort «Woche» versteht, wird sie hellhörig und geht sofort dazwischen: «Ich kann nicht länger bleiben!»

«Lass mich das regeln, bitte, Jen», mahnt Bruno.

«Madame, es ist Ehe!», verteidigt Danto seine Haltung. «Nicht einfacher Vertrag wie in USA.»

Bruno wirft ihr einen flehenden Blick zu, legt seine Hand auf ihre und sagt, ehe sie sich vor dem Richter noch weiter aufregen kann: «Bitte, wenn du ihm widersprichst, wird alles nur noch schlimmer.»

«Ich kann aber nicht bleiben.» Sie versucht, ihre Stimme im Zaum zu halten, da sie genau weiß, dass es kontraproduktiv ist, wenn sie ausfallend wird, dennoch bleibt sie beharrlich: «Hören Sie, ich habe einen Job in Montreal –»

Danto bringt sie mit einer Geste zum Schweigen. «Sie kommen hier. Wollten Hochzeit. Dann weg. Dafür müssen heute Ablauf einhalten. Nicht viel. Vielleicht … eine Woche?»

«Jen, eine Woche ist nichts», fügt Bruno schnell hinzu.

«Wir haben bis Sonntag gesagt. Ich –»

«Er kann bis zu zwei Monaten verlangen. Sei vernünftig. Bitte.» Bruno drückt ihre Hand, dass es fast weh tut.

Ungläubig presst Jennifer die Zähne aufeinander und wendet sich ab, damit die beiden Männer nicht sehen, dass ihr die Wut fast den Atem raubt. Sie ist schon extra hergekommen – und nun soll sie auch noch länger bleiben?

«Jen?»

«Du weißt genau, dass ich jetzt nicht sofort zusagen kann», blafft sie Bruno an. «Ich muss erst mit Sergio sprechen. Ich kann nicht einfach so … wegbleiben.»

«Ich weiß, aber du hast selbst gehört: Es muss sein.»

«Mein Flug geht aber eigentlich schon Sonntag.»

«Ich habe dir gesagt, dass ich mich um alles kümmere. Mach dir wegen des Flugs keine Gedanken.»

Ein Lächeln erscheint auf seinem Gesicht: Sie wird ihn nicht hängenlassen. Augenblicklich übersetzt er die gute Neuigkeit ins Katalanische.

Danto zögert, erklärt dann aber, er würde die Papiere vorbereiten lassen, die bestätigen, dass sie die entsprechende Zeit noch zusammen verbracht haben und der geforderte

Ablauf ordnungsgemäß eingehalten wurde. Anfang der Woche müssten sie wiederkommen, um sie zu unterschreiben.

Jennifer sagt nichts, sondern schluckt ihren Ärger runter. Sie will den Raum nur so schnell wie möglich wieder verlassen.

Nachdem sie sich von Danto verabschiedet hat, eilt sie aus der Tür. Es gleicht einem kleinen Wunder, dass sie nicht mitten in seinem Büro einen Tobsuchtsanfall bekommen hat. Doch sobald sie mit Bruno vor dem Bürgermeisteramt steht, wettert sie los: «Wie konntest du das zulassen? Du hättest die sofortige Scheidung verlangen müssen! Wenn ich daran denke, dass die halbe Gegend von dir abhängig ist, mein Gott.»

«Jen, so funktionieren die Dinge in diesem Land nicht. Dem Mann geht es um bestimmte Werte. Und die Ehe ist für ihn eben heilig und kann nicht einfach so in den Wind geschossen werden.»

«Aber es sind doch schon acht Jahre!» Ungeduldig tappt sie mit dem Fuß auf den Boden und schüttelt den Kopf. Der Gedanke, noch länger nutzlos in diesem Kaff herumsitzen zu müssen, macht sie fertig. «Du wirst wieder heiraten, und das weiß wahrscheinlich ohnehin schon jeder hier in diesem gottverlassenen Nest. Du bist nach Quebec gekommen, damit ich dich begleite, und tatsächlich habe ich mich zehn Stunden in ein Flugzeug gesetzt, um diese verdammte Einwilligung von diesem Kerl zu bekommen. Was will er denn jetzt noch?»

Ohne Brunos Antwort abzuwarten, überquert sie schnellen Schrittes die Straße in Richtung des Parkplatzes, auf dem Brunos Lieferwagen steht.

Bruno muss laufen, um zu ihr aufzuschließen. «Jen!»

Er hält sie am Arm fest. «Er will nur, dass wir ein bisschen Zeit miteinander verbringen. Um sicherzugehen, dass nichts mehr von dem übrig geblieben ist, was uns früher verbunden hat.»

«Nach acht Jahren? Das ist doch lächerlich.»

«Sieh es doch einfach als Formalität an.»

Seufzend lehnt sich Jennifer gegen den Wagen und wartet darauf, dass Bruno ihn aufschließt.

«Ist dir eigentlich klar, dass ich Sergio dann mehr als eine Woche hängenlasse?», fragt sie ihn.

«Ich bin mir sicher, dass er dafür Verständnis haben wird.» Bruno stellt sich neben sie. «Und ich richte dir nachher gleich die WLAN-Verbindung auf deinem Laptop ein, damit du Sergio aus der Ferne zur Hand gehen kannst.»

«Hätte ich mir denken können, dass es so endet. Dieser ganze Mist kostet mich viel zu viel Zeit!»

«Du übertreibst. Wir reden von einer Woche.»

«Eine Woche, die ich auch gut hätte anders verbringen können», brummt sie. «Apropos, ich werde gleich versuchen, Sergio zu erreichen.» Sie droht Bruno mit dem Finger. «Und wenn er meint, dass es etwas Dringendes zu tun gibt, musst du zusehen, wo du mit deiner blöden Scheidung bleibst, verstanden?»

Brunos Kiefer zuckt. Genervt von Jennifers störrischer Haltung, geht er um den Wagen herum auf die Fahrerseite, schließt auf und setzt sich hinters Lenkrad. Jennifer klettert auf den Beifahrersitz und starrt aus dem Fenster.

Bruno startet den Wagen, und schweigend treten sie die Rückfahrt an.

«Wir könnten die zusätzliche Zeit nutzen, um über eine Werbekampagne für meinen Wein nachzudenken», schlägt

Bruno nach einer Weile vor. «Du könntest das Projekt auf den Weg bringen und … Fotos machen.»

«So etwas machen meine Angestellten», erwidert Jennifer eine Spur zu schnell. «Meine Aufgabe ist es, die Arbeiten zu verteilen, zu überwachen und sicherzustellen, dass der Kunde bekommt, was er haben möchte.»

«Dann sage ich einfach, dass … der Kunde in diesem Fall möchte, dass du die Aufgabe selbst übernimmst.» Da Jennifer noch immer stur aus dem Seitenfenster schaut, schiebt er hinterher: «Du bist die beste Fotografin, die ich kenne. Und für meinen Wein will ich natürlich nur die Beste, was glaubst du denn?»

«In unserer Agentur haben wir mehrere Fotografen, die deutlich besser sind als ich. Profis, keine Amateure wie ich.» Sie seufzt. «Und machen wir uns nichts vor, Bruno, du hast mir das Projekt nur angeboten, um mich zu überreden, mit dir nach Spanien zu kommen.»

«Überhaupt nicht», widerspricht er entschieden. «Glaubst du, es ist mir entgangen, was für einen guten Ruf sich deine Agentur in den letzten drei Jahren erarbeitet hat?» Er beginnt die Preise aufzuzählen, die *Zone X* in den letzten Jahren gewonnen hat. Jennifer ist ehrlich erstaunt, wie genau er Bescheid weiß.

«Hast du die Infos von deinem Privatdetektiv?»

«Teilweise, aber nicht nur», antwortet er mit ernster Miene. «Du bist meine Frau. Da ist es normal, dass ich verfolgt habe, was aus dir geworden ist.»

Während der restlichen Fahrt herrscht wieder Schweigen im Wagen.

Bis Bruno von der Hauptstraße auf sein Anwesen abbiegt und plötzlich mitten auf dem Weg bremst, den Motor abstellt und sich zu ihr dreht. «Okay. Wir haben gesagt, dass wir ehrlich miteinander sein wollen, deshalb erfährst du jetzt die Wahrheit.» Er wartet, bis Jennifer sich zu ihm umdreht und er ihre volle Aufmerksamkeit hat. «Ich wollte deine Agentur wirklich für mein Amerika-Geschäft, weil ich weiß, dass ihr zu den Besten in Quebec gehört. Aber es stimmt auch, dass mir manchmal lieber gewesen wäre, wenn du mit deiner Firma keinen Erfolg gehabt hättest … Weil du dann vielleicht bereut hättest, mich verlassen zu haben. Na, wie dem auch sei … ich kann nicht leugnen, dass du viel erreicht hast.»

«Wir haben Glück gehabt, das ist alles», erwidert sie und versucht, nicht zu zeigen, welche Wirkung seine Worte auf sie haben.

«Moment mal. Ich weiß, dass du wie eine Verrückte dafür geschuftet hast. Und vielleicht habt ihr tatsächlich gute Fotografen, aber bei einem bin ich mir sicher: Dieses Weingut hat bislang niemand so einfühlsam und leidenschaftlich festgehalten wie du. Ich habe in den letzten Jahren drei verschiedene Fotografen engagiert, und sie haben sicher keine schlechte Arbeit geleistet, dennoch ist es keinem von ihnen gelungen, deine Fotos von damals zu reproduzieren.»

Jennifer ist so perplex über Brunos Komplimente, dass sie sprachlos ist. Ist das wieder ein Trick, um sie hierzuhalten?

Er nutzt ihr Schweigen, um einen weiteren Vorstoß zu wagen. «Ich bitte dich um eine einzige Woche.» Er ist sich bewusst, dass er alles auf eine Karte setzt. «Ich verspreche dir, dass dir nicht langweilig werden wird. Wir werden die Reben und die Weinberge fotografieren, den Gewölbekeller mit den Fässern, das Dorf … und wir werden noch mal zur Burgruine von Begur fahren. Wir werden machen, wozu du Lust hast.»

«Ich glaube … die Kampagne wäre wirkungsvoller, wenn wir die Weinlese abwarten würden und –»

«Aber die ist erst Ende September!»

«Du hast damals selbst gesagt, dass man während der Lese super Fotos machen kann. Wir bekämen ganz sicher die besten Bilder, meinst du nicht?»

Da Bruno plötzlich niedergeschlagen wirkt, fügt sie hinzu: «Ich habe ja nicht gesagt, dass ich in der nächsten Woche gar nicht fotografieren werde, aber Aufnahmen für eine Kampagne bringen nichts, wenn wir kein Konzept haben.»

Bruno wird nachdenklich. Wie oft hatte er sich damals vorgestellt, Jennifer würde die Zeit der Weinlese mit ihrer Kamera festhalten! Doch sie war zu früh abgereist. Zu schnell aus seinem Leben verschwunden. Wenn sie gewusst hätte, was ihr entgeht, hätte sie ihre Meinung sicher geändert. Vielleicht wäre sie dann sogar geblieben, bei ihm geblieben.

«Pass auf», lenkt Jennifer ein, «ich könnte ja jetzt schon mal einige Fotos zur Probe machen. Dann werde ich ja sehen, ob es nötig ist, im September noch einmal wiederzukommen, was meinst du?»

Auf Brunos Gesicht macht sich ein Lächeln breit.

«Andererseits», gibt Jennifer zu bedenken, «ich habe ja meine Kamera gar nicht dabei … Und außerdem … habe ich schon so lange nicht mehr fotografiert …»

Bruno runzelt die Stirn. «Du hast eine ganze Woche, um wieder reinzukommen. Ich leih dir meine Kamera und fahr dich, wohin du willst. Es gibt also keine Entschuldigung.

Und wenn's sein muss, warten wir so lange, bis das Licht ideal ist! Das verlangt der Kunde so. Und ich nehme an, du weißt, der Kunde hat immer recht.»

Sie muss lachen, und auch wenn sie versucht, cool zu bleiben, kann sie nicht verhehlen, wie sehr sie sich darauf freut: «Einen Versuch ist es vielleicht wert.»

«Ja, so kenn ich dich, Jen! Danke! Du wirst es nicht bereuen.»

Bruno startet den Wagen und fährt lächelnd weiter. Er ist stolz, sie überredet zu haben, ein paar Tage länger in Katalonien zu bleiben und vielleicht sogar wieder mit dem Fotografieren zu beginnen.

Letztlich scheint sich alles doch noch zum Guten zu wenden: die Scheidung, die Werbekampagne und die Frist, die Jennifer und ihm auferlegt wurde.

Kapitel 11

Während sie auf der zu den Weinbergen hinausgehenden Terrasse die Reste vom Vortag essen, kommen Arbeiter vorbei, die auf dem Gut angestellt sind. Sie grüßen und verschwinden dann wieder zwischen den Rebstöcken. Nicht weit von ihnen entfernt glitzert das Wasser des Pools in der Sonne.

Wie kann es im Mai nur schon so warm sein?, denkt Jennifer und streift sich die Sandalen von den Füßen. In Montreal gibt es solche Temperaturen selten vor Juli.

«Wenn du willst, kannst du schwimmen gehen», sagt Bruno, der ihrem Blick gefolgt ist.

«Ähm … nein. Ich habe gar keinen Badeanzug dabei.»

«Emma kann dir sicher einen leihen.»

Lachend schüttelt Jennifer den Kopf. «Wir haben nicht wirklich die gleiche Größe, insbesondere hier …» Leicht provozierend streckt sie den Oberkörper vor.

Bruno lässt das lieber unkommentiert und überlegt stattdessen fieberhaft, wie er elegant das Thema wechseln kann, bevor es zu heikel wird. Seit gestern Abend ist sein Blick schon viel zu oft an gewissen Stellen von Jennifers Körper hängen geblieben. Wieso hat sie sich nur nackt vor ihm gezeigt? Und das nicht nur einmal, sondern zweimal?

Ohne zu wissen, was in Brunos Kopf vorgeht, wechselt Jennifer von sich aus das Thema und listet auf, wo sie gern fotografieren würde: in den Weinbergen natürlich und, wenn möglich, auch an bestimmten Stellen am Meer.

Bruno wiederholt noch einmal, dass sie frei entscheiden kann, und meint, wahrscheinlich würde ihr sogar der Bürgermeister einige Fotos abkaufen, wenn sie gut sind. «Nach der einen Aufnahme von Esclanyà hat er mich damals x-Mal gefragt, ob er sie verwenden darf. ... Du weißt schon, das Bild, das du von der Burgruine aus gemacht hast.»

«Er hätte mich nur kontaktieren müssen», erklärt Jennifer mit einem leichten Grinsen.

Verlegen stochert Bruno mit der Gabel auf dem Teller herum, ehe er zugibt: «Glaubst du, ich hatte damals Lust, dir einen Auftrag zu vermitteln? Du hattest mich verlassen!»

«Ach so ... verstehe», sagt sie lachend.

Auch Bruno ringt sich ein Lächeln ab. Die plötzliche Nähe, die sich seit ihrer Rückkehr vom Friedensrichter eingestellt hat, berührt ihn.

«Ich kann versuchen, herauszufinden, ob er noch interessiert ist», bietet er nach kurzem Zögern an.

«Wenn du magst.»

Eigentlich ist Jennifer nicht wirklich daran interessiert, Bilder zu verkaufen. Viel spannender findet sie die Vorstellung, wieder eine Kamera in die Hand zu nehmen und zu sehen, ob sie nach so langer Pause überhaupt noch fotografieren kann. Was sie natürlich nicht laut sagt, ist, dass sich kein Ort dafür besser eignet als Esclanyà, wo in unmittelbarer Umgebung so viele phantastische Motive nebeneinander existieren. Sie überlegt bereits, wie sich jedes einzelne am besten festhalten lässt – als Brunos Handy klingelt.

Nachdem er einen kurzen Blick darauf geworfen hat, seufzt er und schaltet es entschlossen ab. «Das war meine

Mutter», brummt er und wendet sich wieder dem Essen zu. «Seit heute Morgen hat sie mir mindestens zehn Nachrichten hinterlassen.»

Jennifer dreht die Gabel zwischen den Fingern und spitzt die Lippen, während sie sich die Szene vom Vortag ins Gedächtnis ruft. Dann hebt sie den Blick und sieht ihn an. «Du wirst es ihr aber nicht ewig nachtragen, oder?»

«Und das aus deinem Mund? Hast du vergessen, was sie getan hat?»

«Sicher nicht», erwidert sie in einem zynischen Ton, den sie sofort bereut.

Betretenes Schweigen macht sich breit, bis Jennifer schließlich wieder das Wort ergreift: «Bruno, ich will dir bestimmt keine Lektion erteilen», sagt sie und versucht, freundlicher zu klingen. «Ich bin weiß Gott die Erste, die unterschreibt, dass Mütter eine besondere Gabe haben zu nerven und diese nur allzu oft unter Beweis stellen.»

Er lacht und muss an das Abendessen bei Jennifers Mutter vor ein paar Tagen denken. Auch sie hat sich ihrer Tochter gegenüber einiges rausgenommen.

«Ich meine … Eleonore hat eine Grenze überschritten, das stimmt», sagt sie. «Aber ich bin mir sicher, dass sie es getan hat, um dich zu schützen.»

«Wovor hätte sie mich denn schützen sollen? Vor dir?»

«Ja. Ich war keine gute Ehefrau für dich, und das weißt du.»

«Das habe ich nie gesagt», verteidigt er sich.

«Aber das finden alle, selbst ich! Und im Grunde deines Herzens weißt du, dass es stimmt. Wir hatten vollkommen unterschiedliche Vorstellungen von der Ehe, vom Leben, von der Zukunft. Du warst älter und wusstest bereits, wie dein Leben aussehen sollte … Ich … ich hatte ganz andere Träume.»

«Und was ist aus denen bitte schön geworden?», fragt er spitz. «Du wolltest Fotografin werden.»

«Nun, ich leite eine der erfolgreichsten Agenturen in Montreal.»

«Du bist erfolgreich, ja, aber das hat doch nichts mit deinen Träumen zu tun …»

Brüsk schiebt Jennifer den Teller von sich weg und steht auf. Warum muss er sie immer so provozieren? «Mit dir zu diskutieren ist zwecklos», wirft sie Bruno an den Kopf, bevor sie reingeht, um sich im kühlen Inneren des Hauses abzuregen. «Wenn es dir Spaß macht zu glauben, dass ich mein Leben versaut habe, wunderbar. Du willst deine Mutter dafür verantwortlich machen? Nur zu! Mir kann es egal sein.»

Sie steht bereits in der Tür, als Bruno aufspringt und sie am Arm zurückhält. «Jen, warte bitte. Ich wollte mich nicht mit dir streiten.»

«Aber es ist doch ganz offensichtlich: Du suchst in meinem Leben nach Fehlern, um dich zu rächen. Ich bin gegangen, ja, aber du kannst mich nicht für alles verantwortlich machen.»

Er lässt sie los, doch sein Blick hält sie trotzdem zurück. «Es tut mir leid», sagt er leise. «Es ist ja alles meine Schuld. Nichts läuft so, wie ich es mir vorgestellt habe. Nach gestern Abend … Ach, ich habe letzte Nacht schlecht geschlafen und –» Er stockt. «Jen, ich weiß, dass wir beide miteinander zurechtkommen können. Vor nicht einmal zehn Minuten wollten wir freudig die nächsten Tage planen.»

Jennifers Gesichtsausdruck schwankt zwischen der Lust aufs Fotografieren und dem Groll gegen Bruno. «Du weißt, dass ich noch immer nicht mit Sergio gesprochen habe», sagt sie schließlich. «Es ist also durchaus möglich, dass –»

«Ich wusste, dass du versuchen würdest, dich aus dem Staub zu machen.» Kopfschüttelnd weicht er zurück, als hätte sie ihn fortgestoßen.

«Ich versuche gar nicht, mich aus dem Staub zu machen», protestiert sie.

Bruno gibt ihr mit einem Blick zu verstehen, dass er sich nicht für blöd verkaufen lässt. «Ich merke doch, dass dich die Werbekampagne reizt», fügt er hinzu. «Worum ich dich bitte, sind vier Tage. Vier! Das ist doch nicht das Ende der Welt.»

Jennifer antwortet nicht sofort. Sie braucht Zeit zum Nachdenken. Schließlich nickt sie aber und streckt ihm die Hand entgegen. «Na, dann los, her mit dem Telefon, bevor ich meine Meinung ändere. Mal sehen, ob Sergio einverstanden ist.»

Jennifer zieht sich zum Telefonieren in das an die Küche angrenzende Zimmer zurück, denn sie rechnet damit, dass Sergio sie mit Fragen bombardieren wird, Bruno dabei aber nicht zuhören soll. Allerdings ist sie sich ziemlich sicher, dass er zwar so tut, als würde er in der Küche aufräumen, in Wahrheit aber alles daransetzt, jedes Wort mitzubekommen, das sie sagt.

«Es gibt ein kleines Problem», verkündet sie Sergio, nachdem sie die üblichen Floskeln ausgetauscht haben. «Ich werde wohl ein wenig länger hierbleiben müssen.»

«Interessant. Zuerst wolltest du nicht fahren, und jetzt willst du gar nicht mehr wiederkommen?», macht er sich über sie lustig und lacht.

«So einfach ist es leider nicht. Aber wenn du mich brauchst, kann ich auch wiederkommen …»

«Jetzt hör auf, Jenny. Du hast seit zwei Jahren praktisch keinen Urlaub genommen. Mach dir keine Sorgen. Claire kümmert sich um deine Termine, und den Rest habe ich im Griff. Letztes Jahr, als ich mit Steph in Europa war, bist du einen ganzen Monat ohne mich ausgekommen!»

«Das kann man nicht vergleichen. Damals –»

«Das kann man sehr wohl vergleichen», entgegnet Sergio. «Allerdings habe ich das Gefühl, dass du eigentlich etwas anderes hören willst. Also spuck's schon aus. Wenn du einen Vorwand brauchst, um zurückzukommen, dann schieb mir ruhig die Schuld in die Schuhe, kein Problem. Wenn du aber bleiben willst, ist es für mich vollkommen in Ordnung. Ich komme zurecht, ganz bestimmt.»

Seufzend durchschreitet Jennifer den Raum, in dem eine Vergrößerung des Fotos hängt, das Bruno vorhin erwähnt hat. Sollte die Tatsache, dass sie bei *Zone X* nicht wirklich gebraucht wird, sie beunruhigen? Sie weiß zwar, dass sich die Auftragslage zum Sommer immer ein wenig entspannt, aber trotzdem …

«Was sagt Max denn dazu?», fragt Sergio unvermittelt.

«Äh … Ich hatte noch keine Zeit, ihn anzurufen. Aber ich schicke ihm heute Abend eine E-Mail.»

Sergios Lachen schmerzt in ihrem Ohr.

«Was ist?», faucht sie gereizt.

«Mich rufst du an, und ihm schickst du nur eine Mail? Du weißt schon, dass er dein Freund ist?»

«Ich habe hier viel zu tun und … die Zeitverschiebung, der Jetlag –»

«Ach, Jenny, hör doch auf damit. Ist es wegen des Antrags? Ich meine, jedes Mal, wenn ein Mann sich dir zu weit nähert –»

«Sei doch still», schneidet sie ihm das Wort ab, während sie sich so weit wie möglich von der Küche entfernt. «Schreibe ich dir vor, wie du mit Steph umzugehen hast? Nicht alle Menschen sind so superromantisch drauf! Und wenn du mir unbedingt gut zureden willst, wieder zu heiraten, könntest du damit wenigstens warten, bis meine Scheidung durch ist.»

«Schon gut! Ich sage ja gar nichts mehr.»

Sergio seufzt. Er weiß nur zu gut, dass es nichts bringt, Jennifer zu verärgern, zumal sie auf der anderen Seite des Atlantiks offenbar gerade ziemlich unter Strom steht.

Da sie beharrlich schweigt, ergreift er die Gelegenheit, unschuldig nachzufragen: «Und? Wie läuft's denn da drüben?»

«Geht so.» Sie versucht, sachlich zu klingen, belässt es aber vorsichtshalber bei dieser knappen Aussage.

«Mmh, ich habe dich schon gesprächiger erlebt», piesackt Sergio sie prompt.

Jennifer zögert, aber schließlich erzählt sie ihm, dass sie am Abend zuvor alle wiedergesehen hat. Dass Maria eine leckere Paella gekocht und sie deren Mann und Kinder kennengelernt hat, darunter die kleine Jenny, und natürlich Emma.

«Und wie ist die zukünftige Madame de Verteuil?», fragt Sergio mit ironischem Unterton.

«Nett. Sehr nett. Na ja, also ich habe nicht wirklich viel

mit ihr geredet. Die ganze Familie war ja da. Und mit den Kindern –»

«Wenn du sagst, die ganze Familie, meinst du damit … sogar seine Mutter?»

Die Frage schmeckt Jennifer gar nicht, und sie seufzt, bevor sie bejaht.

«Und, ging's?»

Die Geräusche aus der Küche werden deutlich leiser, wahrscheinlich weil Bruno tatsächlich mehr lauscht als aufräumt. Da sie aber vermeiden will, dass das Thema je wieder auf den Tisch kommt, soll er ihre Antwort auf keinen Fall mitbekommen, weshalb sie nur schnell und vage murmelt: «Einigermaßen.»

«Ein bisschen mehr Information wäre schon angebracht.»

Genervt, dass sie nun doch ausführlicher darüber reden muss, verlässt Jennifer das Haus, damit Bruno nicht mehr zuhören kann. «Sagen wir so», beginnt sie und fängt an, vor der Tür auf und ab zu gehen, «ich habe deinen Rat befolgt, ohne es wirklich zu wollen. Ich habe ihm alles erzählt.»

Am anderen Ende der Leitung bleibt es still, so lange, dass sie sich nach einer Weile vergewissert, ob Sergio überhaupt noch dran ist.

«Du hast ihm wirklich alles gesagt?», hakt er daraufhin nach. «Das mit der Abtreibung auch?»

«Ja, und nicht gerade besonders taktvoll, wenn du verstehst, was ich meine. Ich meine, ich hatte es ja nicht geplant. Aber seine Mutter hat mich … Ach, und dann der Jetlag und … Ich weiß auch nicht, was ich mir dabei gedacht habe.»

Sie braucht Sergio nicht zu erklären, dass die Worte einfach aus ihr hinausgesprudelt waren. Sie hatte rot gesehen und Brunos Mutter einfach nur noch das Maul stopfen wollen! Aber was brachte es jetzt noch, sich Vorwürfe zu machen, ändern konnte sie es ohnehin nicht mehr.

«Alles in Ordnung, Jenny?» Jetzt war es Sergio, der beunruhigt war, dass sie so lange schwieg.

«Klar», antwortet sie schnippisch. «Alles total in Butter!»

«Und Bruno? Wie hat er es aufgenommen?»

Jennifer stützt sich an einer der Säulen der Terrasse ab und lässt den Blick über den Olivenhain und das dahinter aufblitzende Meer schweifen.

«Er war nicht gerade erfreut, wie du dir denken kannst, aber er wird sich von dem Schock erholen.»

«Ich finde es gut, dass er es jetzt weiß», sagt Sergio.

«Nein, gut ist es nicht», entgegnet sie leicht gereizt. «Prompt stellt er sich nämlich vor, wie es zwischen uns hätte sein können. Und er fühlt sich schuldig. Aber bevor du mir die Frage stellst: Das habe ich nicht gewollt, okay? Ihm das Leben ein bisschen schwermachen, ja, das schon, aber … nicht so.» Betreten starrt sie auf ihre nackten Füße und scharrt mit einem Zeh in dem warmen, staubigen Sandboden.

«Dass es ihm zugesetzt hat, ist normal und verständlich», erklärt Sergio. «Für dich war es auch schwer, wenn ich dich daran erinnern darf. Du hast Jahre gebraucht, um dich davon zu erholen.»

«Ja, genau … Und ich bin mit dem Thema durch.»

Sergio lacht leise. «Wie dem auch sei, ich hoffe, jetzt bist du auch mit *ihm* durch.»

«Ich muss zugeben, das hat ihn ganz schön getroffen …»

«Gut, dann versuch nun, das Beste aus deinem Aufenthalt zu machen. Genieß die Sonne, gönn dir ein bisschen Ruhe.»

«Ja, ja. Übrigens ... Bruno hat mich darum gebeten, Fotos von seinem Weingut zu machen. Es wäre deshalb total lieb, wenn du mir per E-Mail einen Vertragsentwurf schicken könntest. Ab heute Nachmittag müsste ich WLAN haben.»

Am anderen Ende der Leitung ist ein Seufzen zu hören. «Jen, kannst du deine Zeit nicht einfach mal nur genießen?»

«Hör auf. Ich habe seit einer halben Ewigkeit keine Kamera mehr in der Hand gehabt. Wenn du wüsstest, was sich hier für Möglichkeiten bieten!»

«Träum ich, oder hast du Lust darauf?»

«Natürlich ist es Arbeit», erwidert sie sofort entschieden. «Aber ... ich war eben lange nicht mehr hier. Das ist mal eine nette Abwechslung.» Als Sergio abermals auflacht, stimmt sie mit ein und merkt, wie das Gespräch sie langsam entspannt. Es tut gut, sich ihm nahe zu fühlen, auch wenn er auf der anderen Seite des Ozeans sitzt. «Ich schicke dir ein paar Bilder. Du wirst sehen. Es ist wirklich schön hier.»

«Okay.»

«Gut, dann mach ich jetzt Schluss. Sonst sprenge ich noch seine Telefonrechnung.»

«Jen? Versuch, nicht in die gleiche Falle zu tappen wie beim letzten Mal», sagt Sergio zum Abschied noch mit ironischem Unterton.

«Da brauchst du dir keine Sorgen zu machen.»

Jennifer bleibt noch eine Weile draußen stehen, nachdem das Gespräch beendet ist. Sie verspürt keinerlei Bedürfnis reinzugehen. Selbst die glühende Hitze empfindet sie nicht mehr als unangenehm.

Nach einer Weile öffnet Bruno die Terrassentür und sieht sie besorgt an. «Alles in Ordnung?»

«Ja.» Sie nickt.

Er wagt nicht, weiterzufragen, bleibt aber stehen, in der Hoffnung, noch ein wenig mehr zu erfahren.

Jennifer tritt neben ihn und reicht ihm beiläufig das Telefon. «Für Sergio ist es in Ordnung, wenn ich bleibe. Er meinte sogar, ich solle mir ein bisschen Ruhe gönnen.»

«Na, das ist doch mal eine gute Neuigkeit!», ruft Bruno erfreut, nimmt ihr das Telefon ab und sucht ihren Blick. «Danke, Jen. Wirklich.»

Sie lächelt müde, woraufhin Bruno sofort vorschlägt: «Was hältst du von einer Siesta?»

«Nein. Ich muss mich an die Zeitverschiebung gewöhnen. Und außerdem … hätte ich vielmehr Lust, eine Tour durch die Weinberge zu machen, um schon mal nach möglichen Fotomotiven Ausschau zu halten.»

«Das kann doch auch bis morgen warten.»

Jennifer zuckt mit den Schultern. Warum bis morgen warten? Sie will so schnell wie möglich wieder produktiv werden, auch wenn sie nicht leugnen kann, dass die Aussicht und die Wärme zum Nichtstun anregen.

«Sergio war … *überrascht*, als ich ihm von gestern Abend erzählt habe», sagt sie und verzieht das Gesicht.

Brunos Miene verfinstert sich. Ihn ärgert, dass Jennifer die Sache offenbar mit Sergio bespricht, sich aber hartnäckig weigert, es mit ihm zu tun. Ist er nicht der Erste, den die Sache etwas angeht?

Als hätte sie seine Gedanken lesen können, fügt Jennifer schnell hinzu: «Er war der Einzige, der Bescheid wusste. Und er hat mich damals auch dazu überredet, dich anzurufen. Er war sogar bereit, mir zu helfen, wenn ich das Baby hätte behalten wollen, was zeigt, was für ein super Typ er ist.»

Bruno sieht sie aufmerksam an. Es überrascht ihn, wie nüchtern Jennifer über die Vergangenheit spricht. Was hat das zu bedeuten? Dass sie ihn gar nicht angerufen hätte, wenn Sergio nicht gewesen wäre?

«Entschuldige, ich wollte eigentlich nicht wieder damit anfangen», erklärt sie.

«Aber … ich glaube, wir sollten noch mal darüber reden», ergreift Bruno die Gelegenheit. «Ich habe mir seit gestern alles Mögliche vorgestellt. Ich war mir sogar ziemlich sicher, Sergio hätte dich ermutigt –»

«Sergio? O Mann, man merkt, dass du keine Menschenkenntnis hast. Wenn ich auf ihn gehört hätte, wäre ich in den nächsten Flieger nach Barcelona gestiegen. Wahrscheinlich hat er damals insgeheim die ganze Zeit gehofft, du mögest an jenem schicksalhaften Tag plötzlich, wie durch ein Wunder, doch noch in der Klinik auftauchen. Du weißt schon, wie im Film.» Sie lächelt gequält.

Aber Bruno kann nicht anders, als zu knurren: «Wenn ich es gewusst hätte, wäre ich gekommen.»

«Ja, gut –»

«Bitte! Sag mir nicht, dass das nichts geändert hätte!», unterbricht er sie mit fester Stimme.

Sie wirft ihm einen traurigen Blick zu. «Wenn es dir hilft», erwidert sie betrübt, «darauf habe auch ich insgeheim gehofft.»

«Warum hast du dann nichts dafür getan?», ruft er verärgert. «Warum hast du deinen verdammten Stolz nicht beiseitegeschoben und mich noch einmal angerufen?»

«Du verstehst mich nicht. Ich habe nicht aus Stolz gehandelt, sondern weil es das Beste war. Ich habe wirklich alle Möglichkeiten durchgespielt.»

«Alle? Das glaube ich nicht», widerspricht er bissig und schüttelt den Kopf.

Sie lehnt sich neben ihn an die Wand. «Ich hätte es behalten und in Montreal bleiben können», beginnt sie die Optionen aufzuzählen, «dann hätte ich aber mein Studium abbrechen müssen. Oder ich wäre zurückgekehrt, hätte mich dann aber wahrscheinlich so sehr eingeengt gefühlt und dich dafür gehasst, dass es letztlich auf eine Scheidung hinausgelaufen wäre. In jedem Fall hätte das Kind darunter leiden müssen.»

«Und wenn wir es doch irgendwie auf die Reihe gekriegt hätten?»

«Mensch, Bruno! Wir können uns keine zehn Minuten unterhalten, ohne dass wir wieder kurz davor sind, uns die Köpfe einzuschlagen.»

«Aber das war damals nicht so! Wir waren verliebt, Jen.» Er redet sich zunehmend in Rage. «Ich zumindest.» Auf einmal ist er davon überzeugt, dass es mit ihnen hätte funktionieren können, wenn Jennifer ihn nur genug geliebt hätte.

«Aha?», giftet sie zurück. «Wenn du angeblich so verliebt in mich warst, warum hast du dann nie versucht, mich zu kontaktieren?»

«*Du* bist doch gegangen!»

«Du hast mich förmlich aus dem Haus gejagt!»

«Ich war wütend», gibt er zu. «Aber bring jetzt nicht alles durcheinander: Du wolltest weg von hier. Ich hatte bis dahin geglaubt, wir wären glücklich.»

«O Mann, es wäre doch nur für ein Jahr gewesen. Um mein Studium zu beenden.»

«Du hast nie mit mir darüber gesprochen», beschwert er sich und stampft mit einem Fuß auf. «Sondern deine Entscheidung einfach ohne mich getroffen. Du hast mir keine Wahl gelassen.»

Sie presst die Lippen aufeinander. Vielleicht hat er nicht ganz unrecht, aber es war damals alles so schnell gegangen. «Ich habe immerhin angerufen, okay?», wiederholt sie deshalb noch einmal zu ihrer Verteidigung. «Und du? Was hast du dafür getan, mich zurückzuholen? Nichts. Du hast einfach darauf gewartet, dass ich zurückkomme und mich dir um den Hals werfe. Ansonsten hast du nichts dafür getan, um unsere Ehe zu retten.» Eine Mischung aus Wut und Traurigkeit schwingt in ihrer Stimme mit, und es fällt Jennifer schwer, die Fassung zu wahren. Plötzlich will sie nur noch weg und allein sein. Mist! Warum ist sie nur ständig kurz davor, in Tränen auszubrechen? Und warum müssen sie die ganze Zeit über die Vergangenheit reden? Auch die übermächtige Müdigkeit hilft nicht gerade dabei, ihre Gefühle zu kontrollieren.

Entschlossenen Schrittes will sie ins Haus gehen, doch Bruno hält sie am Arm zurück. «Jen, ich habe nie behauptet, dass ich keine Fehler gemacht habe.»

«Was du behauptet hast, ist mir egal, verstanden? Und jetzt lass mich in Ruhe!», fährt sie ihn brüsk an, um ihren eigenen Schmerz zu ersticken.

Ohne seine Reaktion abzuwarten, verschwindet sie im Haus. Sie hastet die Treppe hinauf und schließt sich in ihrem Zimmer ein, während sie noch immer versucht, die Tränen zurückzuhalten.

Kapitel 12

Jennifer hockt dösend an der Balkontür, als sie von unten Stimmen hört. Schnell bekommt sie mit, dass dort ziemlich heftig diskutiert wird. Alarmiert versucht sie zu verstehen, was gesagt wird, doch wird die Terrassentür geschlossen, und die Stimmen werden leiser, da das Gespräch offenbar im Haus fortgesetzt wird. Erschöpft von der Hitze, richtet sich Jennifer langsam auf und kehrt nach drinnen zurück. An der Tür zum Flur wird ihr klar, dass Bruno mit seiner Mutter spricht. Die Stimmen sind jetzt deutlich zu hören. Jennifer erstarrt.

«Das kannst du mir nicht vorwerfen», verteidigt sich Eleonore. «Ich konnte nicht ahnen, was sie von dir wollte.»

«Du hast die einzige Chance zerstört, meine Ehe zu retten, vom Leben eines Kindes – *meines* Kindes – ganz zu schweigen!»

«Aber das konnte ich nicht wissen!»

Seufzend verlässt Jennifer das Zimmer und stellt sich ans obere Ende der Stufen. «Hör auf, Bruno. Es bringt nichts, ihr das vorzuwerfen», ruft sie hinunter.

Bruno erscheint am Fuß der Treppe und blickt verdutzt zu ihr hinauf.

«Wenn du unbedingt einen Sündenbock brauchst», fährt sie fort, «dann gib mir die Schuld. Ich habe mich entschieden, abtreiben zu lassen. Mit deiner Mutter hat das nichts zu tun.»

Seufzend lehnt sich Jennifer gegen die Wand, ohne Bruno aus den Augen zu lassen. Sie muss daran denken, dass sie vor acht Jahren alles getan hätte, um sich für Eleonores verletzende Worte zu rächen, die während des Telefonats gefallen sind. Und jetzt, da sie es ihr heimzahlen könnte, muss sie feststellen, dass es überhaupt nichts ändern würde. Was bringt es also, die Sache noch mal aufzuwärmen?

«Aber sie wusste, wie sehr ich auf einen Anruf von dir gewartet habe. Sie hatte nicht das Recht –»

«Das ist Vergangenheit», schneidet ihm Jennifer das Wort ab.

«Das war wirklich nicht meine Absicht», beharrt Eleonore und erscheint nun ebenfalls in Jennifers Blickfeld. «Wenn ich gewusst hätte –»

«Es reicht», unterbricht Jennnifer sie kopfschüttelnd. «Es ist alles mein Fehler. Ich hätte es gestern Abend nicht erwähnen dürfen. Aber jetzt kann ich es leider nicht mehr rückgängig machen.» Plötzlich ist sie nicht mehr wütend, sondern nur noch traurig. Schwermütig macht sie auf dem Absatz kehrt und geht wortlos in ihr Zimmer zurück.

Bruno starrt nach wie vor auf die Stelle, an der Jennifer gerade gestanden hat, und kann noch gar nicht begreifen, was er gerade gehört hat. Ihn beschleicht das eigenartige Gefühl, sie gerade von ihrer schwachen Seite erlebt und darüber hinaus etwas wie Kummer bei ihr wahrgenommen zu haben.

«Bruno –»

«Geh jetzt bitte, Mama.»

Als sie sich ihm nähert, löst er den Blick von der leeren Stelle und sieht sie mit verschlossener Miene an. «Ich bin nicht bereit, dir zu verzeihen», teilt er ihr kühl mit.

«Aber … du hast doch gehört, was sie gesagt hat.»

«Das ändert nichts daran, was du getan hast. Du hast behauptet, ich wäre mit einer anderen Frau zusammen.»

«Weil ich nicht wollte, dass sie zurückkommt.»

«Das Problem ist nur, *ich* wollte, dass sie zurückkommt!», brüllt er, und man hört, dass er mit den Nerven am Ende ist. «Es war nicht deine Entscheidung!»

«Aber ich wollte doch nur …»

«Es reicht. Ich will nichts mehr von dir hören. Hau ab, bevor ich dich eigenhändig rausschmeiße.»

Zum zweiten Mal innerhalb kürzester Zeit verweist er seine Mutter des Hauses. Dabei wirkt Bruno so entschlossen, dass Eleonore erschrocken einen Schritt zurückweicht und schließlich tut, was er verlangt.

Bruno wartet, bis das Motorengeräusch leiser geworden ist, ehe er sich die Treppe hinaufschleppt. Er hat schon die Tür zu seinem Zimmer geöffnet, als er sich anders entscheidet und bei Jennifer lauscht. Nach einer Weile wagt er es, sich bemerkbar zu machen. «Jen?»

«Was willst du denn schon wieder?», fragt sie mürrisch.

Er legt eine Hand auf die Tür, als suchte er nach einem Weg, ihr nahe zu sein, ohne sie mit seiner Anwesenheit zu belästigen. «Jen, es tut mir leid. Ich hätte dich damals aufsuchen müssen und versuchen sollen, dich davon zu überzeugen, zu mir zurückzukehren, anstatt blöd rumzusitzen und zu warten. Und ich kann dir sagen, dass ich Jahre gebraucht habe, um mich davon zu erholen, dich verloren zu haben. Also, wenn es dich tröstet –»

«Das tröstet mich nicht», antwortet sie nur.

«Ich weiß. Mich auch nicht.»

Er setzt sich auf den Boden und lehnt sich gegen die Zimmertür. «Ich bin auch nicht sauer auf dich, sondern auf mich selbst», fährt er verdrossen fort. «Ich hätte da sein müssen …»

«Bruno –»

«Lass mich ausreden», fordert er ungeduldig. «Vielleicht hättest du dich auch dann so entschieden, wie du dich entschieden hast, vielleicht hätte auch das nichts genützt. Wer weiß? Aber das ändert nichts daran, dass ich für dich hätte da sein müssen. Es war nicht in Ordnung, dass du es allein durchmachen musstest.»

«Pah! Du hättest dich total aufgeregt und mir eine Riesenszene gemacht.»

Kurz verzieht er den Mund angesichts von Jennifers ironischem Tonfall, bevor er fortfährt: «Ich sage nicht, dass ich nicht versucht hätte, dich umzustimmen, aber … aber ich würde mich weniger schlecht fühlen, wenn ich da gewesen wäre. Selbst wenn du das Kind nicht behalten hättest.»

Jennifer steht vom Bett auf und setzt sich neben der Tür mit dem Rücken an die Wand ebenfalls auf den Boden. Sie schluckt den Kloß in ihrem Hals hinunter, dennoch fällt ihr das Sprechen schwer, auch wenn ihre Worte durchaus aufrichtig gemeint sind: «Das ist … nett zu hören.»

Bruno antwortet nicht, doch der Schmerz in Jennifers Stimme ist ihm nicht entgangen. Er möchte sie sehen, sie trösten, sie an sich drücken und dennoch … Er legt nur den Kopf an die Tür und wartet schweigend darauf, dass sie weiterspricht.

«Es war schwierig», sagt sie nach einer gefühlten Ewigkeit.

«Ja, das kann ich mir denken. Und es tut mir wirklich leid.»

Einen Moment lang ist es abermals still, bis Bruno merkt, dass die Tür in seinem Rücken ein wenig nachgibt. Um nicht mit ihr ins Zimmer zu fallen, erhebt er sich schnell und lehnt sich stattdessen an die Wand zum Flur. Obwohl sie die Tür geöffnet haben muss, hockt Jennifer nach wie vor am Boden wie ein Häufchen Elend. Bedrückt sehen sie sich an. Als er die Tränen bemerkt, die Jennifer zwar nicht mehr über die Wangen laufen, aber noch auf ihrem Gesicht glitzern, bricht es Bruno fast das Herz.

Wortlos kniet er vor ihr nieder und zieht sie an sich. Sie lässt den Kopf an seine Schulter sinken, und schweigend weinen sie gemeinsam. Einige Male schluchzt Bruno sogar in Jennifers Ohr und drückt sie danach noch fester an sich.

Als Jennifer nach einer Weile zu zittern aufhört, wischt sie sich die Augen trocken und wendet den Kopf zum Balkon. Da sie Brunos Blick noch nicht wieder ertragen kann, starrt sie in die Ferne. «Es ist eigenartig, hier zu sein», stellt sie fest.

«Für mich auch. Ich meine, … dass *du* hier bist.» Er lächelt und lehnt sich umständlich an die Wand. Die plötzliche physische Nähe macht ihn verlegen, dazu noch die ungeahnte Einigkeit, und es scheint nicht nur ihm so zu gehen.

Jennifer rückt ein Stück von ihm ab und fährt sich nervös durchs Haar, während sie seinem Blick weiterhin ausweicht. «Du lebst wirklich in einem gottverlassenen Kaff, aber … ich muss zugeben, dass es ein hübsches Kaff ist. Und ich bin mir sicher, dass es sich super eignet, um Werbung für deinen Wein zu machen.» Er unterdrückt ein Lächeln und nickt, während sich Jennifer aufrichtet und verkündet: «Also, ich bin nicht gekommen, um Trübsal zu blasen. Bis die Sonne untergeht, dauert es noch ein oder zwei Stunden. Wie wär's, jetzt doch noch eine Tour durch die Weinberge zu machen? Wenn du mir deine Kamera leihst, könnte ich ein paar Motive ausprobieren.»

Bruno lässt sich nicht anmerken, wie sehr ihn der plötzliche Sinneswandel überrascht. Er ist einfach nur froh, dass durch ihren Vorschlag der Druck aus der Situation genommen wird. Und auch wenn er es nicht laut auszusprechen wagt, freut er sich natürlich darauf, Jennifer nach so langer Zeit wieder mit der Kamera unterwegs auf seinem Anwesen zu sehen.

In einem kleinen offenen Geländewagen fährt Bruno Jennifer wenig später durch die Weinberge. Während der Fahrt macht sie sich mit Brunos Fotoapparat – einer ziemlich guten Vollformatkamera – vertraut und knipst zur Probe einige Bilder von der vorbeiziehenden Landschaft. Es ist seltsam vertraut und macht ihr sofort wieder viel Spaß.

Als Bruno auf einem Plateau inmitten der Weinstöcke hält, steigt Jennifer aus und marschiert sofort los. Sie bückt sich oft, um die beste Position zum Fotografieren zu finden, und schaut sich das Ergebnis dann gleich auf dem Display der Kamera an. Bruno beobachtet sie dabei, sagt aber nichts, da er Angst um die friedliche Stimmung hat.

Der Vorteil der Digitalfotografie ist, dass Jennifer hemmungslos knipsen kann, bis sie mit Licht und Ausschnitt zufrieden ist. Zwanzig Bilder später hebt sie den Kopf und wendet sich ihm zu: «Ich hätte übrigens gern die Negative der Fotos, die du zum Essen bei meiner Mutter mitgebracht hast.»

«Wenn du willst.»

«Ich könnte sie digitalisieren lassen. Man weiß ja nie. Vielleicht würden sich einige davon eignen, obwohl … Wahrscheinlich sind die Farben inzwischen verblichen.» Sie denkt einen Moment nach. «Gab es eigentlich gar kein Foto, auf dem wir beide drauf waren?», fragt sie dann.

«Natürlich gab es Fotos mit uns. Du hast doch die von der Hochzeit gesehen, die ich deinen Mitarbeitern gezeigt habe, oder?»

Seltsamerweise amüsiert sie der Gedanke an die Situation. Aber sie lässt sich nichts anmerken, sondern holt einmal tief Luft und geht entschlossen einen Schritt auf Bruno zu. «Und die anderen? Wo sind sie?»

«Welche anderen?»

«Na, bei meiner Mutter hast du gut zehn Landschaftsaufnahmen dabeigehabt. Auf dem Film müssen aber noch ein paar mehr Fotos gewesen sein.» Da er nicht gleich antwortet, dreht sie ihm den Rücken zu und schiebt schnell hinterher: «Nicht schlimm, wenn du sie weggeschmissen hast. Ich wollt's nur wissen.»

«Nein! Ich habe sie natürlich nicht weggeschmissen», versichert Bruno und eilt ihr nach. «Sie sind sicher irgendwo in einer Kiste.»

Plötzlich dreht Jennifer sich so ruckartig um, dass er fast in sie hineingelaufen wäre, und durchbohrt ihn mit ihrem eisigen Blick. «Ich möchte nur darauf hinweisen, dass ich auf einigen nackt war. Ich hoffe, du warst so anständig und hast wenigstens die vernichtet.»

Amüsiert, wie ernst Jennifer geworden ist, verschränkt Bruno die Arme und tut so, als müsse er überlegen. «Mmh … Also, erstens war nur ein einziges dabei, das dich wirklich nackt zeigt», beginnt er dann und ergänzt wenig später:

«Klar, es gab einige, auf denen du nichts anhattest, aber nur ein einziges, auf dem du ganz nackt zu sehen bist.»

Er streckt die Hände nach Jennifer aus, als wolle er sie in die Position des Bildes bringen, das er so klar vor Augen hat: Jennifer in der Morgendämmerung auf dem Bett ausgestreckt, die Hände über dem Kopf, das Haar auf dem Kopfkissen ausgebreitet. Hinter ihr geht über dem Meer und dem Olivenhain die Sonne auf. Er weiß noch, wie sie sich über ihn lustig gemacht hat, weil er sich genierte, ein Foto von ihr zu machen, auf dem sie splitterfasernackt war. Dennoch hat er schließlich auf den Auslöser gedrückt, weil er nicht widerstehen konnte, diesen vollkommenen Moment für die Ewigkeit festzuhalten.

Jennifer sieht ihn verächtlich an: «Und das hast du aufgehoben? Du hast tatsächlich ein Nacktfoto von mir aufgehoben? Was sagt denn deine Verlobte dazu?»

«Hör auf damit», brummt er, «das ist doch alles Jahre her. Und das Bild hat nichts Vulgäres an sich. Es war … es ist einfach nur … schön.» Eigentlich hätte noch ein «wunder-» davorgehört, aber er beherrscht sich, weil er befürchtet, Jennifer könne es falsch verstehen.

«Ich an deiner Stelle würde ja zusehen, dass ich es loswerde, bevor ich wieder heirate», legt sie ihm nahe. «Ich wäre zumindest nicht gerade erfreut, wenn ich so ein Bild von einer Ex finden würde.»

«Ich geb es dir ja zurück. Dann kannst du es Maxime zeigen», erwidert er spöttisch.

Kopfschüttelnd fängt sie an zu lachen, während sie sich von ihm entfernt. «Na klar! Das kann ich mir richtig gut vorstellen: Guck mal, Maxime, hier ist ein superschönes Nacktfoto von mir, das aufgenommen wurde kurz nachdem ich mit meinem Ex geschlafen habe. Danke … aber ich glaube, wir verbrennen es lieber.»

Verärgert läuft er ihr abermals hinterher. «Das sagst du nur, weil du es nicht mehr vor Augen hast, aber glaub mir, es ist einfach nur zauberhaft! An jenem Morgen fiel ein so außergewöhnlich warmes Licht ins Zimmer. Weißt du noch? Es war an dem Tag, an dem du die Aufnahmen vom Meer gemacht hast.»

Stoisch setzt Jennifer ihren Weg fort. Jetzt ist auch sie verärgert. Warum musste er ihr diese Episode ins Gedächtnis zurückrufen? Jene Nacht würde ihr ohnehin unvergessen bleiben. Wahrscheinlich war es die schönste ihrer gesamten gemeinsamen Zeit.

Um zu überspielen, wie sehr sie das Ganze bewegt, dreht sich Jennifer zu ihm um und bringt sich in Pose, als würde sie im nächsten Moment fotografiert werden. «Natürlich ist es ein schönes Bild, bei dem Modell!»

«Hört, hört! Da ist aber jemand von sich überzeugt», erwidert er lachend.

«Wieso? Du willst doch wohl nicht abstreiten, dass ich damals gut aussah. Immerhin hast du mich geheiratet!», kontert sie.

Er lacht noch lauter und hebt dabei die Hände gen Himmel, als würde er sich von dort Hilfe erhoffen.

«Ich an deiner Stelle würde es entsorgen, bevor Emma es entdeckt», fährt Jennifer in ernsterem Tonfall fort. «Wenn es um deine Vergangenheit geht, solltest du lieber Tabula rasa machen.»

«Das ist albern», erwidert Bruno. «Emma weiß doch, dass wir verheiratet waren.»

«Dann behalt ein Hochzeitsfoto, wenn du unbedingt

eine Erinnerung haben willst, aber … ein Nacktfoto von deiner Ex? Ich glaube, da überschätzt du deine Verlobte.»

Da Bruno nicht weiß, wie er darauf reagieren soll, schweigt er lieber und beobachtet stattdessen, wie Jennifer sich einige Meter weiter auf ein neues Motiv konzentriert. Sie hat ein Knie aufgestellt und bemüht sich, keine der Pflanzen zu beschädigen, während sie weitere Fotos schießt.

Bruno starrt sie reglos an, bis er schließlich den Mut findet zu fragen: «Beim Essen hast du gesagt, dass du nicht vorhast, Max zu heiraten. Warum nicht?»

Sie bricht in Gelächter aus und sieht ihn schief an, bevor sie den Blick wieder in die Ferne richtet: «Wenn du wüsstest, wie weit hinten heiraten auf meiner Prioritätenliste steht.»

«Und ich habe geglaubt, dass Max' Antrag der Grund dafür war, dass du mitgekommen bist.»

Jennifer legt die Kamera auf ihrem Oberschenkel ab und dreht den Kopf in seine Richtung. «Ganz ehrlich? Eigentlich bin ich nur gekommen, um dir Steine in den Weg zu legen.»

«Ach, sonst nichts? Und was genau hattest du vor?»

Jennifer richtet sich auf und sieht ihn herausfordernd an. «Das ist nicht besonders schwierig. Ich meine: Was ist dir am wichtigsten im Leben? Dein Wein und wahrscheinlich die süße Emma. Oh, und dein Ego, das habe ich natürlich vergessen! Da muss man echt nicht lange suchen.»

Überrascht von ihrer Offenheit oder vielleicht auch erschrocken über ihre Drohung, zieht Bruno instinktiv die Schultern hoch, was Jennifer natürlich nicht entgeht. Betont gelassen fügt sie deshalb zu seiner Beruhigung hinzu:

«Keine Panik! Auch wenn es nicht beabsichtigt war, aber das Chaos, das ich gestern Abend angerichtet habe, sollte genügen.»

«Ja», antwortet er verdrossen, «das denke ich auch.»

Da Jennifer durchaus eine gewisse Schwermut und einen vorwurfsvollen Unterton aus Brunos Worten heraushört, schaltet sie die Kamera aus und verkündet mit spitzen Lippen, ehe er noch weiter darauf herumreiten kann: «Ich glaube, mir reicht's für heute. Wir sollten jetzt zurückfahren.»

Bruno mustert sie steif und ist enttäuscht, dass sie dem Gespräch ausweicht, aber vielleicht ist es die einzige Möglichkeit, ihr Verhältnis nicht weiter zu vergiften. Immerhin haben sie gerade fast zwei Stunden miteinander verbracht, ohne zu streiten. Für den Moment sollte er es also dabei belassen.

Kapitel 13

Obwohl es schon spät ist, liegt Jennifer noch immer wach im Bett und kann nicht einschlafen. Am Abend hatte sie ihre Mails durchgesehen und sich vergewissert, dass in Montreal alles gut läuft. Zum Schluss hat sie noch eine Nachricht an Maxime geschickt, in der sie ihm das Wesentliche erzählt und ihm mitgeteilt hat, dass sie erst später zurückkommt.

Anstatt sich weiter herumzuwälzen, steht Jennifer wieder auf und geht auf den Balkon. Sie stützt sich am Geländer ab und schließt die Augen, atmet die frische Meeresluft ein und genießt die leichte Brise, die ihr dünnes Nachthemd zum Flattern bringt. Erneut fällt ihr auf, wie viel Ruhe hier herrscht, während zu Hause in Montreal der Lärm der Stadt auch nachts omnipräsent ist.

Ein Klopfen an der Zimmertür reißt sie aus ihren Gedanken. Jennifer dreht sich um und erschrickt, als sie Bruno durch die Scheibe sieht, der, ohne eine Antwort abzuwarten, eingetreten war.

«Was tust du hier?», fragt sie irritiert, während sie ins Zimmer geht.

«Sonderlieferung!», verkündet er und stellt eine Kiste auf ihrem Bett ab. «Ich habe deine Sachen gefunden und mir gedacht, du hättest sie sicher gern wieder.» Er greift hinein und zieht ein Kleid und einen Bikini hervor.

Jennifer erkennt beides wieder und nimmt ihm die Sachen ab. «Das hast du aufgehoben?»

«Tja, du bist damals ziemlich hektisch aufgebrochen und …»

Sie lässt die Kleidungsstücke aufs Bett fallen und kniet sich vor die Kiste, in der sie Bücher, eine Skulptur, ein Gemälde sowie Geschenke von Bruno findet – Dinge, die sie damals nicht hatte mitnehmen wollen.

«Wow, an all das kann ich mich gar nicht erinnern», gibt sie zu.

Bruno setzt sich auf die Bettkante und freut sich, dass sie so aufgeregt ist.

Als Jennifer die Kiste ohne zu zögern auf dem Bett ausleert, kommen unter anderem diverse Filmrollen und zwei vergilbte Briefumschläge zum Vorschein. Neugierig öffnet sie den ersten und zieht ein paar Fotos daraus hervor. Es sind die Bilder, die Bruno in Montreal zum Essen bei ihrer Mutter mitgebracht hat, und darüber hinaus noch einige, die Bruno oder Jennifer zeigen. Vor allem ihn, an allen möglichen Orten, die sie gemeinsam besucht haben, aber es gibt auch Aufnahmen von ihnen beiden. Glücklich lächelnd.

Irgendwann gelangt Jennifer zu den Bildern, die an dem Morgen entstanden sind, als Bruno sie nackt fotografiert hat. Und dann hat sie das besagte Foto vor sich. Beeindruckt von der Qualität, hebt sie eine Augenbraue. Sowohl die Einstellung als auch die Komposition sind wirklich gut gelungen.

«Nicht schlecht, oder?», sagt er.

«Ja … das stimmt.»

Als Jennifer merkt, dass er sie beobachtet, schiebt sie das Bild bewusst schnell unter den Stapel, um ihm nicht allzu viel Aufmerksamkeit zu widmen, und witzelt: «Ich sah damals echt nicht schlecht aus.»

«Oh, du siehst noch immer alles andere als schlecht aus.»

Jennifer zieht das Nachthemd über ihre Knie. «Na ja, wie dem auch sei …» Den Rest der Bilder schaut sie dann schneller durch. Trotzdem schleicht sich unwillkührlich ein Lächeln auf ihr Gesicht, weil so viele schöne Erinnerungen wach werden. Ein Foto bringt sie sogar richtig zum Lachen. «Weißt du noch?», fragt sie und hält Bruno das Bild hin. «Wir sind total durchnässt wiedergekommen. Wie es da gegossen hat! Aber offenbar habe ich trotzdem meine Kamera rausgeholt.»

«Ja, du wolltest doch eine Erinnerung an das angeblich heißeste Regenerlebnis deines Lebens haben – Sex mitten im Wein», antwortet er und lacht ebenfalls.

Die Erinnerung geht ihr näher als gedacht. Sie mustert Bruno, ehe sie relativiert: «Bequem war es jedenfalls nicht.»

«Das stimmt», bestätigt er. «Aber schön. Ah, und sieh mal hier!» Er greift nach einem kleinen Kästchen, das zwischen den auf dem Bett verteilten Sachen liegt, und öffnet es.

Jennifer stockt der Atem, und sie sieht Bruno verwirrt an. «Du hast meinen Ehering behalten? Ich dachte, ich … ich hätte ihn weggeworfen?»

«Ich habe ihn gefunden und mir gedacht … Ach, ist ja auch egal, was ich gedacht habe.» Er schließt das Kästchen wieder und lässt es schulterzuckend zurück aufs Bett fallen. «Wenn du willst, kannst du das alles hier mitnehmen. Es gehört ja dir.»

Jennifer greift nun selbst zu der Schatulle und schaut sich den Ring noch einmal genau ein. Vorsichtig klopft sie mit dem Zeigefinger auf den Diamanten, als wolle sie sich vergewissern, dass er wirklich echt ist. Sie hatte die Sachen damals zurückgelassen, weil sie vergessen wollte und gehofft hatte, dem Schmerz auf diese Weise ein Schnippchen zu schlagen. Vergebens, denn der Schmerz hatte sie letztlich doch über den Ozean begleitet.

Plötzlich wird ihr klar, warum Bruno alles aufbewahrt hat. Sie hebt den Blick und sieht ihn traurig an: «Du hast wirklich geglaubt, dass ich zurückkomme, oder?»

Er antwortet nicht, sondern verzieht nur zögernd das Gesicht, aber Jennifer weiß, dass sie recht hat: Bruno hat ihre Sachen für den Tag behalten, an dem sie zurückkommt.

«Aber du hast doch gesagt … dass du mich nie mehr wiedersehen wolltest», schiebt sie verunsichert hinterher.

«Ich war wütend und habe mir gedacht, mit einem Ultimatum wäre deine Angst, mich zu verlieren, vielleicht größer als dein Drang abzureisen, aber … Offensichtlich war ich dir wirklich nicht gut genug.»

«Aber so war es doch gar nicht! Es war nur … Mann, Bruno, du kennst mich doch. Wenn du Nein sagst, mache ich aus Prinzip das genaue Gegenteil!»

Er lächelt verhalten und nickt. «Jetzt weiß ich es, aber damals –»

«Damals warst du ein totaler Macho, ganz genau!», beendet sie den Satz mit ironischem Unterton. «Glaubst du wirklich, dass es mir gereicht hätte, auf deinem Anwesen hier zu residieren wie ein Schmuckstück in seiner Schatulle? So bin ich nicht.»

«Aber … Heiraten, das heißt doch, sich etwas gemeinsam aufzubauen. Nicht du hier und ich dort. Wenn du das begriffen hättest, wäre es vielleicht möglich gewesen, eine Lösung zu finden.»

«Aber ich hatte doch nichts. Was hätte ich *aufbauen* sollen?»

«Wer hat dich daran gehindert, dir hier etwas aufzubauen? Fotografin zu werden? Davon hast du doch damals geträumt.»

Fragend sieht sie ihn an. Das ist jetzt nicht sein Ernst, kann er sich die Frage wirklich nicht selbst beantworten?

Doch er fährt unbeirrt fort: «Ich hätte dir die Welt zu Füßen gelegt.» Und dann ergänzt Bruno noch matt: «Wenn du mich um Unterstützung gebeten hättest.» Dann verstummt er und wendet sich ab, weil er die Enttäuschung von damals nicht zu nahe an sich heranlassen kommen möchte. Das alles sollte ihn gar nicht mehr belasten. Immerhin ist er kurz davor, noch einmal zu heiraten – und seine neue Frau ist wunderbar. Das genaue Gegenteil von Jennifer. Warum also kann er nicht anders und muss diese alte Geschichte wieder hervorholen?

Jennifer stellt die leere Kiste auf den Boden und beginnt, mit ruppigen Bewegungen alles wieder hineinzuschieben, als würde sie sich der Dinge ein zweites Mal entledigen wollen – auch der Fotos. «Das Problem ist», sagt sie, «dass ich kein Interesse an der Welt vor meinen Füßen hatte. Ich wollte *mein* Leben. Und wenn du das damals verstanden hättest, wären wir jetzt nicht in dieser Situation.»

Zügig befördert sie die restlichen Dinge in die Kiste, bis Bruno dazwischengeht und schnell die Skulptur rettet, weil er befürchtet, sie könne beim Fallen kaputtgehen. Dann bückt er sich nach den Fotos, blättert sie durch und nimmt all jene heraus, auf denen Jennifer zu sehen ist. «Zeigen diese Bilder etwa keine verliebte Frau?», fragt er vorwurfsvoll. «Das habe ich doch nicht geträumt. Du warst glücklich.» Er seufzt tief und macht sich schließlich daran, die Fotos ordentlich zu stapeln.

Jennifer presst die Lippen zusammen und streicht gedankenverloren über ihr Nachthemd. Sie ist eher traurig als wütend.

Erst nach mehreren Minuten durchbricht Bruno die Stille. «Ich hätte zu dir nach Montreal fliegen sollen», sagt er bedauernd. «Wenn du mir auch nur das geringste Zeichen gegeben hättest … Wenn ich gewusst hätte, dass du auf mich wartest –»

«Ich habe auf dich gewartet», bestätigt sie und zwingt sich, zu ihm aufzublicken.

«Ich habe also nicht geträumt? Du hast mich wirklich geliebt?», vergewissert er sich und lächelt fast scheu. Seine Augen sind feucht.

«Natürlich, du Idiot! Sonst hätte ich dich doch nicht geheiratet», versucht sie zu scherzen, aber ihre Stimme zittert. Bruno so emotional zu erleben lässt sie nicht kalt. Um nicht loszuheulen, konzentriert Jennifer sich darauf, die Fotos gleichmäßig wieder auf die Umschläge zu verteilen.

Brunos Blick folgt ihren Händen. «Die von der Hochzeit hab ich auch noch», sagt er.

«Lass mal», erwidert Jennifer kopfschüttelnd. «Für heute Abend haben wir genug in der Vergangenheit gewühlt.»

«Ja, das glaube ich auch.»

Beide lachen leicht verlegen und scheinen das einhellige Gefühl zu haben, dass es besser wäre, jetzt auseinanderzugehen.

Bruno erhebt sich und geht zur Tür, bleibt jedoch noch einmal stehen und sagt: «Ich dachte mir, morgen könnten wir zur Burgruine fahren. Oder ans Meer, was immer dir lieber ist.»

«Zur Burgruine», antwortet Jennifer, ohne zu zögern. «Dort habe ich letztes Mal so gute Fotos gemacht. Und man kann die Domaine de Verteuil sehen.»

«Genau.» Bevor er endgültig geht, dreht er sich noch ein zweites Mal um. «Ach ja, und Emma würde auch gern ein bisschen Zeit mit –»

«Klar. Kein Problem», erwidert Jennifer schnell. Zu schnell. «Du kannst mich dort abliefern und dann den Tag mit ihr verbringen», schlägt sie sofort vor.

«Du hast mich falsch verstanden», sagt er lächelnd. «Emma geht es ja gerade darum, mit dir zusammen etwas zu unternehmen. Sie möchte dich sehr gern besser kennenlernen.»

Jennifer versucht sich nichts anmerken zu lassen, auch wenn es ihr schwerfällt, nicht skeptisch die Stirn zu kräuseln. Wie seltsam war das denn? Warum sollte man die Ex seines zukünftigen Ehemannes kennenlernen wollen?

«Hast du ein Problem damit?», fragt Bruno irritiert, dem das Zucken auf ihrer Stirn nicht entgangen ist.

«Nein, na ja … äh, nimm's nicht persönlich, aber ehrlich gesagt habe ich nicht wirklich Lust, sie kennenzulernen. Versteh mich nicht falsch, sie scheint ein nettes Mädchen zu sein –»

«Nenn sie nicht so!», schimpft er. «Sie ist nur fünf Jahre jünger als du.»

«Und wie viele Jahre jünger als du?»

Er wirft ihr einen bösen Blick zu, versucht jedoch gar nicht erst, den Altersunterschied kleinzureden. «Sie ist jung, das gebe ich zu, aber du kannst nicht behaupten, dass sie nicht auch äußerst liebenswert ist. Und freundlich.»

«Na, das sind ja genau die richtigen Eigenschaften für eine zukünftige Mme. de Verteuil», kontert sie sofort.

Bruno verschränkt die Arme vor der Brust. «Ja, zumal ich will, dass die Verbindung länger hält als nur zwei Monate. Aber darum geht es hier gar nicht: Emma legt Wert darauf, Zeit mit dir zu verbringen, das ist alles.»

Befremdet, dass er darauf besteht, lenkt Jennifer ein: «Na gut. Wenn es dir so wichtig ist, will ich keine Spielverderberin sein. Entscheidend ist, dass sie davon überzeugt ist, dass du von der bösen zur guten Ehefrau wechselst.»

«Was redest du denn da? Zwischen euch beiden gibt es absolut keinen Wettbewerb.»

«So naiv muss man erst mal sein», murmelt Jennifer. Lauter fügt sie hinzu: «Und warum glaubst du, will sie mich kennenlernen? Wir sind so unterschiedlich, wie man nur sein kann. Man könnte meinen, du hast sie dir ausgesucht, weil sie das genaue Gegenteil von mir ist.»

Die Behauptung trifft Bruno so sehr, dass er die Arme in die Hüften stemmt und sofort zum Gegenangriff ausholt: «Für den Fall, dass du es noch nicht bemerkt hast, Jen: Mit uns beiden hat es nicht funktioniert. Da ist es doch normal, dass ich mir eine Frau suche, die etwas … sanfter ist und –»

«Die alles macht, was Monsieur wünscht?»

«Darum geht es sicher nicht», empört er sich. «Wenn man dich anhört, glaubt man ja, ich sei ein Diktator! Dabei kann ich mich nicht erinnern, dich nach Esclanyà gezwungen zu haben. Und wenn ich mich recht erinnere, bist du es gewesen, die in jener Nacht den ersten Schritt gemacht hat. Und du hast auch nicht eine Sekunde gezögert, bevor du Ja gesagt hast.»

Jennifer ist angesichts der Argumente, die Bruno vorbringt, ein wenig perplex. «Das eben war doch als Spaß gemeint», sagt sie, um ihn zu beruhigen.

«Für mich ist es aber kein Spaß, Jen. Ich versuche, mein Leben neu zu sortieren, und wenn Emma dich gern kennenlernen möchte, sehe ich nicht, wo das Problem liegt.» Vorwurfsvoll sieht er sie an. «Und du? Was hast du Maxime denn über mich erzählt? Ach, ich vergaß, Monsieur wusste ja nicht einmal, dass du verheiratet warst!»

«He, he! Im Gegensatz zu dir habe ich auch nicht vor, wieder zu heiraten. Aber das Wesentliche weiß er ja jetzt. Dank deines Überraschungsbesuchs.» Abermals streicht sie sich übers Nachthemd.

«Echt? Was denn?»

«Na, ich habe ihm gesagt, dass ich jung war … und wir mehr oder weniger im Affekt gehandelt haben, was ja rückwirkend betrachtet auch stimmt. Es ging doch hauptsächlich um Sex, aber die Beziehung hat schnell … Nun, sagen wir … ihren Reiz verloren.»

«Ihren Reiz verloren?», wiederholt Bruno ungläubig.

«Aber ja! Wir haben geglaubt, wir würden uns lieben und –»

«Hä? Vor zehn Minuten hast du noch behauptet, du hättest mich geliebt!» Entrüstet stampft er auf. «Und plötzlich haben wir es nur noch *geglaubt*?»

«Ich empfehle dir nur, wie du es Emma sagen solltest.»

«Warum sollte ich sie anlügen? Sie weiß sowieso schon alles.»

Jennifer verschränkt die Arme und mustert ihn skeptisch. «Sie weiß alles?», wiederholt sie. «Echt? Jetzt bin ich aber beeindruckt. Die Kleine hat ganz schön viel Vertrauen in dich. Also, wenn ich wüsste, dass Max eine so leidenschaftliche Beziehung zu seiner Ex gehabt hat, mit so gutem Sex … dann kannst du dir aber sicher sein, dass ich die beiden nicht allein unter demselben Dach schlafen lassen würde.»

Bruno antwortet nicht, doch seine Miene verrät genug, was Jennifer sofort dazu veranlasst nachzuhaken: «Du hast ihr nicht erzählt, wie heiß es zwischen uns herging, stimmt's?»

«Pah! Warum auch? Solche Einzelheiten tun doch nichts zur Sache», erwidert er zähneknirschend.

«Glaub mir, wenn man nervige Fragen wie *Ist es mit mir besser als mit ihr?* vermeiden will, ist es auf jeden Fall besser, sich bedeckt zu halten.»

«So ist Emma aber nicht!»

«Natürlich nicht», erwidert sie schnippisch. «Und sie hat dich auch nie gefragt, wie es für dich ist, mich wiederzusehen, oder ob du es in irgendeiner Form bedauerst?»

Gern hätte er behauptet, genauso wäre es gewesen, doch die Worte kommen Bruno nicht über die Lippen. Hat Emma ihm Fragen gestellt? Ja, aber sicher nicht mit dem Ziel, sich mit seiner Ex zu vergleichen. Doch jetzt, da Jennifer nachhakt, gerät er doch ins Zweifeln.

«Auch Emma muss sich absichern und spüren, dass sie die Einzige für dich ist, Bruno.»

«Aber sie *ist* die Einzige.»

«Nein, sie *war* die Einzige – bis ich mich auf den Weg hierher gemacht habe und nun wegen dieser verdammten Scheidung hier festsitze. Ganz zu schweigen von der Tatsache, dass ich die Vergangenheit wieder heraufbeschworen habe, indem ich von der Abtreibung erzählte.» Jennifer schiebt die Kiste zur Seite und steht auf. «Emma mag äußerst … *liebenswert* sein, aber doof ist sie trotzdem nicht. Sie sieht doch genau, dass es zwischen uns noch Verbindungen gibt.»

«Wir sind verheiratet, natürlich gibt es da noch Verbindungen.»

«Wie borniert bist du eigentlich? Das gibt's doch gar nicht, du willst es wohl nicht verstehen! Aber mir kann es ja letztlich egal sein.» Sie steigt ins Bett, zieht sich die Decke bis unters Kinn und streckt sich laut seufzend aus. Für sie ist die Diskussion damit beendet. Ehe sie sich auf die Seite dreht, hebt Jennifer noch einmal kurz den Kopf. «Und schalte bitte das Licht aus, bevor du gehst. Danke.»

Bruno ist so verdattert, dass er noch eine Weile im Türrahmen stehen bleibt und sie entgeistert anstarrt, bevor er in der Lage ist, das Licht zu löschen und die Tür hinter sich zu schließen.

Kapitel 14

Bereits um Punkt acht Uhr erscheint Jennifer am nächsten Morgen in der Küche. Nach einer warmen Dusche mit kurzem, eiskaltem Abschluss, um die letzte Schläfrigkeit zu vertreiben, war sie in ihre Jeans und ein weißes T-Shirt geschlüpft.

Ihr zeitiger Auftritt entlockt Bruno, der schon an den Tresen gelehnt einen Kaffee trinkt, ein Lächeln.

«Was ist?», fragt sie mürrisch und lässt sich auf einem der Barhocker nieder.

«In der Hose wirst du eingehen vor Hitze.»

Jennifer zuckt mit den Schultern. «Ich habe nicht genug Sachen dabei. Ich konnte ja nicht ahnen, dass ich so lange bleiben muss», motzt sie und greift gierig nach dem Kaffee, den er ihr reicht.

«Zieh besser das Kleid von neulich Abend an. Es soll heute wirklich sehr heiß werden.»

Erneut zuckt sie mit den Schultern, macht aber keine Anstalten, sich umziehen zu gehen. Warum muss Bruno sie bloß so rumkommandieren? Außerdem, wenn sie sich recht erinnert, ist es bei der hochgelegenen Burgruine windig, und sie hat keine Lust, dass ihr das Kleid hochfliegt, während sie dort zum Fotografieren herumklettert.

«Wenn du willst, gehen wir später ein bisschen shoppen», schlägt Bruno vor. «Immerhin ist es mein Fehler, dass du einige Tage länger bleiben musst. Ich könnte dir zwei oder drei Outfits spendieren ...»

Sie sieht Bruno strafend an. «Ich kann meine Klamotten schon selbst bezahlen.»

«O, là, là, ich vergaß, welch leidenschaftliche Feministin vor mir sitzt», höhnt er. «Aber in diesem Fall geht es ums nackte Überleben. Glaub mir, bei den Temperaturen, die sie angekündigt haben, willst du nicht in Jeans herumlaufen.»

Wie zum Beweis deutet er auf sein eigenes Outfit: Zu einer extrem weiten Bermuda trägt er ein flatteriges, buntgemustertes Hemd.

Anstatt zu antworten, bindet Jennifer ihr Haar zu einem lockeren Knoten zusammen, als wäre das ausreichend, um sich gegen die Hitze zu wappnen. Dann atmet sie genüsslich den Duft des Kaffees ein und trinkt ihn in einem Zug leer. Kurz verzieht sie das Gesicht, weil er so stark ist, und stellt die Tasse dann geräuschvoll auf dem Küchentresen ab. «Also, gehen wir?»

«Willst du nichts frühstücken?», fragt Bruno und deutet auf eine Schale mit Gebäck.

Jennifer wirft einen Blick darauf und nimmt sich ein Croissant. «Essen kann ich unterwegs», ruft sie und springt vom Hocker. «Ich will das Morgenlicht nicht verpassen. Hast du die Kamera?»

«Warte! Willst du nicht wissen, was sonst noch für den Tag geplant ist?»

Sie bleibt stehen und sieht ihn verständnislos an.

«Maria hat uns heute Abend zum Essen zu sich eingeladen», verkündet er. «Gemeinsam mit Emma. Ich dachte, eine größere Runde ist eine gute Idee. Zumal meine Schwester schon quängelt, wann sie dich noch mal sehen kann. Sie wohnt nicht weit von der Domaine entfernt in Richtung Meer in einem Haus, das dir gefallen wird.»

Die Aussicht, Maria und ihre süße Familie wiederzusehen, macht Jennifer sofort gute Laune. Ihr ist es auch eindeutig lieber, den Abend mit ihnen zu verbringen, anstatt wie das fünfte Rad am Wagen nur zwischen Bruno und der zukünftigen Madame de Verteuil herumzusitzen.

Nach kurzer Fahrt parken sie etwas außerhalb von Begur und gelangen über einen unbefestigten Weg zu dem rundlichen Felshügel. Das Kastell ist zwar nur noch eine Ruine, aber aufgrund des tollen Ausblicks jederzeit einen Besuch wert.

Während Jennifer nach dem optimalen Blickwinkel sucht, hält sich Bruno im Hintergrund. Mit kleinen Schritten bewegt sie sich vorwärts, um die Stelle zu finden, von der aus die Domaine de Verteuil und die sie umgebende spektakuläre Landschaft am besten zur Geltung kommen. Immer wieder blickt sie in Richtung Sonne und flucht, denn obwohl es noch früh ist, brennt sie bereits erbarmungslos vom Himmel.

Bruno beobachtet sie aus der Ferne und bedauert sie aufrichtig, weil ihr in der Jeans bald unerträglich heiß sein wird. Er fragt sich, ob er nicht darauf hätte bestehen müssen, dass sie ein Kleid anzieht.

Als er zum ersten Mal hört, wie Jennifer den Auslöser betätigt, muss er lächeln. Vor kurzem hätte er nicht einmal zu hoffen gewagt, das noch einmal zu erleben.

Mit flinken Bewegungen dreht sich Jennifer hin und her, und wieder ist mehrfach ein Klicken zu vernehmen. Eben noch hatte die Hitze sie beinahe wahnsinnig gemacht, jetzt aber nimmt sie nichts mehr wahr als die Motive in der Landschaft, die sie mit der Kamera festzuhalten versucht.

Sie nähert sich einer niedrigen Mauer, kniet sich seitlich dazu nieder und visiert die Domaine de Verteuil direkt an. Immer wieder verstellt sie das Objektiv, bis sie sich nach ungefähr zwanzig Minuten zu Bruno umdreht, als hätte sie vergessen, dass er ja noch da ist, und fragt: «Willst du auch mal aufs Bild?»

«Ähm … muss das sein?»

«Nun, es geht um dein Produkt. Willst du nicht, dass man es mit dir in Verbindung bringt?»

«Wollen die Leute in Amerika das so?» Als Jennifer ihn daraufhin böse anfunkelt, verbessert er sich: «Ich meine natürlich … in Quebec, was mögen die Leute dort?»

Einen Moment überlegt sie, bevor sie eher geschäftsmäßig als freundschaftlich antwortet: «Du bist ein bisschen zu jung, um für einen Weingutbesitzer durchzugehen. In der Werbung haben die Winzer meist weißes Haar.»

«Darf ich dich daran erinnern, dass ich das hier seit meiner Geburt mache», verteidigt er sich. «Dieses Weingut stammt von meinem Großvater.»

«Ich spreche ja nur von dem Eindruck, den du vermittelst. Männer mit weißem Haar stehen für Erfahrung und Verlässlichkeit. Dir nimmt man das nicht ab. Aber warte, wenn man dein Gesicht heranzoomt, könnte es funktionieren. Immerhin siehst du ganz passabel aus. Die Frauen werden dich sicher attraktiv finden.»

Überrascht von diesem beiläufigen Kompliment, sieht Bruno sie perplex an.

Jennifer muss lachen. «Was ist? Wein & Mann, das gefällt! Und nachweislich sind sechsundfünfzig Prozent unserer Zielgruppe weiblich. Nicht mit eingerechnet, dass es meistens Frauen sind, die einkaufen gehen.»

«Wein & Mann?», wiederholt Bruno leicht befremdet. «Soll ich mich wie ein Model auf der Kühlerhaube eines Autos rekeln?»

«Nein, aber an einem Weinstock vielleicht.» Jennifers Lachen schallt durch die gesamte Burganlage, und sie beschließt, Bruno sofort zu fotografieren, weil er immer noch das Gesicht verzieht. «Hast du vielleicht geglaubt, es genügt, einen Berg mit grünen Büschen abzubilden, um deinen Wein zu verkaufen?», neckt sie ihn. «Falls du es noch nicht wusstest, Chérie, es gibt noch Tausende von anderen Weinen. Warum sollte sich jemand ausgerechnet für deinen entscheiden? Probieren können sie ihn auf dem Papier nicht. Die Frauen müssen sich also nach dir die Lippen lecken wollen. Das funktioniert allerdings nur, wenn das Bild entsprechend sexy ist.» Sie sieht an ihm hinunter. «Die Bermuda ist dafür nicht gerade ideal, aber okay ... wir können uns ja vorstellen, du hättest einen Anzug an, und ihn später ins Bild montieren.»

«Aber das ist doch lächerlich, niemand produziert Wein in einem Anzug.» Kopfschüttelnd folgt Bruno Jennifers Anweisungen, wo er sich in welcher Pose an der Mauer positionieren soll.

«Das ist Marketing, Bruno! Wenn die Leute den Menschen auf einer Anzeige sympathisch finden, kaufen sie ihm alles ab. Das ist eine klassische Werbeweisheit.»

«Das hat mein Wein aber nicht nötig.»

Mit blitzenden Augen sieht sie ihn an. «Verkaufen willst du ihn aber schon, oder?»

«Den Wein ja, aber nicht mich.»

Jennifer seufzt und wischt sich den Schweiß von der Stirn. «Hör zu, du machst den Wein – und ich die Werbung dazu. Verstanden? Überlass das Konzept einfach mir. Wenn die Leute das Plakat oder die Anzeige sehen, sollen sie ins Träumen geraten.» Sie deutet auf die atemberaubende Landschaft in seinem Rücken, eine zerklüftete Uferlinie mit versteckten Buchten und kristallklarem Wasser. «Traumkulisse plus Traummann gleich Traumprodukt», fährt sie fort. «Mehr braucht es nicht, um die Frauen davon zu überzeugen, eine erste Flasche zu kaufen. Und wenn sie deinen Wein erst probiert haben, kommt es zum Schneeballeffekt. Dreh dich mal ein Stück zur Seite, ich werde den Ausschnitt so wählen, dass man dein Outfit nicht sieht.»

Wieder tut Bruno, was sie von ihm verlangt. Jennifer beginnt, ihn vor den niedrigen Resten der Burgmauer zu fotografieren. Sie tänzelt um ihn herum, nimmt ihn von ganz nahem und aus größerer Entfernung auf und erinnert ihn dabei immer wieder daran zu lächeln, mal ein bisschen mehr, dann ein bisschen weniger. Leicht angespannt spielt Bruno das Spiel mit.

Jennifer wirkt zufrieden, als sie sich wenig später das Ergebnis ihrer Arbeit auf dem kleinen Display der Kamera ansieht. Bruno meint sogar ein Lächeln auf ihren Lippen zu erkennen. «War's das?», fragt er.

«Fast. Mir ist gerade noch eine Idee gekommen. Deshalb machen wir noch eins von ganz nahem. Folge meinem Blick, ja?» Sie bringt sich in Stellung und knipst ein Foto nach dem anderen, während sie sich ihm immer weiter nähert.

Am Anfang reagiert er verlegen, weil die Kamera ihm so nahe kommt, dass er sie mit der Hand berühren könnte, doch dann lacht Bruno kurz auf und ruft: «Was machst du denn da? Man sieht ja gar nichts mehr von dem Weingut.»

«Aber man sieht deine Augen», erwidert Jennifer konzentriert. «Ich hatte ganz vergessen, wie intensiv sie in der Sonne leuchten.»

Während sie weiter fotografiert, freut Bruno sich über das Kompliment und die gute Stimmung, die zwischen ihnen herrscht.

Nach einer Weile kniet Jennifer sich mit einem Bein auf den Boden, um von unten hinaufzufotografieren. «Und jetzt wieder lächeln», fordert sie ihn abermals auf. «Frauen mögen glückliche Männer, gutes Aussehen allein reicht nicht.»

«Ich sehe gut aus?» Die Frage ist ein wenig heuchlerisch, denn Bruno weiß sehr gut, dass es zumindest mal eine Zeit gab, in der er ihr gefallen hat. Aber wie es heute ist, weiß er nicht.

Jennifer nimmt die Kamera zur Seite und betrachtet ihn unverhohlen. «Natürlich siehst du gut aus», wiederholt sie dann leicht genervt und steht auf. «Als wenn du das nicht wüsstest. Glaubst du etwa, ich hätte dich sonst geheiratet?»

Ihre Antwort, aber vor allem das wieder auflebende Gefühl der Vertrautheit mit ihr bringen Bruno unwillkürlich zum Lächeln. Sofort hebt Jennifer erneut die Kamera.

Bruno ist fasziniert, wie konzentriert sie bei der Sache ist. Plötzlich beginnt ihr Gesicht zu leuchten, und sie befiehlt ihm stillzuhalten. Schnell macht sie mehrere Bilder, die ihr einen kleinen Freudenschrei entlocken. «Ja, genau so habe ich es mir vorgestellt. Ah, wenn du nur richtig angezogen wärst! Ich bin mir sicher, dass wir das sonst schon hätten nehmen können.»

Er lacht erneut über ihre Begeisterungsfähigkeit.

Den Blick auf das Display gerichtet, kommt Jennifer auf ihn zu, um ihm die letzten Fotos zu zeigen. «Wie findest du das hier? Du bist darauf echt gut getroffen. Das könnte man für Emma vergrößern. Ich meine … Wenn sie dich sogar mit diesen Klamotten mag, ist es wohl tatsächlich eine gute Idee, wenn ihr beide heiratet.»

Obwohl er sich das Bild, das sie ihm zeigt, genau ansieht, kann Bruno nicht ganz nachvollziehen, was ihr daran so gut gefällt. Die Domaine de Verteuil ist kaum zu sehen, und der Fokus liegt seiner Meinung nach zu stark auf seinem Gesicht. Wie soll sich damit sein Wein verkaufen?

«Gefällt es dir nicht?», fragt Jennifer irritiert, weil er nichts sagt.

«Darum geht's gar nicht, es ist nur … Ich bin nicht davon ausgegangen, als Model herhalten zu müssen», bekennt er. «Und offen gestanden bin ich mir auch nicht ganz sicher, ob ich mich in der Rolle besonders wohlfühle.»

«Nicht schlimm. Wir können auch etwas anderes machen.» Sie entfernt sich und tut so, als würde sie die Domaine de Verteuil von noch einem anderen Blickwinkel aufnehmen wollen. Der eigentliche Grund aber ist, dass ihr plötzlich bewusst wird, wie groß die Aufgabe ist, die Bruno ihr anvertraut hat. Wie soll sie einem Ort wie diesem mit einem einzigen Bild gerecht werden? Das ist unmöglich.

Nachdenklich lässt sie die Kamera sinken, ihr Blick schweift über die hügelige Weite. Die Atmosphäre dieses Landstrichs ist wirklich einmalig, denkt Jennifer und zuckt entmutigt mit den Schultern. «Ich weiß nicht, ob ich den Job überhaupt erfüllen kann», sagt sie über ihre Schulter in Brunos Richtung. «Es ist ein echt großes Ding.» Sie blickt zum Horizont, wo sich Himmel und Meer vermischen, als könne sie dort ein neues Konzept finden – oder den besten Weg, alles hinzuschmeißen. «Du solltest dir einen richtigen Fotografen nehmen.» Sie dreht sich um und sieht ihn fest an.

«Ich habe einen richtigen Fotografen: dich! Was machst du denn seit einer Stunde?»

Betreten senkt sie den Blick auf die Kamera. «Da ist, glaub ich, gar nichts Vernünftiges dabei.»

«Und gestern? In den Weinstöcken?»

Wieder zuckt Jennifer mit den Schultern. Sie kämpft gegen die Worte, die ihr auf der Zunge liegen und die verkünden würden, dass sie aufgibt. Vielleicht sollte sie es einfach noch einmal versuchen? Doch stattdessen sagt sie nur: «Wir sollten gehen. Es wird zu heiß.»

«Jen!» Bruno versucht, sie zurückzuhalten.

Ihr bleibt keine Zeit, sich zu entfernen, weil er bereits vor ihr steht und sie eindringlich ansieht. «Was soll das? Du hast doch gerade erst wieder mit dem Fotografieren angefangen. Gib dir ein wenig Zeit. Das Bild, das du gern hättest, gibt es vielleicht noch nicht. Na und? Wir kommen einfach noch mal her. Und wenn du möchtest, dass ich als Model herhalte, dann soll es so sein. Notfalls würde ich sogar einen Anzug anziehen!»

«Du verstehst es nicht. Ich weiß nicht, ob ich überhaupt in der Lage bin –»

«Natürlich bist du in der Lage», fährt er ihr entschlossen über den Mund. «Wenn jemand dieses Foto knipsen kann, dann du!»

Jennifer spürt, wie die Hitze ihr zusetzt. «Mir ist wahnsinnig heiß. Können wir jetzt bitte gehen?»

Ohne eine Antwort abzuwarten, eilt sie davon. Die

Sonne blendet, und sie spürt den Schweiß in ihrem Nacken. Im Gegensatz zum letzten Besuch auf der Burgruine weht heute kein Lüftchen, und es ist bereits unerträglich schwül. Doch was sie viel mehr belastet, ist, dass sie zwar wieder Freude am Fotografieren hat, aber zugeben muss, dass das Ergebnis bei weitem nicht so gut ist, wie sie sich erhoffte. Hat sie kein Händchen mehr dafür?

Nachdem sie in Begur, dessen Stadtkern mit seinen hübschen Häusern und Villen ein wenig unterhalb der Burgruine liegt, noch einige Besorgungen gemacht haben, schlägt Bruno vor, mit einem kleinen Umweg über die Küstenstraße bald zum Gut zurückzufahren, da er merkt, wie erschöpft Jennifer von der Hitze ist.

Dort angekommen, geht sie sofort duschen, um sich den Schweiß abzuwaschen, der ihr auf der Haut klebt. Danach schlüpft sie in ihr Sommerkleid und ist glücklich, sich in einem klimatisierten Raum zu befinden. Sie nimmt ihren Laptop und zieht die Fotos auf die Festplatte. Leider bestätigt sich ihre Befürchtung, als sie eins nach dem anderen auf dem Bildschirm anschaut: Den Aufnahmen fehlt jegliche Magie. Sie sind hübsch, ja, aber so hätte es bei dieser Traumkulisse jeder Anfänger hinbekommen.

Es klopft, und Bruno erscheint im Türrahmen. Als er die Bilder sieht, kommt er neugierig näher. «Und? Sind sie gut?»

«Ich habe schon bessere gesehen …»

Er setzt sich neben sie auf die Bettkante und wirft einen Blick über ihre Schulter. «Nicht schlecht», sagt er nur.

«Mit Fotos, die ‹nicht schlecht› sind, kann man aber nichts reißen», faucht sie. «Wir brauchen viel bessere.»

«Jen, du setzt dich zu sehr unter Druck.»

Schweigend schaut sie weiter die Fotos durch, bis sie zu denen gelangt, auf denen eine Nahaufnahme von Brunos Gesicht zu sehen ist.

«Ich bin wirklich nicht dafür gemacht», sagt er und lächelt verlegen.

«Im Gegenteil, du bist ziemlich fotogen, aber wenn du nicht im Bild sein willst, verstehe ich das auch.» Jennifer zieht die Speicherkarte aus dem Laptop und hält sie ihm hin. «Du kannst sie Emma schenken. Dann war es wenigstens nicht ganz umsonst.»

«Es war überhaupt nicht umsonst», widerspricht er, nimmt die Karte aber an.

«Wenn du willst, kannst du mich auch einfach bei Maria absetzen und dann den Abend allein mit Emma verbringen», schlägt sie vor, während sie den Laptop zuklappt.

Er runzelt die Stirn. «Wie soll ich das jetzt verstehen? Dass du keine Lust hast, den Abend mit mir zu verbringen?»

«Darum geht's nicht. Aber vielleicht ist es eine gute Idee, deiner Verlobten ein wenig mehr Aufmerksamkeit zu schenken. Seit ich da bin, hast du sie kaum gesehen.»

Bruno zögert. Als er Jennifer zu sich einlud, hat er sich vorgenommen, die Abende ausnahmslos mit Emma zu verbringen, aber die Sache mit der Abtreibung hat alles durcheinandergebracht. Und Jennifers Präsenz sowieso. Gleichzeitig hat sich seit gestern Abend einiges in seinem Kopf geklärt. «Emma ist überhaupt nicht eifersüchtig auf dich», behauptet er, obwohl er sich da gar nicht so sicher ist. «Sie weiß, dass du nur ein paar Tage hier bist … noch dazu für die Scheidung.»

Anstatt zu antworten, spitzt Jennifer nur die Lippen. Was bringt es, ihm zu erklären, dass sie umgekehrt, wenn er so viel Zeit mit seiner Ex verbringen würde, sehr unglücklich über die Situation wäre? Zumal Jennifer ja eigentlich nach Spanien gekommen ist, um bei Bruno ein bisschen Chaos zu stiften, und jetzt macht sie sich plötzlich Sorgen um seine kleine Freundin.

«Jen, Tatsache ist, dass ich gern Zeit mit dir verbringe. Meiner Schwester geht es genauso. Und den Kindern sowieso.»

Beim Gedanken an Marias Familie hellt sich Jennifers Stimmung sogleich auf, und sie greift nach der Tüte mit den kleinen Geschenken, die sie in Begur für Michaël, Jenny und Ella besorgt hat. «Glaubst du, dass ihnen die Sachen gefallen?», fragt sie.

«Natürlich! Sie sind doch von der Prinzessin!»

Geistesabwesend wickelt sich Bruno eine blonde Haarsträhne von Jennifer um den Zeigefinger und zieht ihn wenig später wieder heraus, so, wie er es früher immer gemacht hat.

Irritiert blickt Jennifer in die Einkaufstüte, um zu verbergen, wie sehr es sie berührt, dass Bruno diese alte Gewohnheit wieder aufgenommen hat. Dann rückt sie schnell ein Stück zur Seite und beginnt, die Preisschilder von den Geschenken für die Kinder zu entfernen. Kaum dass sie ein wenig Abstand zwischen Bruno und sich geschaffen hat, kann sie wieder besser atmen.

Am Abend bei Maria werden Bruno, Emma und Jennifer gleich am Eingang des modernen Hauses, das ganz offensichtlich ein sehr guter Architekt gebaut hat, mit einem fröhlichen Kreischen begrüßt. Michaël und Jenny stürmen auf ihren Onkel zu, der sie zusammen auf den Arm nimmt und sich mit ihnen im Kreis dreht.

Als er sie wieder auf den Boden stellt, streckt die kleine Jenny sofort ihre Arme aus. «Jenniför!»

Erfreut hebt diese sie hoch und setzt sie sich auf die Hüfte, um Maria zu begrüßen. «Was für ein Empfang!»

«Da sagst du was. Seit sie weiß, dass du kommst, spricht sie nur noch von der Prinzessin.»

Während die kleine Jenny ihr lächelnd übers Haar streicht, hält Bruno die Tüte mit den Geschenken hoch, und Jennifer ruft: «Stimmt ja, ich habe noch eine Kleinigkeit für jeden von euch!»

Die beiden Kinder juchzen, und Michaël springt aufgeregt um sie herum.

«Das wäre aber nicht nötig gewesen», sagt Maria seufzend.

«O doch. Warte nur ab, was ich gefunden habe.»

Maria zeigt unterdessen auf Emma und sagt zu ihren Kindern: «Erst einmal begrüßt ihr jetzt Emma. Sonst kriegt ihr gar nichts.»

Sofort stellt Jennifer die Kleine ab und beobachtet, wie die Kinder ihre zukünftige Tante begrüßen, der es sichtlich nahegeht, dass Maria die beiden dazu auffordern musste. Hätte sie das mit den Geschenken noch nicht erwähnen sollen? Plötzlich hat Jennifer das Gefühl, die Aufmerksamkeit an sich gerissen zu haben.

«Entschuldigung», sagt sie an Emma gewandt.

«Kein Problem», versichert diese ihr.

Es dauert nicht lange, bis die Kinder wieder vor Jennifer stehen und diese sich lächelnd hinkniet, um mit ihnen auf einer Höhe zu sein. Dann holt sie eine DVD mit der Zeichentrickversion von *Aladdin* aus der Tüte. «Hier ist neben Aladdin die schönste Prinzessin der Welt abgebildet», sagt sie zu Jenny. «Und weißt du was? Sie hat genau solche Haare wie du.»

Die Kleine greift nach der DVD, betrachtet das Cover einen Moment lang und zeigt dann auf die Frau in dem blauen Outfit, die darauf zu sehen ist: «Die da?»

«Ja, sie heißt Jasmin.»

«Zasmin», wiederholt sie und wendet sich ihrer Mutter zu: «Kann ich den Film jetzt sehen?»

«Was kann ich anderes sagen als Ja?», gibt Maria klein bei.

Schnell zieht Jennifer noch ein ferngesteuertes Auto für Michaël hervor. Und zum Schluss hält sie Maria einen kleinen Teddybären hin. «Der ist für eure Kleinste.»

«Das hättest du aber nicht tun müssen.»

«Mit *müssen* hat das nichts zu tun, im Gegenteil.»

«Sie hat mehr Zeit im Spielzeuggeschäft verbracht als in der Kleiderboutique», sagt Bruno grinsend, während er Emma an sich zieht.

Maria wendet sich den Kindern zu und ermahnt sie: «Und denkt daran, *tata rossa* für die schönen Geschenke zu danken.»

Die kleine Jenny wirft sich Jennifer um den Hals und küsst sie schmatzend auf die Wange: «Merci, *tata*!»

Michaël tut es ihr gleich, wenn auch nicht ganz so stürmisch. Wichtiger ist ihm, mit Brunos Hilfe das ferngesteuerte Auto aus der Verpackung zu holen.

Unterdessen zieht Jenny ihre große Namensschwester ins Wohnzimmer, das in einer gelungenen Mischung aus

Alt und Neu eingerichtet ist. Jennifer lässt sich widerstandslos mitnehmen, weil sie froh ist, dass die Begrüßung damit beendet ist. Gemeinsam legen sie die DVD ein und machen es sich auf dem großen Sofa bequem, um sich den Film anzuschauen.

Als kurz darauf auch Michaël und Bruno mit dem ferngesteuerten Auto in den Raum gefahren kommen, ruft Maria scherzhaft: «Wie's aussieht, hat hier jeder sein Spielzeug gefunden!»

«Das glaube ich auch», sagt Emma lächelnd. «Brauchst du Hilfe in der Küche?»

«Gern», antwortet Maria. «Der Salat muss noch zubereitet werden.»

Wenig später erscheint Eduardo mit Ella auf dem Arm und hält Jennifer das Baby hin. «Nimmst du sie mal? Ich würde gern noch kurz duschen.»

Jennifer sieht ihn überrascht an. «Ähm … Okay.» Während sie das Baby an sich drückt, hält sie instinktiv die Luft an. Die kleine Jenny zu ihrer Rechten tätschelt Ellas Fuß und legt den Kopf an Jennifers Arm, ehe sie ihre Aufmerksamkeit wieder dem Film widmet, als wäre nichts Ungewöhnliches daran, dass eine vollkommen fremde Frau ihre kleine Schwester hält. Anfangs ist Ella noch etwas unruhig, aber noch ehe Jennifer ihren normalen Atemrhythmus wiedergefunden hat, ist sie wieder eingeschlafen. Also versucht Jennifer, sich auf den Film zu konzentrieren, doch das friedliche, leise Schnaufen des Babys an ihrem Hals nimmt sie vollkommen in Beschlag.

Als irgendwann Jasmin auf dem Bildschirm erscheint, richtet sich die kleine Jenny abrupt auf. «Da ist Zasmin! Die Prinzessin!», ruft sie und streckt die Hand aus.

«Ja», bestätigt Jennifer lächelnd.

Wie gebannt starrt die Kleine, die jetzt ganz aufrecht sitzt, zum Fernseher. Es sieht aus, als wolle sie mit den Augen alles aufsaugen.

Nachdem Michaël einige Runden mit dem Auto gedreht hat, interessiert er sich auch zunehmend für den Film und kuschelt sich schließlich neben seiner Schwester aufs Sofa, um besser sehen zu können.

Bruno betrachtet die vier amüsiert und beobachtet, wie Jennifer ihre Wange auf Ellas Kopf legt und diskret den Babygeruch einatmet.

Als Jennifer merkt, dass Bruno sie anstarrt, richtet sie ihre Aufmerksamkeit sofort wieder auf den Bildschirm.

«*Tata?* Ist der Tiger lieb?», will Michaël jetzt von ihr wissen, ohne jedoch den Fernseher aus den Augen zu lassen.

«Ja, das ist er.»

«Hast du den Film schon mal gesehen?»

«Schon mehrmals. Es ist mein Lieblingsfilm.»

Die kleine Jenny hebt den Blick. «Du guckst dir Zeichentrickfilme an?»

«Manchmal.»

«Wow!» Sie lässt den Kopf wieder gegen Jennifers Arm sinken, woraufhin diese Ella ein Stück höher schiebt.

Bruno unterdrückt ein Lächeln, einen Spruch kann er sich jedoch nicht verkneifen: «Man könnte meinen, die Kinder mögen dich.»

«Ja, das könnte man meinen.»

Nach einer Weile kehrt Eduardo zurück und hält ein Fläschchen über die Köpfe der Kinder. «Ella müsste bald aufwachen und sollte dann gefüttert werden. Magst du? Oder ist es dir lieber, wenn ich das übernehme?»

«Ähm … nein, geht schon.» Unbewusst drückt sie Ella fester an sich und stellt das Fläschchen neben sich ab.

Den beiden anderen Kindern teilt Eduardo mit, dass sie jetzt essen kommen sollen und den Film zu Ende schauen können, wenn die Erwachsenen am Tisch sitzen.

Sofort wendet sich das Mädchen an Jennifer: «*Tata*, kommst du mit?»

«Erst mal muss sie jetzt Ella füttern», bremst Eduardo seine Tochter.

«Aber ich will bei Jennifør bleiben!»

«Wie's aussieht, hat sie dich adoptiert», sagt Eduardo grinsend zu Jennifer.

«Ja», antwortet sie und lächelt ein wenig stolz.

Nachdem er den Fernseher ausgeschaltet hat, gelingt es Eduardo schließlich doch, seine Tochter vom Sofa zu heben. Sobald er mit ihr und Michaël nach nebenan verschwunden ist, nimmt Bruno den frei gewordenen Platz neben Jennifer ein, versichert jedoch sofort, er würde nur so lange bleiben, wie sie Ella die Flasche gibt. Mit den Fingerkuppen streicht er dem Baby über den Kopf. «Sie ist wunderschön, oder?», flüstert er.

«Ja, das ist sie.»

Er hebt den Blick und zögert einen Moment. «Was … was macht das mit dir? Sie zu halten?»

«Ich habe Angst, dass sie zerbricht», gibt Jennifer lachend zu. Sie ist wirklich etwas nervös.

Schon wird Ella leicht unruhig, und Jennifer hält schnell das Fläschchen an ihren Mund, damit sie nicht anfängt zu weinen. Und damit nicht Eduardo oder Maria angelaufen kommen und sie ihr wegnehmen. Doch Ella öffnet auf der Stelle den Mund und beginnt zu saugen, ohne überhaupt ein Auge aufzuschlagen. Jennifer betrachtet sie fasziniert. Ist es so einfach, für ein Kind zu sorgen?

«Denkst du daran?», fragt Bruno leise.

Unsicher, wie die Frage gemeint ist, sieht sie ihn an.

«Ich meine …», beginnt er zögerlich. «Musst du nicht an das Kind denken, das wir hätten haben können, wenn du sie im Arm hältst? Wenn ich dich so sehe –»

«Bruno, hör auf damit», brummt Jennifer und schaut wieder auf Ella, vor allem, um Brunos forschendem Blick auszuweichen. Als sie merkt, dass er weiter auf eine Antwort von ihr wartet, reicht sie ihm die Kleine. «Hier, halt du sie.»

«Aber … warum?»

Doch sie besteht darauf, und er nimmt Ella wortlos auf den Arm. Befreit erhebt sich Jennifer und streicht sich das Kleid glatt. Ella scheint die Veränderung nicht zu gefallen, denn sie beginnt zu zappeln und zu quängeln, worauf Bruno ihr das Fläschchen wieder in den Mund schiebt. Dann erst sieht er besorgt zu Jennifer auf. «Jen, würdest du mir das bitte mal erklären?»

«Ich will nicht mehr darüber reden. Ist das denn so schwer zu verstehen?», antwortet sie leise, damit die anderen sie nicht hören. Lauter fügt sie hinzu: «Ich brauche jetzt erst einmal einen Drink.»

Als sie Richtung Küche verschwindet, spürt sie Brunos Blick in ihrem Rücken.

«Ist es so schlecht gelaufen?», fragt Maria, die in einem großen Topf mit Auberginen, Paprika, Zucchini und Tomaten rührt. Dazu gibt es offenbar Fisch, wie ein Blick in den Ofen verrät. Bacallà amb samfaina! Jennifer läuft das Wasser im Mund zusammen.

«Was? Nein! Im Gegenteil, Ella ist super. Verrate mir doch mal, wie man so tolle Kinder hinkriegt?»

«Liebe», antwortet Eduardo stolz und schenkt Jennifer ein Glas ein.

Seine Antwort bringt alle zum Lachen, allen voran Maria, der die Komplimente ihres Mannes offenkundig noch genauso viel bedeuten wie am ersten Tag.

In dem Moment betritt Bruno den Raum und lässt sich mit der friedlich trinkenden Ella im Arm auf einem Stuhl am Ende des Tisches nieder, an dem Michaël und Jenny gerade Gemüsereis essen.

«Wenn sie so brav ist, warum hast du sie dann Bruno gegeben?», hakt Maria nach.

«Weil es eine gute Idee ist, schon mal ein bisschen zu üben, nicht wahr, Emma?», antwortet Jennifer und lächelt Brunos Freundin freundlich zu.

«Oh, na ja … ja», stammelt Emma verlegen und zugleich freudig erregt.

«Und für dich gilt das nicht, Jennifer?» Maria lässt nicht locker. «Ich dachte, du wärst mit einem Arzt zusammen? Hast du keine Lust auf Kinder mit ihm?»

«So weit sind wir noch nicht», rechtfertigt sie sich und nimmt einen großen Schluck aus ihrem Weinglas. Als sich die Wärme des Alkohols erst in ihrer Kehle und dann in ihrem Bauch ausbreitet, hebt sie den Kopf und hat plötzlich das Gefühl, Emma habe sie nicht aus den Augen gelassen.

«Für Bruno ist das nichts Besonderes», sagt Eduardo lachend. «Sie sind jede Woche bei ihm, stimmt's, Kinder?» Die Kleinen bestätigen es mit einem breiten Lächeln – trotz ihrer vollen Münder.

«Manchmal gehen wir mit ihnen in die Stadt.» Emma steigt sofort darauf ein. «Oder wir bleiben am Pool …»

«*Tata* Emma?», kommentiert Jennifer grinsend.

«Ähm … nein», murmelt diese. «Nur Emma.»

Plötzlich herrscht betretene Stille im Raum, ohne dass Jennifer weiß, warum.

Maria beendet das Schweigen, indem sie um den Küchentresen herum auf sie zukommt und fragt: «Möchtest du den Rest des Hauses sehen?»

«Wir zeigen ihr zuerst mein Zimmer, Mama!», ruft die kleine Jenny und springt schon vom Stuhl.

«Du isst erst mal auf.» Maria streicht ihr liebevoll über den Kopf. «Ich kümmere mich um *la rossa*, ist das klar?»

Artig setzt sich die Kleine wieder, und Maria zieht Jennifer hinter sich her aus der Küche.

In der nächsten halben Stunde zeigt sie ihr jedes einzelne Zimmer des liebevoll eingerichteten Hauses, bis hin zu Büro und Abstellraum. Als sie schließlich in Michaëls Zimmer stehen, das in verschiedenen Blautönen gestaltet ist, schließt Maria die Tür hinter sich und seufzt: «Entschuldige wegen eben. Ich hätte Bruno sagen müssen, dass er dich vorbereiten soll.»

«Worauf denn vorbereiten?»

«Na, dass die Kinder Emma nicht *tata* nennen.»

Leicht verwirrt zuckt Jennifer mit den Schultern. «Und? Ist das schlimm?»

«Nein, aber es ist ein wunder Punkt, wie du vielleicht gemerkt hast. Bald ist sie offiziell ihre Tante, aber sie haben sie immer nur Emma genannt und nie *tata*. Und da niemand darauf bestanden hat, ist es dabei geblieben.»

Jennifer erinnert sich daran, dass die Kinder sie selbst

vorhin *tata* genannt haben, und legt die Stirn in Falten. Woher hätte sie wissen sollen, dass Emma nicht den gleichen Status genießt? Fragend sieht sie Maria an.

«Ich kann nichts dafür», verteidigt sich diese. «Es ist nicht meine Schuld, dass sie dich innerhalb so kurzer Zeit adoptiert haben. Eduardo hat ihnen erzählt, dass du mit Bruno verheiratet warst, woraus sie wohl geschlossen haben, dass –»

«Maria!» Jennifer starrt sie mit großen Augen an. «Ist dir bewusst, in welche Lage mich das bringt? Ich habe keine Lust, dass Emma glaubt, ich wäre ihre Konkurrentin.»

«Das glaubt sie sowieso. Bruno war bis über beide Ohren in dich verschossen und hat dich in Rekordzeit geheiratet. Und er kann sagen, was er will, seine Beziehung zu Emma kann mit eurer nicht mithalten.»

Jennifer bringt Maria mit einem warnenden Blick zum Schweigen. «Aber sie scheint doch eine ganz Liebe zu sein.»

«Lieb, ja, das ist sie», spottet Maria. «Aber seit wann hat man Lust auf Sex mit jemandem, der lieb ist, kannst du mir das mal sagen?»

Jennifer muss das Lachen unterdrücken. «Ich weiß noch genau, wie Eduardo zu dir auch sehr *lieb* war.»

«Er war verrückt, ja! Und leidenschaftlich! Das ist er übrigens immer noch.»

Sie lachen verschwörerisch, doch dann seufzt Maria. «Glaubst du, dass Bruno heißen Sex mit ihr hat? In der Öffentlichkeit nimmt er, wenn's hochkommt, mal ihre Hand, aber auch das nur höchst selten.»

«Maria, hör auf», tadelt Jennifer.

«Warum? Ich erinnere mich noch sehr gut an meinen Bruder, als er mit dir zusammen war. Er schwebte auf Wolke sieben und verschwand in jeder Pause, auch wenn sie noch so kurz war, aus dem Weinberg, um dich zu sehen. Ganz zu schweigen von den verräterischen Flecken an seinem Hals und anderswo, wenn er zurückkam.»

Jennifer ist so perplex, dass sie rot wird und schnell nach einem Kissen greift, das sie Maria ins Gesicht wirft. Sie brechen in wildes Gelächter aus, und es ist fast wie früher zwischen ihnen, als von unten Eduardos Stimme heraufdringt: «Kommt ihr, Mädels?»

«Zwei Minuten, mein Schatz!» Maria platziert das hellblaue Leinenkissen wieder auf dem Bett ihres Sohnes.

Bevor die beiden den Raum verlassen, sagt Jennifer: «Maria, sei nett zu Emma, ja? Sie ist bald deine Schwägerin.»

«Jetzt hör auf, dir um sie Sorgen zu machen. Glaub mir, ich mag sie. Es ist nur, wenn du da bist ... dann kann ich nicht anders, als euch zu vergleichen. Nicht nur sie und dich, sondern auch die Art, wie Bruno sich euch beiden gegenüber verhält.»

«Was meinst du?»

«Du kannst mir nicht weismachen, dass es dir nicht aufgefallen ist. Seit du hier bist, hat er kaum zwei Worte mit Emma gesprochen. Und er kann den Blick gar nicht von dir abwenden.»

Jennifer sieht Maria skeptisch an und schüttelt den Kopf. Sie will gerade widersprechen, als Eduardo erneut ruft.

«Schon gut, wir kommen ja», ruft Maria lachend, und für Jennifer fügt sie erklärend hinzu: «Er hat Hunger.»

Dann läuft sie die Stufen hinunter, drückt ihrem Mann im Vorbeigehen einen Kuss auf den Mund und eilt weiter in die Küche.

Das Gespräch hallt lange in Jennifers Kopf nach, denn sie hat das Gefühl, dass noch viele Fragen unbeantwortet in der Luft hängen. Schaut Bruno sie wirklich so oft an? Schenkt er ihr zu viel Aufmerksamkeit? Sie hat bemerkt, dass er auf der Fahrt hierher nur wenig mit Emma geredet hat, aber es war ja auch möglich, dass er einfach nur müde war oder unsicher, weil sie beide im Auto saßen.

Einerseits will Jennifer glauben, dass sich Maria das alles einbildet, andererseits ertappt sie sich dabei, dass sie insgeheim hofft, was Maria sagt, möge wahr sein.

Kapitel 15

Während sich Bruno und Emma später am Abend vorn im Wagen unterhalten, döst Jennifer auf der Rückbank. Ihr Kopf ist voll von Marias Kindern. Vor dem Zubettgehen haben die beiden älteren sie noch gebeten, ihnen etwas vorzulesen – Michaël wollte eine Rittergeschichte, und die kleine Jenny hat sich eine mit Prinzessinnen ausgesucht. Als Jennifer gesehen hat, wie Maria und Eduardo sie zugedeckt und ihnen einen Gutenachtkuss gegeben haben, konnte sie sich das tägliche Glück in diesem Haus nur zu gut vorstellen.

Schließlich kommt der Wagen vor dem Gutshaus auf der Domaine de Verteuil zum Stehen. «Ja … gute Nacht dann», sagt Emma und dreht sich auf ihrem Sitz zu Jennifer um.

«Gute Nacht», antwortet Jennifer ein wenig orientierungslos und steigt aus dem Lieferwagen aus. Sie hat das Eingangsportal noch nicht erreicht, als Bruno schon an der Tür ist, sie öffnet und drinnen das Licht einschaltet. «Ich fahre Emma noch kurz nach Hause», sagt er.

«Ist gut.»

Er deutet in Richtung Küche. «Dort findest du Wein, Scotch … was immer du willst … fühl dich einfach wie zu Hause.»

«Ist gut», wiederholt sie.

Mit einem Kopfnicken verabschiedet sich Bruno und zieht hinter sich die Tür zu. Nachdem er den ganzen Tag mit Jennifer verbracht hat, ist es ihm wichtig, ein wenig

Zeit für seine Verlobte zu haben. Vor allem, damit er nicht dauernd an die Vergangenheit denkt. Er muss unbedingt der Anziehungskraft entgegensteuern, die Jennifer noch immer auf ihn ausübt.

Auf dem Weg zurück in die Stadt ergreift Emma das Wort: «Sie ist wirklich … sehr interessant.»

Da er nicht weiß, was er darauf erwidern soll, nickt Bruno nur mit dem Kopf und tut so, als müsse er sich auf die Straße konzentrieren, obwohl er den Weg im Schlaf kennt.

«Und die Kinder deiner Schwester haben sie sofort adoptiert», fährt Emma leicht erstaunt fort.

Obwohl es auch ihn überrascht hat, versucht Bruno, es runterzuspielen. «Das lag nur an den Geschenken. Und vielleicht noch an ihrem blonden Haar.»

Emmas sanftes Lachen erfüllt den Innenraum des Lieferwagens. «Ach, hör doch auf, Bruno. Ich bin nicht blind. Ich weiß genau, dass das nicht alles ist.»

«Oder wegen meiner Schwester», versucht er weiter zu beschwichtigen. «Sie hat sich immer sehr gut mit Jen verstanden und sich jetzt gefreut, sie wiederzusehen.»

Einen Moment lang schweigt Emma. «Und du?», flüstert sie dann. «Wie ist es für dich, sie wiederzusehen?»

Diese Frage hat er seit einer Weile befürchtet, jetzt sucht er verzweifelt nach Worten. «In Montreal habe ich mich schrecklich über sie geärgert», antwortet er letztlich ausweichend.

«Und jetzt?»

Er seufzt. «Ich will dir nichts vormachen, aber diese Geschichte mit der Abtreibung ist mir echt nahegegangen.»

«Das ist normal.»

Als er hört, wie traurig sie trotz der tapferen Worte klingt, nimmt er ihre Hand. «Auch wenn es zu spät ist und man die Zeit nicht zurückdrehen kann, fühle ich mich schuldig», gesteht er. Aber er behält lieber für sich, dass Jennifer ihm, seit sie hier ist, viel verletzlicher vorkommt, als er erwartet hätte. Und aufrichtiger. Manchmal können sie sogar richtig miteinander reden. «Für mich ist es die Gelegenheit, endlich Klarheit in der Sache zu bekommen», bekennt er weiter.

«Ja, das verstehe ich.»

Er seufzt erleichtert, drückt Emmas Hand ein wenig fester und hofft, das Thema damit zu beenden, doch sie ist noch nicht fertig: «Ich finde es übrigens erstaunlich, dass du mit jemandem wie ihr verheiratet warst. Jennifer ist so … anders als ich. Sie ist schön, aber sie hat echt einen sehr ausgeprägten Charakter.»

Bruno unterdrückt ein Lächeln und nickt.

Emma bohrt weiter: «Und so eine hitzige Beziehung … fehlt dir das nicht irgendwie?»

Langsam bringt sie ihn wirklich aus dem Konzept. «Bestimmt nicht!», versichert er eilig. «Bei dir liegt die Kraft in der Stille. Du bist ausgeglichen und zuverlässig, du ruhst in dir. Und du würdest nicht gleich beim ersten Problem wegrennen. Da bin ich mir sicher.»

«Natürlich nicht.»

Zufrieden hebt Bruno Emmas Hand an seine Lippen und küsst sie. «Und nur das ist mir wichtig», beteuert er.

Sichtbar gerührt lächelt Emma ihn an.

Als Bruno den Wagen wenig später vor ihrer Wohnung zum Stehen bringt und noch überlegt, ob er den Motor abstellen soll, fragt sie spontan: «Kommst du noch mit rauf?»

Seufzend schüttelt er den Kopf. «Ich würde ja gern, aber –»

«Ich versteh schon», versichert sie erneut.

Er hat ein schlechtes Gewissen, sie für eine andere Frau – seine Ehefrau noch dazu – allein zu lassen, und reibt sich mit der Hand übers Gesicht. «Diese Geschichte von damals lässt mich noch nicht los, bis ich restlos alles weiß. Ich muss das erst mal klären. Okay?», fragt er dann.

Langsam beugt sich Emma zu ihm hinüber und streicht ihm zärtlich über die Wange. «Ich will ehrlich sein, ich mache mir Sorgen. Es ist nicht zu übersehen, dass bei euch beiden durch Jennifers Rückkehr sehr viele Erinnerungen wieder hochkommen.»

«Schlechte vor allem.»

«Aber nicht nur, Bruno. Und ich habe Angst, weil sie dir schon einmal das Herz gebrochen hat. Obwohl ich weiß, dass du mich liebst, ist mir doch bewusst, dass die Sache mit ihr dich ein bisschen, nun ja, verändert hat.»

Nach diesen Worten ringt Bruno einen Moment lang um Fassung. «Die Dinge werden wieder einfacher, wenn sie weg ist», verspricht er schließlich. «Danach können wir das alles vergessen und uns auf unser Leben konzentrieren.»

Emma lacht verhalten und rückt ein Stück näher an ihn heran. Liebevoll nimmt er sie in den Arm und kann nicht anders, als erneut zu bemerken, wie sehr sich Emma von Jennifer unterscheidet. Nicht nur charakterlich, auch das Temperament ist vollkommen anders. Bei der sanften und zerbrechlichen Emma würde er niemals etwas überstürzen. Jen und er hingegen waren in feuriger, verzehrender Leidenschaft miteinander verbunden gewesen. Wie viel Leidenschaft ist im Gegensatz dazu in seiner Beziehung zu Emma? Seufzend löst er sich von seiner Verlobten. «Ich sollte jetzt besser fahren. Der Jetlag und der gestrige

Abend … ehrlich gesagt, bin ich noch immer ein bisschen müde.»

«Ist in Ordnung. Sehen wir uns morgen?», fragt sie. «Wir könnten doch irgendwo an den Strand fahren. Nach Sa Riera zum Beispiel. Da gibt es auch nette Läden. Ich bin mir sicher, dass es Jennifer dort gefallen wird.»

Er zwingt sich zu einem Lächeln. «Ich werde es ihr vorschlagen.»

Als Jennifer allein in dem großen Haus ist, braucht sie eine Weile, um sich zu sammeln. Bruno hat beschlossen, Zeit mit Emma zu verbringen. Sie sollte sich freuen. Genau dazu hatte sie ihm doch selbst geraten. Nach einer ausgiebigen Dusche zieht sich Jennifer ein Nachthemd über und geht mit ihrem Laptop hinunter. Wie Bruno gesagt hat, tut sie so, als wäre sie hier zu Hause, und holt sich eine Flasche Wein und ein Glas aus der Küche. Im Wohnzimmer schaltet sie Musik ein und macht es sich auf dem Sofa bequem. Anschließend schenkt sie sich ein Glas Wein ein, das sie in einem Zug leer trinkt. Sofort gießt sie sich ein zweites ein, nicht zuletzt, um die Gedanken loszuwerden, die sie quälen, seit Bruno abgefahren ist. Wahrscheinlich wird er über Nacht bei Emma bleiben. Dagegen ist natürlich absolut nichts einzuwenden, und es geht sie auch überhaupt nichts an, trotzdem … missfällt ihr die Vorstellung.

Auf dem Laptop schaut sie sich die Fotos des heutigen Tages noch einmal an, und als sie zu dem Bild kommt, in dem Bruno in Nahaufnahme in die Kamera lächelt, spürt sie ein leichtes Zwicken im Bauch. Es hat keinen Zweck. Jennifer kann jetzt nicht arbeiten. Aber sie würde auch gern aufhören, an Bruno zu denken.

Entschlossen klappt sie den Laptop zu, holt sich das Telefon und wählt Maximes Nummer. Er scheint sich sehr zu freuen, ihre Stimme zu hören. Jennifer schließt die Augen, um sich vorzustellen, sie wäre in Montreal, ganz nah bei ihm.

«Ich habe schon geglaubt, du würdest nie mehr anrufen!»

«Ich weiß, es tut mir leid. Aber mit der Zeitverschiebung ist es schwierig. Und außerdem … ist Bruno die ganze Zeit da. Nicht gerade ideal, um in Ruhe zu reden.»

«Und wo ist er im Moment?»

«Bei der zukünftigen Madame de Verteuil», antwortet sie und versucht ihren Unmut darüber zu verbergen.

«Und wie läuft es zwischen euch beiden?»

«Es geht so», antwortet sie vage. «Wir fahren durch die Gegend, schauen uns Sachen an, und ich mache Fotos. Erzähl mir lieber, was ich in Montreal verpasse. Wie ist das Wetter? Was gibt's Neues?»

«Jen, du bist erst seit vier Tagen weg!»

Waren es wirklich erst vier Tage? In Europa verging die Zeit eindeutig langsamer. Jennifer bittet ihn, trotzdem von Montreal zu erzählen. Sie hat Lust, Max' Stimme zu hören und mit den Gedanken ganz woanders zu sein, Marias Glück und den bei Emma weilenden Bruno für einen Moment zu vergessen.

Eine Weile funktioniert es auch, doch plötzlich geht das Licht im Flur an. Ruckartig springt Jennifer vom Sofa auf.

«Alles in Ordnung?» Maxime muss mitbekommen haben, dass bei ihr irgendetwas los ist, und hört auf zu erzählen.

«Ja, es ist nur, äh … Bruno ist gerade zurückgekommen. Ich muss aufhören.»

«Darfst du nicht telefonieren?»

«Nein, es ist nur … Ach, ich ruf dich wieder an, okay? Ciao.»

Ohne Maximes Reaktion abzuwarten, beendet sie das Gespräch und wirft Bruno, der gerade das Wohnzimmer betritt, einen irritierten Blick zu. «Was machst du denn hier?»

«Soweit ich weiß, ist das hier mein Haus», scherzt er.

«Aber … ich habe gedacht, du übernachtest bei Emma.» Ihre Stimme ist rau, und sie räuspert sich, um ein wenig freundlicher zu klingen. «Was ich sagen will, ist … dass ich nicht damit gerechnet habe, dich so schnell wiederzusehen.»

«Wenn ich störe und du allein sein willst, kann ich mich gern draußen auf die Terrasse setzen.»

Er ist bereits auf dem Weg dorthin, als sie sich eilig auf dem Sofa aufrichtet und ruft: «Nein, das ist es nicht. Es ist nur … du hast mich erschreckt! Ich habe dich nicht kommen hören.»

Bruno macht wieder kehrt und greift nach der Flasche, die sie geöffnet hat, um sich das Etikett anzusehen.

Sie schluckt und sagt dann fast kleinlaut: «Du hast gesagt, ich soll mich wie zu Hause fühlen.»

«Oh, Domaine de Verteuil. Eine sehr gute Wahl. Krieg ich auch ein Glas ab?»

«Äh, es ist deine Flasche.»

«Wenn ich mir ansehe, wie viel noch übrig ist, hättest du sie auch allein geschafft.»

«Nun, zugegeben, es ist echt kein schlechter Tropfen.

Und mit Wein kann ich besser einschlafen, weißt du?» Sie sieht ihm nach, während er den Raum verlässt, um sich ein Glas zu holen, und nutzt schnell die Zeit, um ihr Nachthemd zurechtzuziehen. Eine Menge Fragen gehen ihr durch den Kopf: Soll sie sich lieber schnell zurückziehen? Einen Vorwand suchen, um auf ihr Zimmer gehen zu können?

Es ist verrückt! Wovor hat sie eigentlich Angst? An den anderen Abenden waren sie doch auch zu zweit gewesen.

Bruno kehrt zurück, setzt sich neben sie und schenkt sich Wein ein. Als er fragt, ob er ihr Glas auch noch einmal füllen soll, nickt Jennifer und hält es ihm hin.

«Wenn du in dem Tempo weitertrinkst», sagt er und lacht herzlich, «hast du morgen einen ganz schönen Kater.»

«Macht nichts. Was steht denn morgen an?»

«Emma schlägt vor, an den Strand zu fahren. Nach Sa Riera.»

Verdutzt sieht sie ihn an.

«Passt dir das nicht?», fragt er.

«Ich bin nicht komplett blöd, Bruno. Ich weiß sehr wohl noch, dass wir dort geheiratet haben.»

«Ach ja? Und ich dachte, auf Katalanisch klingt alles gleich, und man kann sich die Namen sowieso nicht merken.»

«Das stimmt, aber … trotzdem.» Mit forschendem Blick fügt Jennifer hinzu: «Weiß Emma das mit Sa Riera?»

«Nein, sie weiß, dass wir an einem Strand geheiratet haben, aber ich habe es vermieden, ihr zu sagen, an welchem. Wenn ich jetzt darauf bestanden hätte, woanders hinzufahren, hätte sie wahrscheinlich eins und eins zusammengezählt.» Er nimmt einen kräftigen Schluck. «Aber mach dir keine Sorgen, ich habe Emma gesagt, dass du sonntags gern ausschläfst und wir erst nach dem Mittagessen losfahren werden.»

«Das ist aber nett von dir.»

«Nett und umsichtig. Ich will nämlich nicht, dass Emma deine schlechte Laune ertragen muss.»

Ohne darauf einzugehen, trinkt Jennifer ebenfalls einen großen Schluck Wein und sieht ihn dann wieder eindringlich an. «Warum bist du nicht bei ihr geblieben? Ich wäre hier auch allein zurechtgekommen.»

«So schnell, wie du den Wein in dich hineinkippst, hättest du wahrscheinlich in spätestens einer Stunde ausgeknockt auf dem Sofa gelegen, und ich hätte dich ins Bett tragen müssen.»

Jennifer antwortet nicht, ist aber nach wie vor nicht schlauer, weshalb er zurückgekommen ist. Insgeheim freut sie sich zwar über seine zeitige Rückkehr, auch wenn es objektiv besser gewesen wäre, wenn er dort geblieben wäre – und sei es nur, um Marias Worte während der Hausbesichtigung zu vergessen und sich sagen zu können, dass sie auf ganzer Linie falsch gelegen hat. An Emmas Stelle hätte sie Bruno jedenfalls nicht so leicht gehen lassen.

«Emma ist ein bisschen traurig, weil die Kinder dich *tata* genannt haben», sagt er nach einer Weile.

«Dafür kann ich aber wirklich nichts», verteidigt Jennifer sich. «Ich bin fest davon ausgegangen, dass sie Emma auch so nennen.»

«Ist nicht schlimm. Das konntest du ja nicht wissen.»

Er blickt in die Dunkelheit hinaus und überlegt, wie sich die Kinder Emma gegenüber benehmen: freundlich, ja, aber ohne besondere Zuneigung oder großes Zusammengehörigkeitsgefühl. Und dann kommt Jennifer, und schon ist alles anders. Lag es an den Geschenken? Nein. Emma hat ihnen auch oft etwas geschenkt. Was hat Jennifer also anders gemacht, dass ihr diese Ehre zuteilwird?

«Ich schwöre dir, dass ich nichts absichtlich getan habe», versichert sie noch einmal.

«Ich weiß. Aber …» Er rauft sich die Haare. «Ach, manchmal glaube ich, diese Familie will mich wahnsinnig machen! Es wird wohl nie eine Frau geben, mit der alle zufrieden sind.»

«Das glaube ich dir gern», lacht sie spöttisch. «Ich habe nur eine Mutter, und ihr hat noch keiner meiner Freunde gefallen.»

«Mich mochte sie, glaube ich.»

«Weil du mein Ex bist. Damit hat sie einen weiteren Trumpf in der Hand, um mich daran zu erinnern, wie unverantwortlich ich bin und wie wenig mir gelingt.» Jennifer streckt die Beine aus und kämpft gegen den Anflug von schlechter Laune, als sie an den letzten Streit mit ihrer Mutter denkt.

Bruno bemerkt den Stimmungswandel und versucht sofort, das Gespräch auf ein anderes Thema zu lenken. Auf die Schnelle fällt ihm allerdings nichts anderes ein, als noch einmal auf den Abend bei Maria zurückzukommen. «Ich muss zugeben, dass ich auch überrascht war, wie schnell die Kinder Vertrauen zu dir gefasst haben.»

«Und ich erst!», sagt Jennifer und schüttelt den Kopf. Mit ironischem Unterton fügt sie hinzu: «Es muss an meinem blonden Haar liegen. Die Leute in dieser Familie sind ganz verrückt danach!»

Bruno grinst, klingt aber vollkommen ernst, als er sagt:

«Das sah auch wirklich gut aus, du vorhin auf dem Sofa und alle Kinder um dich herum. Ich hätte gern ein Foto davon gemacht.»

Jennifer antwortet nicht, denkt aber bei sich, dass sie auch gern eine Erinnerung an den Abend gehabt hätte. Warum hatte sie nur nicht daran gedacht? Wenn man bedenkt, dass sie die Kamera die ganze Zeit dabeihatte, nur nicht bei Maria, obwohl das vielleicht der wichtigste Moment des Tages war.

«Und es tut mir leid, wenn dir meine Frage beim Anblick des Babys auf deinem Arm vorhin seltsam vorkam», fährt Bruno fort. «Aber du sahst so gut aus mit Ella auf deinem Bauch. Ich weiß nicht, ich habe mich gefragt … ob du manchmal daran denkst … ich meine … wie es hätte sein können.»

«Na ja, ich komme nicht oft in die Verlegenheit, ein Baby im Arm zu halten, wie du dir denken kannst. Aber wenn du es unbedingt wissen willst, nein, ich denke inzwischen nicht mehr sehr oft daran.»

Bruno nickt nur. Und da Jennifer sehr wohl bewusst ist, dass sie nicht ganz ehrlich war, redet sie schnell weiter, bevor sie der Mut verlässt: «Also, ich gebe zu, dass ich kurz daran gedacht habe, als ich die Kleine im Arm hatte, aber das liegt wahrscheinlich auch daran, dass es Marias Kinder waren. Hast du dir Michaël, seine Augen, mal angeguckt? Unglaublich, wie ähnlich er dir sieht.»

Bruno tut, als würde er lächeln, obgleich er ehrlich ergriffen ist, Jennifer so aufrichtig zu erleben. Er weiß, wie ungern sie zur Schau stellt, was sie fühlt.

Wahrscheinlich ist das auch der Grund dafür, dass sie jetzt ihr Glas auf dem Tisch vor dem Sofa abstellt und sagt:

«Gut, ich geh dann jetzt besser schlafen. Aber ich bin froh, dass wir es geschafft haben zu reden.»

«Es wird immer besser», antwortet er lächelnd. «Wenn wir so weitermachen, werden wir, bevor die Woche zu Ende ist, noch beste Freunde.»

«Jetzt übertreib mal nicht», höhnt sie, greift nach ihrem Laptop und erhebt sich.

Sie ist schon auf dem Weg aus dem Raum, als Bruno aufspringt. «Jen? Darf ich dich noch um eins bitten?»

«Ja?» Gespannt dreht sie sich zu ihm um.

Bruno braucht eine Weile, bis er schließlich herausbringt, was er sagen will: «Ich möchte, dass … dass wir uns küssen. Nur ein einziges Mal.»

«Was?» Ihre Stimme klingt schrill. Und sofort presst Jennifer ihren Laptop an sich wie ein Schutzschild, auch wenn nicht ganz klar ist, wovor sie sich eigentlich schützen will. Vor Bruno oder vor sich selbst?

Sie kann nicht glauben, dass er es ernst meint, aber er tritt zu ihr und bekräftigt seinen Wunsch. «Ich will nur sicher sein, dass wirklich nichts mehr zwischen uns ist. Ich weiß nicht … es gibt Momente, in denen ich mich dir nahe fühle. Heute Abend zum Beispiel. Wahrscheinlich liegt es an dem Baby oder … ich weiß auch nicht. Ich will nur wissen, ob das Kapitel wirklich abgeschlossen ist.»

«Es ist abgeschlossen», antwortet Jennifer schnell. «Ich habe ein Leben in Montreal, und du bist verlobt, ich sehe wirklich nicht, wie ein Kuss das ändern sollte.»

Er verschränkt die Arme und kneift die Augen zu schmalen Schlitzen zusammen, ohne den Blick von ihr abzuwenden: «Du sagst also Nein, weil es dir Angst macht und du –»

Bevor er den Satz beenden kann, macht Jennifer einen Schritt auf ihn zu und drückt kurz ihre Lippen auf seine. Dann entfernt sie sich schnell und umklammert wieder den Laptop, damit Bruno nicht sieht, wie sehr sie zittert.

«Zufrieden, Monsieur de Verteuil?», fragt sie spitz.

Bruno runzelt die Stirn, schüttelt beinahe unmerklich den Kopf und versucht behutsam, ihr den Laptop aus den Händen zu nehmen. Einen Moment lang sträubt sich Jennifer, doch schließlich gelingt es Bruno, den Laptop wegzulegen.

Nervös blickt Jennifer auf ihre leeren Hände und überlegt noch, ob sie einfach fliehen soll, als sie eine Hand an ihrer Taille spürt. Sie gerät in Panik: «Echt jetzt … ich glaube nicht, dass das eine gute Idee ist.»

«Das werden wir ja sehen.» Entschlossen zieht er sie an sich.

Jennifer lässt es zu und spitzt, in Erwartung eines kurzen Kusses, die Lippen. Doch er geht nicht darauf ein, sondern streicht ihr nur mit den Fingerkuppen über ihre Wange. Als er sie anschließend auf die Stirn küsst, schließt Jennifer instinktiv die Augen. Sie atmet seinen Duft ein, als er sie auf Nase und Wange küsst, ehe seine Lippen ihren Mund berühren. Das alles geschieht sanft und doch schnell, und als sich Bruno schließlich von ihr entfernt, lächelt Jennifer und ist froh, einen kühlen Kopf bewahrt zu haben. Doch sie hat die Augen kaum geöffnet und ist einen Schritt zurückgetreten, da spürt sie Brunos Hand in ihrem Rücken, und er zieht sie erneut an sich. Schon ist sein Mund wieder auf ihrem, mit dem Unterschied, dass Bruno dieses Mal alles andere als zart und zurückhaltend agiert. Er ist wieder zu dem Mann geworden, an den sich Jennifer von früher erinnert, der sie an sich presst und dessen Zunge den Weg zu ihrer sucht. Instinktiv bewegt sich ihr Körper in seiner Umarmung mit ihm und biegt sich nach hinten. Irgendwann löst er die Lippen von ihrem Mund, den Blick jedoch nicht von ihren Augen. Er schiebt eine Hand in ihren Nacken und vergräbt sie in ihrem Haar.

Jennifer krallt sich an seinem Arm fest und lässt sich weiter nach hinten fallen. Ihre Nägel bohren sich in seine Haut, während sie ihn mit dem Mund förmlich verschlingt und alle Vorbehalte über Bord wirft, bis sich Bruno brüsk von ihr löst. Keuchend weicht er zwei Schritte zurück, weil sie kurz davor waren, jetzt doch den Kopf zu verlieren.

Jennifer sucht an der Wand nach Halt und blickt zu ihm auf. «Und? Hast du bekommen, was du wolltest?», fragt sie kühl.

«Ähm … ja. Ich glaube schon.»

«Gut, dann gute Nacht.»

Sie schnappt sich ihren Laptop, eilt zur Treppe und hastet hinauf. Oben angekommen, schließt sie sich in ihrem Zimmer ein. Sie merkt, dass sie am ganzen Körper zittert und ihr die Tränen über die Wangen laufen. Was für eine hirnrissige Idee, sich küssen zu lassen! Und was für eine überzogene Reaktion auf einen harmlosen Kuss … Mist! Warum ist sie nicht hart geblieben?

Plötzlich hört sie Schritte auf der Treppe. Schnell löscht Jennifer das Licht und wirft sich aufs Bett. Als Bruno an ihrer Tür vorbeikommt, hält sie gespannt die Luft an, bis sie durch den Spalt unter ihrer Tür sieht, dass es im Flur wieder dunkel wird. Sie hört, dass Bruno die Tür zu seinem Zimmer hinter sich schließt. Erst dann atmet Jennifer erleichtert auf und lässt den Kopf ins Kissen fallen.

Kapitel 16

Es ist Sonntag, und obwohl er weiß, dass Jennifer gern ausschläft, wird Bruno ungeduldig. Neun, zehn, elf Uhr. Die Zeit vergeht eindeutig zu langsam. Als die Zugehfrau kommt, nimmt er es zum Anlass, um nach oben zu gehen. Er klopft an Jennifers Tür und tritt auch dieses Mal ein, ohne eine Antwort abzuwarten. Als er die offensichtlich noch schlafende Jennifer zusammengerollt auf ihrem Bett erblickt, das Haar auf dem Kopfkissen ausgebreitet und das Nachthemd hochgerutscht, wird ihm warm ums Herz. Was für ein wunderschöner Anblick. Einen Moment lang bleibt Bruno stehen, um sie zu betrachten, ehe er flüstert: «Jen, es ist schon spät.»

«Ich schlafe», brummt sie und zieht sich das Kissen über den Kopf.

«Inés ist da und würde gern dein Zimmer saubermachen.»

«Später.»

Er setzt sich auf die Bettkante und legt eine Hand auf ihre Schulter. Aber anstatt Jennifer wachzurütteln, lässt er die Hand ganz ruhig dort liegen und beobachtet, wie sie sich mit Jennifers friedlichem Atmen hebt und senkt. Er hat nicht die geringste Lust, die Situation zu unterbrechen. Nach einer Weile beginnt er, Jennifer mit den Fingerkuppen das Haar aus dem Gesicht zu streichen.

Generv schiebt sie seine Hand weg und dreht sich im Bett um. Ihre Beine berühren Bruno fast. Langsam öffnet sie die Augen, doch als sie ihn erblickt, setzt sie sich ruckartig auf und zieht die Decke hoch. «Was tust du hier?»

«Ganz ruhig! Es ist elf Uhr und –»

«Na und? Heute ist Sonntag!»

«Inés ist gerade gekommen, um sauberzumachen. Und sie hat nach deiner Wäsche gefragt.»

Jennifer versucht den Schlaf fortzublinzeln, der ihr den Kopf vernebelt und sie daran hindert, klar zu denken.

«Schlecht geschlafen?», erkundigt sich Bruno.

«Die Zeitverschiebung …»

«Ich muss zugeben, nach gestern Abend fiel es auch mir ein wenig schwer –»

«Stopp! Ich will gar nicht mehr wissen.» Jennifer schlägt die Decke zurück, springt aus dem Bett und geht zu ihrem kleinen Koffer, um sich ihre Kleidung für den Tag herauszuholen.

Anstatt sich abzuwenden, wie er es an den anderen Tagen getan hat, folgt Bruno ihr mit dem Blick. Als er sieht, dass sie zwischen zwei Outfits schwankt, meldet er sich zu Wort: «Das blaue ist besser. Es sieht luftiger aus.»

Verärgert dreht sie sich zu ihm um. «Willst du mir nicht lieber einen Kaffee machen?»

«Oh! Wie ich sehe, sind wir heute besonders gut gelaunt.»

Jennifer antwortet nur mit einem Brummen, das ihn trotz allem zum Schmunzeln bringt. Schließlich erhebt er sich, tritt in den Flur, dreht sich auf der Schwelle aber noch einmal um. «Inés wäscht heute.»

«Das sagtest du schon», erwidert sie schnippisch.

«Puh! Ganz schön aufbrausend.»

Genervt sieht sie ihn an. «Gehst du jetzt langsam mal?»

Wieder lacht er und lehnt sich gegen den Türrahmen. «Ich bin enttäuscht, eigentlich hätte ich erwartet, dich heute Morgen nackt anzutreffen. Hast du nicht sonst immer ohne alles geschlafen?»

Mit Jennifers Geduld ist es jetzt endgültig vorbei. Sie richtet sich auf, zieht sich das Nachthemd über den Kopf und geht auf ihn zu, ohne den Blick von ihm abzuwenden. Zwei Schritte vor Bruno bleibt sie stehen und flötet: «Zufrieden, Monsieur de Verteuil?» Dann nutzt sie die Gelegenheit, dass er vor Überraschung vollkommen perplex ist, um ihm die Tür vor der Nase zuzuschlagen.

Erschrocken weicht Bruno zwei Schritte zurück. Einen Moment lang bleibt er wie angewurzelt stehen und starrt auf die Tür, die ihn von Jennifer trennt, ehe er sich ein Herz fasst und sie genauso schnell wieder öffnet, wie sie geschlossen wurde. Ohne zu zögern, betritt er das Zimmer, zieht Jennifer zu sich heran und presst seinen Mund auf ihren, so gierig, als hätte er Angst, sie könnte ihn zurückweisen. Doch sie reagiert vollkommen anders als erwartet. Nachdem sie vor Schreck kurz ganz steif geworden ist, entspannt sich ihr Körper zunehmend. Bruno spürt eine Hand auf seiner Brust, dann wandert sie unter sein T-Shirt. Wenig später streichen Jennifers Finger ihm bereits über den Rücken. Er ist kurz davor, den Verstand zu verlieren, lässt sich mit ihr aufs Bett fallen und bringt ihre alabasterfarbene Haut mit Küssen zum Glühen. Sie windet sich und biegt einladend den Rücken, was er nur zu gern annimmt. Ihre Bewegungen werden dringlicher, und Bruno glaubt zu träumen, als sich Jennifer wenig später auf ihm rekelt, wild und fügsam zugleich. Mit dem eindeutigen Ziel, ihn wahnsinnig zu machen, spielt sie mit der Zunge an seinen Brustwarzen.

«Oh Jen», japst er und vergräbt die Finger in ihrem Haar. Er hat das Gefühl zu schweben und versucht immer wieder, sie noch dichter an sich zu ziehen, als plötzlich von unten eine Stimme heraufdringt. Ruckartig setzt Bruno sich auf und stößt Jennifer von sich, so unwiderstehlich sie auch sein mochte. *Dios mio*, was tut er hier gerade?

Wie von einer Tarantel gestochen springt er aus dem Bett und eilt zur Zimmertür, die noch immer offen steht. So leise wie möglich schließt er sie, ehe er zum Bett zurückkehrt.

«Da ist wohl etwas mit uns durchgegangen.» Er reibt sich übers Gesicht und versucht, ruhiger zu werden, was ihm nicht gerade leichtfällt mit der nackten Jennifer neben sich.

«Jetzt zieh dich doch endlich an, verdammt!», fährt er sie an und wendet sich ab.

«Was?» Jennifer schnaubt. «Gerade wolltest du noch Sex mit mir – und jetzt soll ich mich anziehen? Könntest du mir bitte erklären, was du eigentlich willst?» Wütend zieht sie sich an.

Ja, was will er? Eigentlich weiß Bruno ziemlich genau, was er will. Er will zurück zu ihr ins Bett und das Feuer wieder zum Prasseln bringen, das sie in ihm entfacht hat. Sich in ihr verlieren bis zur Ekstase.

Stattdessen schließt er schweren Herzens die Augen und verdrängt die Vorstellung aus seinem Kopf. «Inés wird bald raufkommen. Und es wäre besser … wenn sie dich nicht so antrifft.» Er muss daran denken, was passiert wäre, wenn sie ins Zimmer geplatzt wäre und sie zusammen auf dem Bett gesehen hätte. Es hätte nicht lange gedauert, und das ganze Dorf hätte Bescheid gewusst.

Na und? Jennifer ist immerhin seine Frau. Haben sie nicht das Recht, miteinander zu tun und zu lassen, was sie wollen?

Bruno seufzt und muss bedrückt an Emma denken. «Meine Güte, Jen! Warum hast du mich nicht abgewiesen?», fragt er zerknirscht. Und obwohl sie inzwischen ein Strandkleid trägt, kann er nicht anders, als sich sofort ihren heißen Körper darunter vorzustellen. Er beobachtet, wie sie sich vor dem Spiegel über der Kommode ihr blondes Haar kämmt, das er noch immer samtig und weich an seinen Fingern spürt.

«Ich hab dich doch rausgeschmissen.» Im Spiegel sieht sie ihn an. «Du warst es, der zurückgekommen ist.»

«Aber ich hätte nie gedacht, dass –»

«Dass was?» Sie wirbelt herum und funkelt ihn herausfordernd an. «Dass ich dich machen lasse? Warum nicht? Der Sex war genial vor acht Jahren.»

«Aber … Emma? Und Max?»

Jennifer verkneift sich ein Lachen und verdreht kopfschüttelnd die Augen. «Niemand hätte davon erfahren, du Idiot! Es wäre … Abschiedssex gewesen.»

Vor Empörung weicht ihm die Farbe aus dem Gesicht, während er stammelnd wiederholt: «Abschiedssex? Mehr ist das alles nicht für dich?»

Seufzend lehnt sie sich gegen die Kommode. «Machen wir uns nichts vor, Bruno. Ich merke, dass ich dein Leben gerade ganz schön durcheinanderbringe und du gedanklich alles Mögliche durchspielst, aber … das ist eine Illusion. Du stellst dir ein Leben mit mir vor, das es nicht gibt. Und auch niemals geben wird!»

«Gerade warst du wieder meine Frau. Wir waren kurz davor –»

«Sex zu haben», unterbricht sie ihn schnell, weil sie befürchtet, er würde anfangen, von Liebe zu sprechen. «Bruno, Sex war bei uns immer etwas Natürliches: wild, leidenschaftlich … Da ist es nur verständlich, dass wir noch Lust aufeinander haben. Insbesondere nach dem Kuss gestern Abend.»

Gern hätte er gelächelt, doch es gelingt Bruno nicht. Er hat einen bitteren Geschmack im Mund.

«Hör zu», sagt Jennifer mit einer erstaunlich nüchternen Stimme, die ihn das Schlimmste vermuten lässt. «Damit es ein für alle Mal klar ist: Was auch passiert, ich bin hier, um die Scheidungspapiere zu unterschreiben, und sowie das geschehen ist, fliege ich nach Montreal zurück.»

«Aber wir sind doch gerade dabei, uns wieder anzunähern», erwidert er, ohne nachzudenken, und zeigt mit den Fingern einen kleiner werdenden Abstand.

«Wir sind gerade dabei, den gleichen Fehler zu begehen wie vor acht Jahren, meinst du!» Jennifer legt die Bürste ab und stemmt die Hände in die Hüften. «Anscheinend bist du nicht in der Lage zu trennen, was früher gewesen ist, was hätte sein können und was heute ist, Bruno.»

An der Tür ist jetzt ein leises Klopfen zu hören. Bruno entfernt sich eilig vom Bett, als wäre er in flagranti erwischt worden, und reißt so schwungvoll die Tür auf, dass die Zugehfrau im Flur erschrocken zurückweicht.

«Schon gut, Inés, Sie können loslegen.»

Ohne noch ein Wort an Jennifer zu richten, verlässt

Bruno das Zimmer und geht nach unten in die Küche, um Kaffee zu kochen. Anschließend zieht er sich auf die Terrasse zurück.

Er versteht Jennifer einfach nicht. Wie kann sie ihn nur so nah an sich heranlassen – und damit die Liebe gefährden, die er für Emma empfinden sollte? Ist sie hergekommen, um ihm ein zweites Mal das Herz zu brechen?

Als Jennifer kurz darauf mit einer Tasse in der Hand zu ihm auf die Terrasse tritt, bedankt sie sich für den Kaffee. Da er sehr schmallippig darauf reagiert, geht sie gleich weiter zu einem der Liegestühle am Pool, die in der prallen Sonne stehen.

Gern hätte Bruno so getan, als wäre sie gar nicht da, aber es gelingt ihm nicht. Seufzend folgt er ihr und setzt sich auf den Stuhl neben ihrem. Wortlos sieht er sie an, während Jennifer den Blick auf das glitzernde Wasser gerichtet hält.

«Los, spuck's schon aus», sagt sie nach einer Weile mit ruhiger Stimme.

«Was willst du hören? Erst schmeißt du mich raus, dann wirfst du dich auf mich.»

Jennifer richtet sich in ihrem Stuhl auf. «Ich habe mich auf dich geworfen?», empört sie sich. «Du warst gestern Abend derjenige, der mich küssen wollte. Du warst es, der sich beklagt hat, dass ich heute Morgen nicht nackt war. Und du warst auch derjenige, der in mein Zimmer zurückgekommen ist.»

«Du hast mich aber nicht abgewiesen.»

«War es etwa meine Aufgabe, dich abzuweisen? Träum ich? Mein Gott, Bruno! Ich habe den Vorschlag mit dem Küssen gestern nicht gemacht.»

Er senkt den Kopf, um ihre funkelnden Augen nicht länger ertragen zu müssen. Wozu hat er all die Jahre gegen die Erinnerung angekämpft, wenn er ihr nun so leicht wieder verfällt? Schließlich hebt er den Blick wieder. «War das dein Ziel?», fragt er mit kaum hörbarer Stimme. «Herkommen, mir das Leben schwermachen und meine Beziehung zu Emma zu zerstören?»

«Was redest du denn da?», ruft Jennifer empört und springt auf. Die Unterstellung kränkt sie. «Ich will überhaupt nicht, dass du dich von Emma trennst. Im Gegenteil! Ich glaube, dass sie die perfekte Frau für dich ist.»

«Wie kannst du so etwas behaupten, wenn wir kurz davor waren, miteinander zu schlafen?» Er sieht sie verblüfft an.

«Es wäre nur Sex gewesen und hätte nichts zwischen uns geändert.»

«Ach ja? Das würdest du also fertigbringen? In mein Leben zurückkehren, mit mir schlafen und dann wieder abhauen, als wäre nichts passiert?»

Jennifer lässt sich in ihren Liegestuhl zurückfallen und tut mit zusammengepressten Lippen so, als hätte sie die Frage nicht gehört. Bringt sie das fertig? Ja, natürlich! Hat sie es nicht schon einmal getan?

«Jen … Vielleicht ist dein Platz doch hier?», versucht Bruno es erneut. «Vielleicht gibt uns das Leben eine zweite Chance? Ich bin nicht blöd, zwischen uns ist doch was.»

«Zwischen uns ist immer etwas gewesen. Vielleicht haben wir nur nicht kapiert, dass es rein sexueller Natur war.»

Gern hätte er ein Gegenargument vorgebracht, doch Jennifer bringt ihn mit einer entschlossenen Geste zum Schweigen.

«Bruno, mein Leben ist in Montreal. Wann verstehst du das endlich? Ich mag es dort, ich mag Entscheidungen und Herausforderungen. Ich mag meine Wohnung, meine Agentur ... mein Leben! Nach der Geschichte mit uns habe ich versucht, nichts mehr zu bereuen und immer nur nach vorn zu schauen. Und genau das mache ich. Ich bereue auch die viele Arbeit nicht, sie lohnt sich.»

«Und was ist mit der Liebe? Willst du wirklich nicht ... heiraten? Und Kinder haben?»

Jennifer lässt den Blick über die Weinberge schweifen, die bis zum Horizont reichen, und dann weiter zu dem Hügel, auf dem sich die Burgruine von Begur befindet. Will sie wirklich keine Kinder? Was soll sie darauf antworten? Insbesondere nach den Erlebnissen der letzten Tage ...

Sie versucht, von sich abzulenken, und stellt stattdessen eine Gegenfrage: «Denkst du an Emma?» Ihre Stimme klingt sanft, ihr Blick aber ist forschend.

«Sie hat nichts mit uns zu tun.»

«Im Gegenteil. Sie hat sehr viel mit uns zu tun. Jetzt sei doch mal vernünftig, Bruno. Stell dir vor, was passiert, wenn wir uns gehen lassen und uns genauso dumm verhalten wie vor acht Jahren. *O Bruno, ich liebe dich mit jeder Pore meines Körpers, ich kann nicht mehr ohne dich leben*», piepst sie. «Und dann? Wie geht's dann weiter? Ich will mein Leben nicht aufgeben – und du auch nicht. Wir würden unsere Zeit in Flugzeugen verbringen und uns einreden, dass eine Fernbeziehung funktionieren kann. Aber nach spätestens sechs Monaten wirst du mich hassen, weil ich dir nicht bieten werde, was du von Emma auf der Stelle haben kannst. Mensch, Bruno, denk doch mal nach!»

Nachdenken? Bruno hat das Gefühl, seit gestern nichts

anderes zu tun! Wieso hängt Jennifer so an ihrem Leben in Kanada? Wieso kann sie dieses gesichtslose Apartment in Montreal nicht aufgeben? Mitten im Zentrum, winzig klein und laut? Und ihre Agentur? Sie könnte sie doch größtenteils von hier aus führen? Immerhin tut sie es im Moment auch, und es scheint ganz gut zu funktionieren. Und das Fotografieren? Hat sie diesen Traum endgültig begraben?

Jennifers Blick durchbohrt ihn. «Bedeutet dir Emma denn nichts?»

«Natürlich bedeutet sie mir etwas», sagt er gereizt, «aber du bist meine Frau. Müsste das nicht –»

«Deine Frau! Was für ein großes Wort. Bruno, ich bitte dich, das waren zwei Monate. Da bin ich mit Max deutlich länger zusammen. Und du mit Emma. Eine so kurze Ehe hat keine Bedeutung. Das ist alles Illusion, verstehst du? Das Kind hat es nicht gegeben – und unsere Ehe eigentlich auch nicht.»

Seufzend streckt er sich auf dem Liegestuhl aus. Zum einen, um ihrem Blick zu entgehen, zum anderen, um seine Schultern zu lockern, die ihm auf einmal sehr verspannt vorkommen. Er lässt eine Weile vergehen, bevor er einen erneuten Vorstoß unternimmt: «Also, was ist? Dieser Kuss gestern und … was heute Morgen passiert ist … Das lässt dich alles kalt?»

«Das war wie … ein Traum und hatte nichts mit dem realen Leben zu tun.» Sie muss grinsen. «Aber ich muss zugeben: Du siehst nach wie vor gut aus und hast einen Körper, der mir durchaus gefällt. Ich bin mir sicher, dass es super gewesen wäre … vor acht Jahren war es das schon. Du –»

«Ja, ja», unterbricht er sie mit rauer Stimme.

«Bruno … es tut mir leid. Ich dachte, es ginge dir genauso: Nichts von dem, was hier passiert, hat noch irgendeine Bedeutung, wenn ich erst einmal wieder fort bin. Aber ich merke, dass es bei dir anders ist, deshalb … vergessen wir einfach, was passiert ist. Ich verspreche auch, mich nie wieder vor dir auszuziehen. Und du hörst auf, ohne Vorwarnung bei mir hereinzuplatzen. Einverstanden?»

Halbherzig stimmt Bruno zu, auch wenn es ihm schleierhaft ist, wie er Jennifers bebenden Körper je vergessen soll, der ihm eben noch den Atem geraubt hat. Und wenn er darüber nachdenkt, will er ihn auch gar nicht vergessen.

Kapitel 17

Nach dem Mittagessen fahren sie vom Weingut los, um Emma abzuholen. Geplant sind ein Ausflug an den Strand von Sa Riera sowie ein Bummel durch die dort in der Nähe befindlichen Geschäfte.

Auch wenn sie bereits unterwegs sind, nörgelt Jennifer: «Warum kann ich nicht allein auf der Domaine bleiben? Du solltest die Zeit lieber nutzen, um mit Emma allein etwas zu unternehmen.»

Bruno antwortet nicht. Wenn er ehrlich ist, fürchtet er sich davor, mit Emma allein zu sein, da ihm der Gedanke an Jennifers Körper nach wie vor den Kopf vernebelt.

«Ich hätte mir viel lieber einen relaxten Nachmittag am Pool gemacht», jammert sie weiter.

«Kannst du dich nicht mal zusammenreißen?», blafft Bruno jetzt zurück. «Emma erwartet uns, und in ein paar Stunden bringe ich dich ja schon zurück und verbringe dann den Abend mit ihr. Ist das in deinem Sinn?»

Jennifer ist überrascht von seinem distanzierten Ton. Und vom Inhalt seiner Worte. Endlich will er mal einen Abend mit Emma verbringen! Was eine sehr gute Idee ist, nicht zuletzt wegen der sexuellen Spannung, die derzeit zwischen ihnen beiden herrscht. Nach dem Motto: Aus den Augen, aus dem Sinn. Dann werden hoffentlich auch die Phantasien verblassen, die im Moment noch in ihrem Kopf herumschwirren. Und Bruno wird sich wieder Emma annähern und vergessen, was er an Jennifer fand.

War das nicht genau das, was sie wollte?

Emma wartet an dem öffentlichen Parkplatz auf sie, von dem aus man Zugang zu dem Strand von Sa Riera hat.

Jennifer lässt den Blick über die hübsche Bucht und das Meer schweifen. Welche Ironie des Schicksals, unter diesen Umständen an den Ort zurückzukehren, an dem Bruno und sie geheiratet haben!

Sie begrüßt Emma und macht ein bisschen Smalltalk mit ihr. Um zu vermeiden, dass die Erinnerungen an die Strandhochzeit sie überwältigen, wendet Jennifer den Blick vom Wasser ab in die andere Richtung, wo um diese Zeit in den engen Gassen des Viertels ein munteres Treiben herrscht.

Als Emma das sieht, fragt sie sofort: «Willst du erst shoppen gehen?»

«Ja, ich hätte schon Lust, ein wenig zu bummeln.»

Emma wirkt entspannt und zufrieden. Sie hakt sich bei Bruno unter, dann gehen sie los. Sogleich beginnt sie, von den Geschäften und ihren Eigentümern zu erzählen. Emma scheint genau zu wissen, welche Läden neu sind und welche einen Besuch nicht lohnen.

Jennifer tut so, als würde sie interessiert zuhören, konzentriert sich aber vor allem aufs Fotografieren, nicht zuletzt, um ihren Händen eine Aufgabe zu geben und um sich nicht wie das fünfte Rad am Wagen zu fühlen. Nach einer Weile bleibt sie an einer Abzweigung zu einer schmalen Gasse stehen, die ihr plötzlich bekannt vorkommt.

«Willst du da reingehen?», fragt Emma. «Ich glaub nicht, dass es dort viel zu sehen gibt, aber hübsch ist das Sträßchen auf jeden Fall.»

Die Entscheidung scheint gefallen zu sein, bevor Jennifer antworten kann, denn Emma hat Bruno bereits in die Gasse gezogen. Sie bleibt vor jedem Schaufenster stehen, um die Auslagen zu betrachten. Kurz bevor die Gasse auf eine weitere Querstraße stößt, ruft sie: «Oh, ich wusste ja gar nicht, dass es hier so etwas gibt!» Schon nähert sich Emma einem Ladenlokal, über dem ein ungewöhnliches Leuchtschild prangt: Zwei Hände halten eine weiße Schale.

Jennifer liest den Satz über der Tür: «Nur wem die Wahrheit keine Pein, der komme rein.» Sie muss schlucken und weicht instinktiv einen Schritt zurück, während die Erinnerung an den Laden der Wahrsagerin zunehmend lebendig wird.

«Gehen wir rein?», fragt Emma. «Ich wollte mir schon immer mal die Zukunft voraussagen lassen.»

Jennifer zögert und blickt sich hilfesuchend zu Bruno um, doch in dem Moment scheppert bereits die Türklingel, und Emma bedeutet ihnen, ihr zu folgen: «Kommt schon! Wir schauen es uns einfach mal an.»

«Ich … geh da nicht rein», stammelt Jennifer leise.

«Ach, komm. Augen zu und durch», meint Bruno. «Was soll sie schon sagen, das …?» Er lässt den Satz unvollendet. Ihm ist sehr wohl bewusst, dass er mit Jennifer schon einmal bei dieser Wahrsagerin gewesen ist. Kaum dass sie den Laden damals verlassen hatten, war Bruno genau an der Stelle, an der sie jetzt stehen, vor Jennifer auf die Knie gegangen und hatte um ihre Hand angehalten. Doch er will Emma nicht hängenlassen, weshalb er die drei Stufen zu dem kleinen Geschäft hinaufgeht und sich an der Tür zu Jennifer umdreht. «Nun komm schon», knurrt er.

Jennifer folgt ihm, fest entschlossen zu schweigen und

sich strikt zu weigern, sich von der Wahrsagerin auch nur irgendetwas erzählen zu lassen. Sie will gar nicht wissen, was die Zukunft für sie bereithält. Das letzte Mal hat ihr gereicht.

Emma schlendert durch den winzigen Laden und betrachtet interessiert die zahlreichen Orakelkarten, Kristallkugeln und Pendel, die an einem Ständer baumeln. Jennifer hingegen begibt sich schnurstracks zu einem Regal mit Büchern und Skulpturen im hinteren Teil des Geschäfts. Ihr ist daran gelegen, so viel Abstand wie möglich zu der stark geschminkten Frau mit den übergroßen Ohrringen und dem aufwendig gebundenen Kopftuch zu halten, die aus einer angrenzenden Kammer an den Ladentresen getreten ist. Jennifer erkennt die Wahrsagerin von damals sofort.

«Guten Tag. Wie kann ich Ihnen helfen?», fragt die Frau, nachdem sie Bruno, Emma und auch Jennifer eingehend gemustert hat.

«Oh, na ja, also … äh, wir sehen uns nur mal um», antwortet Emma scheu.

«Möchten Sie mich vielleicht etwas fragen?» Die Frau streckt die Arme nach Emma aus und winkt sie mit einem verbindlichen Lächeln zu sich heran. «Was sehe ich denn da?», sagt sie und nimmt Emmas Hand. «Ein Liebespaar? Wollen Sie sich vergewissern, wie tragfähig Ihre Liebe ist? Wie viele Kinder daraus entsprießen?»

«Nicht notwendig», mischt sich Bruno barsch ein.

«Monsieur ist skeptisch, wie ich sehe. Das verstehe ich. Aber bitte kommen Sie doch trotzdem einfach mal näher.»

Er gehorcht, auch wenn sich in ihm alles dagegen sträubt.

Die Wahrsagerin lässt Emmas Hand los und greift nach Brunos, ohne ihn zu fragen, ob es ihm recht ist. Dann schließt sie die Augen und verkündet: «Ich spüre sehr unterschiedliche Empfindungen in Ihrem Inneren. Vieles scheint Sie zu bewegen. Extrem starke Gefühle, aber auch Kummer. Ich sehe Liebe, Zweifel, Wut ... und eine gewisse ... Ratlosigkeit.»

Stirnrunzelnd zieht Bruno die Hand zurück und nimmt schnell etwas Abstand von der Frau, damit sie endlich aufhört zu reden. Er muss an seinen ersten Besuch hier denken. Damals war er der Meinung, die Frau könne ihm direkt in die Seele schauen. Diese Wahrsagerin war es gewesen, die ihn dazu veranlasst hatte, Jennifer einen Heiratsantrag zu machen, weil sie behauptete, sie wären füreinander bestimmt. Und was wurde daraus? Zwei Monate später hat Jennifer ihn sitzengelassen.

«Ich will nichts mehr davon hören», sagt er nachdrücklich.

«Komm schon, das kann doch ganz lustig sein», versucht Emma ihn zu überreden. Sie legt eine Hand auf seinen Unterarm und fragt die Wahrsagerin: «Wie viel kostet es denn?»

Die Frau lächelt sanft und nennt ihren Preis: zwanzig Euro für eine Frage. Eine Frage, die Emma nicht einmal laut aussprechen müsse.

Jennifer würde am liebsten schreiend aus dem Laden rennen, als sie sieht, wie Emma nickt und die Scheine auf den Tresen blättert. Doch die Frau nimmt das Geld nicht, sondern sieht Emma nur mit stechendem Blick an. Dann wendet sie sich wieder an Emma: «Aber lassen Sie sich eins gesagt sein, die einzige Frage, die ich beantworten kann, ist die, die Ihnen auf der Seele brennt. Wenn Sie allerdings nicht bereit sind für die Wahrheit, behalten Sie Ihr Geld lieber.»

«Ich bin dazu bereit», antwortet Emma feierlich.

Daraufhin lächelt die Wahrsagerin süßlich und steckt das Geld ein, bevor sie nach Emmas Hand greift. «Was wollen Sie wissen, mein Kind? Antworten Sie nicht laut. Denken Sie die Frage einfach nur.»

Emma scheint zu zögern. Denn die Wahrsagerin kneift die Augen zusammen. «Ich nehme Qualen wahr», erklärt sie, «von denen Sie heimgesucht werden. Sie wollen wissen, ob dieser Mann Sie liebt und ob Sie in der Lage sein werden, ihn glücklich zu machen.»

Überrascht, wenn auch leicht erschrocken, wie gut die Frau weiß, was in ihr vorgeht, nickt Emma zur Bestätigung.

Ohne sie loszulassen, streckt die Wahrsagerin die andere Hand nach Brunos aus, der damit schon gerechnet hat. Genauso hatte sie es vor acht Jahren auch gemacht, als er mit Jennifer hier war. Kurz überlegt er, ob er sich weigern soll, doch da Emma offenbar viel daran liegt, lässt er es geschehen. Einerseits fürchtet er sich davor, dass die Wahrsagerin die Zweifel, die ihn plagen, womöglich laut ausspricht, andererseits hofft er insgeheim, sie könne ihm einen Weg aus der Sackgasse weisen, in der er sich befindet.

«Dieser Mann empfindet sehr viel für Sie», teilt die Wahrsagerin Emma mit. «Liebe und Bewunderung, und auch an Respekt mangelt es nicht.»

Emma lächelt Bruno strahlend an. Und augenblicklich hat dieser das Gefühl, besser durchatmen zu können.

«Aber eins müssen Sie wissen», fährt die Wahrsagerin fort. «Sie sind nicht diejenige, die das Leben für ihn vorgesehen hat. Dennoch, wenn Ihre Frage lautet: Kann ich ihn glücklich machen? Dann heißt die Antwort: Ja. Sie können ihn glücklich machen, und Ihr Leben wird erfüllt sein.»

Ein wenig gekränkt zieht Emma die Hand zurück, und anstatt sich Bruno zuzuwenden, blickt sie kurz zu Jennifer. «Die Frau dort hinten …», sagt sie stockend zu der Wahrsagerin, «sie ist … seine Ex-Frau. Das heißt … sie werden bald geschieden sein. Und ich weiß, dass ich Brunos zweite Wahl bin, aber –»

«Gefühle kann man nicht eins zu eins übertragen», unterbricht sie die Wahrsagerin. «Was er für die eine Frau empfunden hat, wird er nicht genauso für die nächste empfinden. So ist das Leben nun mal. Jede Geschichte ist anders.»

«Aber … was ich gern wissen würde, ist … ob er mit ihr glücklicher wäre?»

Bruno hätte sicher Einspruch gegen diese Frage erhoben, wenn er nicht selbst neugierig gewesen wäre, was die Wahrsagerin darauf antworten würde. Deshalb presst er die Lippen zusammen und heftet nervös den Blick auf sie. Beschäftigt ihn genau diese Unsicherheit nicht seit gestern Abend unaufhörlich?

Doch bevor die Frau zu reden beginnt, geht Jennifer kopfschüttelnd dazwischen: «Das ist doch lächerlich! Bruno kann mit mir gar nicht glücklicher werden. Ich würde niemals hierbleiben.»

Emma aber bleibt erstaunlich beharrlich: «Vielleicht –»

«Nein», fährt Jennifer ihr barsch über den Mund. «Ich habe eine Firma in Montreal und einen ganz tollen Freund. Was soll ich bitte mit einem Winzer aus Katalonien? Können Sie mir das bitte sagen?»

Emma wirkt erleichtert, und Jennifer glaubt schon, den

Kopf aus der Schlinge gezogen zu haben, als die Wahrsagerin die Hand nach ihr ausstreckt. «Dann kommen Sie mal her. Wir werden sehen, ob das alles stimmt.»

Jennifer wirft ihr einen strafenden Blick zu, schüttelt den Kopf und verbirgt die Hände hinter dem Rücken.

«Bitte mach's», drängt Emma sie.

Bruno bemerkt die Panik in Jennifers Blick. «Es reicht, Emma, hör auf damit.» Er zieht sein Portemonnaie hervor und schiebt der Wahrsagerin hastig vierzig Euro über den Tresen. «Hören Sie auf mit der Maskerade, und sagen Sie meiner Verlobten, dass das alles Schwindel ist.»

Die Frau weigert sich, das Geld anzunehmen, und funkelt ihn zornig an: «Lassen Sie sich eins gesagt sein, ich spreche immer die Wahrheit. Wenn Sie sie nicht hören wollen, können Sie ja draußen bleiben. Der Spruch über meiner Tür bringt es ziemlich deutlich auf den Punkt.»

Bruno schlägt mit der Faust auf den Tresen. «Wie können Sie es wagen, so zu tun, als würden Sie die Wahrheit sagen», regt er sich auf. «Wenn Sie vor acht Jahren die Wahrheit gesagt hätten, wäre ich jetzt nicht in der Situation, mich von dieser Frau dort scheiden lassen zu müssen.» Er deutet auf Jennifer.

«Du ... du warst schon mal hier?», stammelt Emma. Schockiert wandert ihr Blick zwischen Jennifer und Bruno hin und her. «Ihr ... beide wart schon mal hier?»

«Und sie hat komplett danebengelegen», höhnt Bruno und deutet mit dem Kopf Richtung Wahrsagerin. «Ja, das hat sie.»

Die Wahrsagerin mustert erst ihn und dann Jennifer, ehe sie in einem Ton, der keine Widerrede zulässt, ruft: «Sie kommen jetzt her, junge Frau.»

«Ich … Nein! Mich interessiert nicht, was sie zu sagen hat.» Panisch will Jennifer zum Ausgang hasten, doch Emma hält sie am Arm fest und schiebt sie zum Tresen.

Jennifers Magen zieht sich zusammen, doch sie zwingt sich, äußerlich cool zu bleiben. Also tut sie, was von ihr verlangt wird, um diese ganze Angelegenheit so schnell wie möglich hinter sich zu bringen. Eine kleine Warnung kann sie sich allerdings nicht verkneifen. «Aber erzählen Sie uns nicht wieder was von Seelenverwandtschaft, okay?»

Die Wahrsagerin nimmt Jennifers Hand und verzieht den Mund zu einem schiefen Lächeln. «Ja, jetzt erinnere ich mich an Sie. Diese Energie, dieses Feuer …» Sie schließt die Augen und bewegt auf eigentümliche Weise den Kopf, als würde sie in die Stille horchen, die jetzt im Laden herrscht.

Jennifer seufzt. «Sind wir bald fertig?», fragt sie genervt.

Die Wahrsagerin sieht sie an. «Sie haben viele Fragen.»

«Ach ja? Seltsam, ich habe nämlich keine einzige gestellt.»

«Sind Sie sich da sicher?»

Jennifer gefällt weder der Blick der Wahrsagerin noch die Tatsache, dass diese ihre Hand immer weiter der von Bruno annähert. Doch plötzlich lässt die Frau beide Hände los und verschränkt die Arme. «Sehen Sie, ich habe sogar bereits auf Ihre drängendste Frage geantwortet.»

«Aber ich habe doch gar nichts gefragt», beharrt Jennifer und zieht ihre Hand zurück.

«Sie meinen wohl, Sie haben nicht zugehört, damals», erwidert die Wahrsagerin spitz. «Und wenn Sie die letzten Jahre gelitten haben, ist es allein Ihre Schuld.»

«Erzählen Sie mir etwas, das ich noch nicht weiß», erwidert Jennifer sarkastisch.

«Ihr Bedauern ist so übermächtig, dass es Sie daran hindert, klarzusehen und Ihre Fehler wiedergutzumachen.»

«Ich weiß nicht, wie das eine Antwort sein soll», blafft Jennifer und drängt rückwärts in Richtung Tür, um diesen Ort so schnell wie möglich zu verlassen.

Die Wahrsagerin beugt sich über den Tresen und funkelt sie unverhohlen an. «Sie wollen Antworten? Hier sind sie: Egal, welche Entscheidung Sie treffen, Sie werden Opfer bringen müssen. Und je länger Sie zögern, desto größer werden die Opfer sein. Ich habe keine Patentlösung für alle Lebensfragen zu bieten. Ich sage nur, wie es ist. Dieser Mann war für Sie bestimmt, und Sie haben dennoch beschlossen, ihn zu verlassen.»

Jennifer ballt die Hände zu Fäusten und bohrt die Finger so fest in die Innenflächen, dass es weh tut.

Unterdessen wendet sich die Wahrsagerin zu Bruno: «Und Sie versuchen bitte, nicht noch einmal die gleichen Fehler zu begehen. Ihr Herz wankt, das spüre ich. Bedenken Sie nur eins: Das Leben bietet einem nicht immer eine zweite Chance.»

Mit einem erstickten Schrei hastet Emma zum Ausgang und reißt die Tür auf, dass die Klingel nur so scheppert, als sie hinausrennt.

Bruno bleibt aschfahl zurück und blickt fragend zu Jennifer.

«Jetzt mach schon!», ruft diese, ohne auch nur einen Augenblick zu zögern. «Lauf ihr hinterher, du Idiot.»

«Aber –»

«*Sie* ist deine zweite Chance, du Dummkopf! Wenn du eins über Frauen wissen musst, dann dies: Sie wollen, dass man ihnen nachrennt.» Noch während sie diese Worte ruft, reißt Jennifer die Tür auf und schiebt ihn entschlossen hinaus. Kurz sieht sie ihm noch nach, wie er sich im Laufschritt entfernt, doch anstatt dann ebenfalls das Weite zu suchen, dreht sie sich zu der Wahrsagerin um.

«Sind Sie jetzt zufrieden?», faucht sie. «Ihretwegen werden die beiden sich vielleicht trennen!»

Die Frau bleibt ganz ruhig. «Ich will Ihnen etwas sagen. Ich bringe niemals etwas auseinander, das zusammengehört. Meine Gabe ist es lediglich, Möglichkeiten aufzuzeigen, und nicht, sie zu verschweigen.»

«Sie haben überhaupt nichts *aufgezeigt*.»

«O doch, sehr viel sogar. Nicht zuletzt, wie unsicher das junge Fräulein Ihnen gegenüber war. Sie vergleicht sich mit Ihnen und zweifelt an sich und an der Beziehung zu diesem Mann. Und an dessen Gefühlen.» Ihr Blick wird weich. «Und Ihnen habe ich den Schuldkomplex vor Augen geführt, der Sie seit Jahren plagt. Ganz davon zu schweigen, wie viel dieser Mann für Sie empfindet. Ich bin ehrlich, aber nicht grausam. Sie sind füreinander bestimmt. Sie sind wie Magnete. Auf der einen Seite ziehen Sie sich an, auf der anderen stoßen Sie sich ab.»

Erschöpft gibt Jennifer der Wahrsagerin mit einer abschätzigen Handbewegung zu verstehen, dass sie davon nichts mehr hören will. Nur eins interessiert sie noch: «Wird Bruno glücklich mit ihr, wenn ich erst einmal wieder weg bin?»

Die Frau zuckt die Schultern. «Das liegt außerhalb Ihres Einflussbereichs. Aber die Frage ist doch: Sind Sie wirklich bereit, ihn ziehen zu lassen? Haben Sie denn aus dem ersten Mal nichts gelernt?»

Bestürzt presst Jennifer ihre Hände an die Brust und wankt stolpernd zurück. «Da irren Sie sich, ich habe sehr viel daraus gelernt.» Dann macht sie auf dem Absatz kehrt und läuft aus dem Laden.

Kapitel 18

Auf Umwegen begibt sich Jennifer in Richtung Strand. Auf keinen Fall will sie Bruno und Emma begegnen. Wo sie doch alles versucht hat, nicht Grund für einen Streit zwischen den beiden zu sein. Aber vermutlich wäre es für alle besser gewesen, sie wäre bei ihrer kratzbürstigen Haltung geblieben und hätte Bruno so viele Steine wie möglich in den Weg gelegt. Dann hätte es die absurde Idee zu diesem gemeinsamen Ausflug nie gegeben.

Als der Parkplatz in Sichtweite kommt, stellt Jennifer fest, dass Brunos Lieferwagen nach wie vor dort steht. Sie überlegt, zu Fuß zur Domaine zurückzukehren. Letztlich aber geht sie ein Stück am Strand entlang und setzt sich schließlich genau an der Stelle in den Sand, an der Bruno und sie sich vor Jahren ewige Treue geschworen haben.

Warum nur hat sie sich nicht an ihren eigenen Plan gehalten?, fragt sich Jennifer, während sie aufs Meer schaut. Warum kann sie Bruno nicht einfach hassen? Immerhin hat er ihr Leben nun schon zum zweiten Mal auf den Kopf gestellt. Und warum gehört Emma nicht zu der Sorte Frau, die davon besessen ist, der Ex ihres Freundes die eigene Überlegenheit zu demonstrieren? Dann wäre es so viel einfacher, auch sie zu hassen und sich zu wünschen, dass ihre Beziehung auseinandergeht.

«Hallo.» Emmas Stimme reißt Jennifer aus ihren Gedanken.

«Oh, äh … Hallo.» Instinktiv rückt sie ein Stück zur

Seite und redet sofort drauflos. «Also, die Frau hat dich übers Ohr gehauen und dir für zwanzig Euro irgendeinen Quatsch erzählt.» Sie versucht herunterzuspielen, was geschehen ist.

«Ich weiß, dass du mich schonen willst.» Emma setzt sich neben sie in den Sand. «Und Bruno auch. Aber … ihr hättet mir niemals verschweigen dürfen, dass ihr schon mal bei ihr wart –»

Jennifer winkt ab. «Ach, das spielt doch gar keine Rolle. Sie hat schon damals falschgelegen. Das weißt du genauso gut wie ich. Ich bin hier, um mich scheiden zu lassen, Emma.»

«Aber sie hat von einer zweiten Chance gesprochen … Vielleicht –»

«Das bist *du*, du bist die zweite Chance», schneidet Jennifer ihr das Wort ab. Ihre Stimme wird lauter. «Denn wenn ich mir bei einer Sache total sicher bin, dann, dass es mit Bruno und mir nicht funktionieren kann. Er liebt dich, Emma, das ist offensichtlich! Meinst du, er hätte sonst so viel Aufwand betrieben? Wäre überraschend bei mir aufgekreuzt, um mich dazu zu bringen, in dieses gottverdammte Nest zurückzukehren? Glaub mir, Bruno braucht eine Frau wie dich.»

Emmas Augen werden glasig, und sie spitzt die Lippen, um zu kaschieren, dass ihre Unterlippe zittert. «Glaubst du das wirklich?»

«Na klar! Du wirst ihn glücklich machen, das weiß jeder. Selbst die Wahrsagerin hat es gesagt.»

«Aber sie hat auch gesagt, dass … Na, dass Bruno für dich bestimmt war.» Emma ist anzusehen, dass sie noch immer nicht überzeugt ist.

Also versichert Jennifer ihr schnell: «Wenn es so wäre, wäre ich nicht gegangen. Und ich kenne Bruno ja wohl eindeutig besser als die alte Spinnerin. Emma, sowie ich zurück in Montreal bin, wird alles wieder in Ordnung sein. Das verspreche ich dir.»

«Er war … so verbittert, weißt du?» Emma versucht, leicht und locker zu klingen, wischt sich aber eine Träne aus dem Augenwinkel. «Deshalb habe ich geglaubt … ich könnte ihn von dir … *befreien*.»

Jennifer nickt und schluckt ihren Schmerz hinunter. Emma hat einen Mann wie Bruno verdient. Und für ihn ist es an der Zeit, endlich eine Frau zu haben, die ihm gibt, was er sich schon so lange wünscht: Kinder, Stabilität und jemanden, der treu an seiner Seite steht.

Da von Jennifer nichts mehr kommt, steht Emma nach einer Weile auf und entfernt sich langsam. Jennifer bleibt reglos sitzen. Hätte sie Marias Telefonnummer, würde sie sie jetzt bitten, ihr aus dieser vertrackten Situation herauszuhelfen. Sie würde sie fragen, ob sie bei ihr unterkommen könne, bis der Friedensrichter endlich der verdammten Scheidung zustimmt. In Marias Haus würde sie sich mit dem Lachen der Kinder betäuben und versuchen, ihr zwischenzeitliches Wanken sowie das Chaos, das sie in Brunos Leben angerichtet hat, zu vergessen.

Jennifer beobachtet, wie sich am Strand die Wellen brechen. Der Anblick hat etwas Meditatives.

Sie weiß nicht, wie lange sie dort gesessen und einfach nur aufs Wasser gestarrt hat – eine Stunde, zwei? –, als plötzlich Bruno neben ihr steht. Jennifer hat ihn nicht kommen hören. Er setzt sich dicht neben sie in den Sand, aber keiner von beiden kann sich durchringen, das Schweigen zu durchbrechen. Jennifer hält den Blick wortlos aufs Meer gerichtet.

«Sie hat mich um ein wenig Zeit gebeten», beginnt Bruno schließlich. «Sie möchte, dass ich nachdenke. Und dass ich sie erst anrufe … wenn du wieder fort bist.»

Betreten sieht Jennifer ihn an. «Und? Hast du es ihr versprochen?»

«Was bleibt mir anderes übrig? Diese Wahrsagerin hat –»

«Überhaupt nichts hat sie!», unterbricht sie ihn barsch. «Das war doch alles Schwachsinn, verdammt! Es war blöd genug, dass wir ihr vor acht Jahren vertraut haben.»

«Aber sie muss gespürt haben, dass ich mir nicht mehr ganz sicher bin. Wissen konnte sie es jedenfalls nicht.» Er rauft sich die Haare. «Aber es stimmt, ich bin mir einfach nicht mehr sicher. Vielleicht ist es ein Fehler, dass wir uns scheiden lassen, Jen.»

Jennifer weicht so hastig zurück, dass Bruno etwas Sand abbekommt. «Ein Fehler? Die Hochzeit war ein Fehler. Ohne sie hätten wir uns nie mehr wiedersehen müssen, und du wärst schon längst mit Emma verheiratet. Vielleicht wäre sie sogar schon schwanger, was weiß ich.»

Er dreht sich zu ihr, hält sie am Arm fest und zwingt sie, ihn anzusehen. «Als ich dich geheiratet habe, hatte ich nicht den geringsten Zweifel daran, dass wir füreinander bestimmt sind. Kein bisschen! Jetzt dagegen –»

«Die Zeit war doch viel zu kurz, um ins Zweifeln zu geraten. Wenn du jetzt zweifelst, liegt es nur daran, dass du zu lange gewartet hast, bis du beschlossen hast, Emma zu heiraten.»

Bruno lässt von ihr ab.

In der Hoffnung, das Gespräch endlich beenden zu können, nutzt Jennifer die Gelegenheit und springt auf.

«Fahren wir zurück?», fragt sie und klopft sich den Sand vom Kleid. «Ich bin total k. o. Und du solltest zusehen, dass du zu Emma kommst und mit ihr so lange im Bett verschwindest, bis du keinen Gedanken mehr an mich verschwendest.»

Unvermittelt greift er nach ihrer Hand und zieht sie so schnell zu sich herunter, dass Jennifer das Gleichgewicht verliert und auf ihn fällt. Sie rollen in den Sand, die Körper eng aneinander – bis sich ihre Münder finden. Gierig küsst Bruno ihre Lippen, fährt mit der Zunge über ihren Hals und streichelt sie. Was gäbe er jetzt dafür, irgendwo allein mit dieser, seiner Frau zu sein, an einem Ort, an dem er ihr die Kleider vom Leib reißen und sie augenblicklich lieben kann?

Jennifer sträubt sich nicht. Sie kann ihn gar nicht zurückweisen.

Bruno drückt sie in den heißen Sand, begräbt sie unter sich und genießt es, sie mit seinen Zärtlichkeiten einzuschließen. Keuchend hebt er den Blick und sieht ihr in die Augen. «Das alles ist nichts für dich?»

Jennifer sammelt sich und schiebt Bruno von sich, sodass sie sich aufsetzen kann. Alles ist voller Sand. Sie schüttelt ihr Haar und ihr Kleid aus.

«Darüber haben wir doch schon heute Morgen gesprochen», antwortet sie knapp.

«Und wenn wir wirklich eine zweite Chance bekommen haben?»

«Bruno! Du denkst nicht klar! Diese Frau hat dir Flausen in den Kopf gesetzt. Hirngespinste! Jetzt reiß dich doch mal zusammen, verdammt.»

Er verzieht den Mund, aber sie erhebt sich ein zweites Mal und entfernt sich nun endgültig, ohne eine Antwort abzuwarten.

Eilig richtet sich Bruno auf und holt sie ein. Schweigend gehen sie über den Strand zu dem Lieferwagen zurück. Sie sind bereits losgefahren, als Jennifer schließlich sagt: «Wenn du willst, kannst du mich bei Maria rauslassen. Ich muss ja nicht unbedingt bei dir übernachten.»

«Was? Hast du … Angst?»

Spöttisch sieht sie ihn an. «Wenn man der Versuchung nicht widerstehen kann, sollte man sie lieber auf Abstand halten, Bruno. Das ist wie bei einer Diät. Solange man Kuchen im Kühlschrank hat, kann sie gar nicht erfolgreich sein.»

«Was für ein blöder Vergleich.» Er fährt auf die Hauptstraße, raus aus dem Ort. «Ich habe allerdings gemerkt, dass der Kuchen ziemlich heiß darauf war, am Strand vernascht zu werden.»

«Wir fühlen uns körperlich zueinander hingezogen, na und?», ereifert sie sich. «Wann wirst du verstehen, dass es nichts ändern wird? Es wird mich nicht davon abhalten, wieder abzureisen. Ich werde für dich nicht mein Leben aufgeben.»

Die Worte schallen durch den Innenraum des Wagens und durch Brunos Kopf. Er zwingt sich, sich auf die steile, holperige Straße vor sich zu konzentrieren, die sich langsam, aber sicher der Domaine nähert. Doch für den schönen Blick, wenn man auf das Anwesen zufährt, haben heute beide keinen Sinn.

Nachdem Bruno den Wagen vor dem Gutshaus zum Stehen gebracht und den Motor abgestellt hat, bleiben beide reglos sitzen.

«Letztlich liebst du mich nicht genug, um zurückzukommen», sagt er leise.

«Und du? Liebst du mich genug, um dein Gut zu verlassen?»

«Das ist etwas anderes. Ich kann nichts anderes. Was sollte ich in Montreal tun? Glaubst du, wir könnten dort glücklich sein, in deinem winzig kleinen Apartment? Selbst wenn wir uns etwas Größeres suchen würden …» Er zwingt sich, ironisch zu klingen, auch wenn ihm eher zum Heulen zumute ist.

Jennifer seufzt. «Sieh es doch mal so, Bruno: Ich liebe dich genug, um nicht ein so großes Opfer von dir zu verlangen. Ich weiß, dass dein Leben hier ist und dass dich dieser Ort glücklich macht.»

Er löst den Sicherheitsgurt und will gerade aussteigen, doch Jennifer hält ihn zurück: «Ich glaube wirklich, dass du jetzt zu Emma fahren solltest.»

Niedergeschlagen schüttelt er den Kopf. «Du verlangst zu viel.»

«Sie kann dich glücklich machen, und das weißt du.»

«Das Problem ist, dass ich im Moment keine Lust auf Emma habe.»

Schnell zieht Jennifer ihre Hand zurück und springt aus dem Wagen. Eilig marschiert sie zum Eingang, wo Bruno sie einholt und ihr die Tür öffnet.

«Ich glaube, ich werde mich eine Weile hinlegen», sagt sie betont kühl beim Hineingehen. «Ich bin … wirklich müde.»

«Ist das deine Art, mir eine Abfuhr zu erteilen?»

Schnurstracks geht Jennifer auf die Treppe zu. Erst als sie die erste Stufe genommen hat, dreht sie sich noch einmal um und hält sich am Geländer fest. «Bruno, du weißt, dass das keine gute Idee ist.»

«Ich dachte, es ändert nichts.» Er schließt die Haustür und nähert sich ihr langsam.

«Für mich ändert es nichts», wiederholt sie fast feierlich.

«Gut, wenn … es nichts ändert … worauf warten wir dann noch?» Er legt ihr eine Hand um die Taille und spürt unwillkürlich ein Zucken in den Fingern. Er muss sich beherrschen, sie nicht sofort an sich zu ziehen. Zärtlich vergräbt er den Kopf in der Kuhle zwischen ihrem Hals und ihrer Schulter und schiebt eine Hand in ihren Nacken.

Jennifer lässt ihn gewähren. «Wir sollten es nicht tun», flüstert sie lediglich.

«Bis man mir das Gegenteil beweist, bist du meine Frau.»

Sie lacht bitter, doch dann nickt sie und küsst ihn sanft auf den Mund, worauf Bruno sofort reagiert. Das Feuer, das er den ganzen Tag zu ersticken versucht hat, lodert wieder auf. Als Jennifer die Arme um ihn schlingt und sich ihm hingibt, ist es um ihn geschehen. Er streift ihr das Kleid vom Leib und übersät ihren Körper mit Küssen.

Auch sie beginnt, ihn auszuziehen. Bis sein T-Shirt auf dem Boden liegt, dauert es nicht lange, dann macht sie sich ungeduldig daran, seine Hose aufzuknöpfen, und kitzelt ihn gleichzeitig mit der Zunge an der Brust. Bruno greift ihr ins Haar und zieht sie an sich. Vergessen ist, dass sie auf dem Weg nach oben waren. Er hebt sie hoch und presst sie ans Geländer. Während er in sie eindringt, sucht er ihren Blick. Jennifer stöhnt leise auf, drückt ihn fester an sich und verschlingt ihn fast mit dem Mund. Sie biegt sich nach hinten, damit er sie noch besser fühlen kann. Sie lieben sich laut und lange, und erst als Bruno sie in der Position nicht mehr halten kann, sinkt er langsam auf die Knie.

Jennifer lässt sich mit ihm nach unten rutschen und schiebt sich über ihn. Er schließt die Augen, um ihren Körper noch intensiver zu spüren, das Feuer prasseln zu lassen, das sie mit ihren Hüften immer wieder schürt. Er spürt, wie ihr Haar auf und ab schwingt, berauscht sich an den zarten Lauten, die sich unter ihr Keuchen mischen. Er liebt es, wie sie seine Versuche abwehrt, die Kontrolle zu übernehmen. Schließlich werden Jennifers Seufzer zu einem befreiten Schreien. Sie presst sich an ihn, krallt sich an seinen Armen fest, an seinem Rücken, seinen Schultern.

Auch er gibt sich ihr hin, nimmt alles, was sie ihm bietet, und stößt mit bebendem Körper Laute der Lust aus, bis er erschöpft und glücklich neben ihr liegen bleibt.

Nachdem er wieder etwas ruhiger atmen und klarer denken kann, dreht Bruno sich zu ihr. Sie hat einen Arm unter den Kopf gelegt und starrt schnaufend an die Decke. Als sie merkt, dass er sie beobachtet, sieht sie ebenfalls zu ihm und lächelt schelmisch. «Das war nicht schlecht.»

«Nicht schlecht?», wiederholt er. «Wir haben keine drei Minuten gebraucht!»

Sie lacht und rückt näher an ihn heran, um den Kopf an seine Schulter zu schmiegen.

Bruno legt den Arm um sie, küsst sie auf die Stirn und streicht mit den Fingerkuppen über ihre nackte Haut – so lange, dass er sich schon fragt, ob Jennifer vielleicht eingeschlafen sein könnte, als sie auf einmal fragt: «Und? Bereust du es?»

Er lächelt und schüttelt den Kopf. «Ich bereue nichts. So

seltsam es auch erscheinen mag, ich habe noch nie etwas bereut, wenn ich mit dir zusammen war.»

Sie stützt sich auf dem Ellbogen auf. «Nie?» Spöttisch sieht sie ihn an.

«Nie.»

Jennifer gibt sich weiter skeptisch und tut so, als würde sie ihm zur Warnung in den Bauch beißen wollen, was Bruno zum Lachen bringt. «Was ist? Es stimmt! Ich bereue keinen einzigen Moment, den wir zusammen verbracht haben. Im Gegenteil, ich bereue, dass ich dich habe gehen lassen.»

Sie schüttelt ihn amüsiert. «Mann, bist du sentimental!»

«Was ist dir lieber? Dass ich ehrlich bin oder dass ich lüge?»

«Wären Sie denn überhaupt in der Lage zu lügen, Monsieur de Verteuil?» Anstatt eine Antwort abzuwarten, beginnt Jennifer ihn zu kitzeln – mit Fingern und Zunge. Dabei haucht sie ihm leise ins Ohr, was bei Bruno einen wohligen Schauer auslöst.

«Als wir nach Hause kamen, hast du davon gesprochen, dass du dich hinlegen wolltest. Warst du nicht müde?», fragt er betont unschuldig.

«Jemand hat dafür gesorgt, dass ich jetzt wieder ziemlich wach bin.» Mit einer schnellen Bewegung rollt sie sich noch einmal auf ihn und umarmt ihn kurz und heftig, ehe sie aufspringt. «Und ich habe Hunger», ruft sie und ist bereits auf dem Weg in die Küche. «Gibt es nicht noch Kuchen im Kühlschrank?»

Bruno sieht ihr nach. Als sie verschwunden ist, lässt er sich auf den Rücken fallen. Er hat das Gefühl, gerade acht Jahre zurückkatapultiert worden zu sein. Er hat seine Frau zurück und ist einfach nur sehr glücklich.

Kapitel 19

Am Abend essen Jennifer und Bruno auf der Terrasse, baden im Pool und lieben sich noch einmal, dieses Mal in Brunos Zimmer. Wie ausgehungert verschlingen sie einander. Emma, Montreal und überhaupt die Realität bleiben ausgeklammert, denn keiner von ihnen hat Lust, aus diesem Traum erwachen.

Als die Sonne untergeht und der Raum in ein leuchtend warmes Licht getaucht wird, juchzt Jennifer vor Freude laut auf. Sie springt aus dem Bett, um die Kamera zu holen und den Moment festzuhalten: das Zimmer, die Aussicht durch die riesigen Fenster, das strahlende Gesicht ihres Mannes … sie kann einfach nicht genug davon bekommen und will mehr!

Kurzerhand streift sie sich einen Morgenmantel über, tritt auf den Balkon hinaus und beginnt, alles zu fotografieren: den Himmel, das Dorf in der Ferne, den Olivenhain … Dann läuft sie barfuß die Treppe hinab, aus dem Haus und Richtung Weinberg. Sie knipst, was ihr vor die Linse kommt.

Bruno, der sich eilig eine Pyjamahose übergezogen hat, folgt ihr wenig später. «Das schönste Motiv hast du aber noch nicht abgelichtet», ruft er gespielt vorwurfsvoll, greift nach der Kamera und beginnt, Jennifer zwischen den Rebstöcken zu fotografieren. Sie hat sichtlich Spaß daran, für ihn zu posieren, löst provozierend den Gürtel ihres Morgenmantels, was eine wahre Auslöser-Salve zur

Folge hat, die von ihrem gemeinsamen Lachen übertönt wird.

«Das wäre eine super Werbung!», freut sich Bruno.

«Wenn sich dein Wein nicht verkauft, können wir ja einen Porno-Kalender produzieren.» Jennifer nimmt ihm die Kamera aus der Hand und kniet sich hin, um sich die letzten Bilder auf dem Display anzusehen. Zu Brunos Überraschung löscht sie kein einziges und sagt lediglich erstaunt: «Sieh an, du bist ja begabt.»

«Das liegt am Motiv.»

«Nein, ich rede von dem Winkel, den du gewählt hast.» Mit dem Finger zeigt sie auf den Verlauf der Reihen, in denen die Weinstöcke gepflanzt sind, als würde sie sich selbst auf dem Bild gar nicht bemerken. «Wir sollten Marias Kinder einladen», sagt sie dann und blickt zu ihm auf. «Das würde schöne Bilder ergeben mit dem Wein im Hintergrund.»

«Du meinst … Werbung mit den Kindern?»

«Werbung? Nein, nur so. Es wäre ein schönes Geschenk für Maria. Das beste Bild könnten wir vergrößern und rahmen lassen.»

Er lacht, streichelt ihre über die Wange und nickt seltsam gerührt.

«Was ist?», fragt sie, als sie merkt, wie emotional er auf einmal ist.

«Nichts. Ich finde die Idee ganz wunderbar.»

Sie richtet sich auf und stößt ihn mit dem Ellbogen an. «Rufst du sie an und fragst sie, ob sie die Kinder, sagen wir … morgen Vormittag vorbeibringen könnte? Oder vielleicht doch lieber erst morgen Mittag, früh aufstehen ist ja nicht so mein Ding.»

«Wie Sie befehlen, Frau Chefin.» Bruno steht stramm und salutiert.

«Wie ich befehle? Daran werde ich dich später erinnern!» Ihr Lächeln verrät, wie sehr sie sich darauf freut, ihn herumzukommandieren. Doch als Bruno sich entfernt, um mit Maria zu telefonieren, schließt sie sofort den Morgenmantel und konzentriert sich wieder aufs Fotografieren. Immer tiefer begibt sie sich in den Weinberg, entschlossen, diesen Sonnenuntergang auf der Domaine de Verteuil, diesen Tag, für die Ewigkeit festzuhalten.

Am nächsten Tag können die Kinder es kaum erwarten, in den Pool zu springen, und es dauert nicht lange, bis Michaël und Jenny mit ihren orangefarbenen Schwimmflügeln durchs Becken paddeln. Bruno spritzt sie nass und läuft abwechselnd mit einem von ihnen auf dem Rücken im Kreis durchs Wasser. Das Juchzen und Lachen der drei schallt über die Terrasse, wo sich Jennifer ein wenig abseits im Schatten um Ella kümmert. Als die Kleine eingeschlafen ist, legt sie sie in ihren Wagen und greift nach der Kamera, um die beiden Größeren mit ihrem Onkel zu fotografieren.

Später tauschen sie die Rollen. Während Bruno auf Ella aufpasst, geht Jennifer mit Michaël und der kleinen Jenny in die Weinberge und fotografiert sie beim Herumtollen. Als es zu heiß wird, versammeln sich alle im Wohnzimmer, wo sich die beiden Älteren auf dem Fußboden mit ihrer kleinen Schwester beschäftigen, nachdem diese ihr Fläschchen bekommen hat. Jennifer hat sich zu ihnen gesetzt und beobachtet das Spielen eine Weile. Irgendwann steht sie auf, sucht im Radio nach einem eingängigen Lied, und alle beginnen zu tanzen.

Jetzt fotografiert Bruno, wie Michaël und Jenny ausgelassen durchs Zimmer hüpfen, während sich Jennifer sanft mit Ella auf dem Arm im Rhythmus wiegt.

Irgendwann stellt Bruno für die Kinder einen Zeichentrickfilm an, aber sie sind nach zehn Minuten auf dem Sofa eingeschlafen. Jennifer hat es sich mit Baby auf einem Sessel bequem gemacht, und Bruno nutzt die Gelegenheit, dass die beiden Größeren schlafen, für einen flüchtigen Kuss.

«Ich bin tief beeindruckt», flüstert er und kniet sich zu ihr. «Du bist heute mit drei Kids zurechtgekommen!»

«Und ich glaube, die Bilder sind ganz gut geworden. Ich freue mich schon darauf, sie mir anzusehen.»

Er lächelt, hin- und hergerissen zwischen den Erinnerungen an den gemeinsam verbrachten Tag und der Befürchtung, dass sie ein einmaliges Erlebnis bleiben werden. Vielleicht sollte er den Moment einfach genießen und vergessen, dass Jennifer bald wieder abreisen wird, doch er kann nicht anders, als schon jetzt die schmerzhafte Leere zu spüren, die sie in diesem Haus hinterlassen wird.

«Weißt du», sagt sie nach einer Weile. «Ich fange langsam an zu glauben, dass ich bessere Bilder mache, wenn ich glücklich bin.»

«Das ist mal eine interessante Theorie.» Er muss unwillkürlich lachen. Immerhin hat sie gerade zugegeben, dass sie in seiner Gegenwart glücklich ist.

Kurz vergewissert sich Jennifer, dass die Kinder noch schlafen, ehe sie sich zu Bruno vorbeugt, ihn küsst und dabei verführerisch an seiner Unterlippe nagt. «Oder ist es doch der Sex?», haucht sie. «Etwas anderes kann es nicht sein.»

«In beiden Fällen stehe ich dir bedingungslos zur Verfügung.»

«Pass auf, was du sagst», neckt sie ihn. «Ich erinnere dich daran, dass ich meine Befehlsgewalt gestern Abend ziemlich ausgekostet habe.»

«Eigentlich kann ich mich nicht beklagen. Keine fünf Minuten, nachdem ich angefangen habe, dir die Füße zu massieren, bist du eingeschlafen. Heute Abend dagegen rechne ich ...» Er spricht nicht weiter, weil das Telefon klingelt. Nach einem kurzen Schreckmoment erhebt sich Bruno und beeilt sich, abzuheben, ehe die Kinder aufwachen.

Jennifer lauscht, doch das Gespräch ist kurz, und als Bruno zu ihr zurückkehrt, wirkt er verändert. «Das war Emilios Sekretärin», berichtet er knapp. «Wir haben morgen um zehn Uhr einen Termin.»

«Aha ... okay.», murmelt sie kopfnickend. Zu mehr ist sie nicht in der Lage. Irgendwie überfordert diese Information sie, weshalb sie sich lieber wieder Ella zuwendet.

«Sie hat gesagt, die Papiere seien fertig», fährt Bruno mit belegter Stimme fort.

Jennifer blickt auf. «Schon? Ich dachte ... ich müsste auf jeden Fall eine Woche bleiben?»

«Ja, das dachte ich auch», sagt er mit angespannter Miene, auch wenn er sich bemüht, locker zu klingen. «Aber ich hoffe, das hält dich nicht davon ab, trotzdem so lange zu bleiben.»

Anstatt ihm dies zu bestätigen, lächelt sie gequält und sagt: «Vielleicht solltest du Emma anrufen, um ihr die frohe Botschaft zu überbringen?»

Er kneift die Augen zusammen, als würde er ein

schmerzhaftes Ziehen in seinem Körper verspüren. *«Die frohe Botschaft?»*, brummt er verständnislos. «Können wir nicht warten, bis –»

«Bruno, sie ist deine Verlobte. Es geht kein Weg daran vorbei, dass du sie in dein Leben einbindest. Hast du überhaupt eine Vorstellung, was sie seit gestern wahrscheinlich durchmacht? Ich bin mir sicher, dass sie sehnsüchtig auf deinen Anruf wartet.»

Reglos sitzt er da und schweigt. Was würde es bringen, sich mit dieser Nachricht bei ihr zu melden? Er hätte das Gefühl, ihr etwas vorzumachen. Und was will Jennifer eigentlich hören? Dass er zu Emma zurückkehrt, nach all dem, was geschehen ist? Wie sollte das funktionieren? Es erscheint ihm unmöglich. Und Jennifer selbst? Hat sie wirklich vor, ihr Leben mit Maxime in Montreal fortzusetzen?

Als der Motorenlärm eines Autos durch die Stille dringt, ist Bruno erleichtert. Das muss seine Schwester sein. Welch willkommene Gelegenheit, das Gespräch zu beenden! Dass Maria die Kinder ein bisschen früher abholt als vereinbart, passt ihm ebenfalls gut. Er muss Jennifer davon überzeugen, bei ihm zu bleiben – und plötzlich läuft ihm die Zeit davon.

Jennifer döst vor sich hin, öffnet aber bisweilen die Augen und blickt in die Dämmerung hinaus. Sie will weder schlafen noch aufstehen, sie will einfach nur an Brunos Hals geschmiegt liegen bleiben, seine Hand auf ihrem Bauch spüren und seinem Atemrhythmus folgen. All dies nimmt sie wahr, als wäre es das letzte Mal. Was es bei genauerer Betrachtung vielleicht auch ist.

«Schläfst du?», flüstert sie schließlich.

«Nein.»

Auch er hat keine Lust zu schlafen. Er will diese Momente fest in sein Gedächtnis eingravieren. Außerdem versucht er, nicht an die Scheidung zu denken, sondern einfach nur den Augenblick zu genießen, aber er kann nicht anders, als die Stunden bis zum Morgengrauen zu zählen.

«Ich habe den Tag sehr genossen», sagt Jennifer unvermittelt. «Die Kinder deiner Schwester sind bezaubernd.»

«Ja, und sie vergöttern dich. Alle vergöttern dich.»

«Nicht alle!», widerspricht sie und lacht verdrossen auf. «Deiner Mutter bin ich im Moment sicher ein dicker Dorn im Auge.»

Er umarmt sie fester und küsst sie auf die Schulter. «Aber ist es nicht schön so mit uns beiden?», murmelt er dicht an ihrem Ohr.

«Doch.»

«Und … warum willst du dann wieder weg?»

Obgleich er die Frage sehr behutsam gestellt hat, schiebt Jennifer seine Hand brüsk von ihrem Bauch, als hätte er sie gekniffen, und dreht sich so, dass sie ihm in die Augen sehen kann. «Bruno, du weißt genau, warum. Wir haben uns darauf geeinigt, dass das alles nichts zwischen uns ändert.»

«Aber für mich ändert es alles!»

«Wir haben gesagt, dass wir nicht den gleichen Fehler zweimal machen.»

«Der einzige Fehler, den du und ich gemacht haben, war, uns zu trennen. Verschieben wir die Scheidung doch einfach und warten ab, wie –»

«Nein», unterbricht sie ihn mit dünner Stimme. «Bruno, bitte, tu das nicht.»

«Was soll ich nicht tun? Sagen, was ich denke?» Er stützt den Kopf auf. «Du willst doch nicht behaupten, dass du mit mir nicht glücklich bist? Seit gestern lachst du, wie ich es selten bei dir erlebt habe. Ich sehe, wie selbstverständlich du dich im Haus bewegst, alles fotografierst, was dir in den Sinn kommt, mit den Kindern tanzt ... Du bist hier zu Hause!»

«Aber merkst du denn nicht, dass das nur eine Illusion ist?» Es schmerzt sie, die Worte auszusprechen. «Wie lange wird es gutgehen, kannst du mir das sagen? Einen Monat? Höchstens zwei?» Seufzend senkt sie die Lider, um die Tränen zurückzuhalten. «O Bruno, was soll das? Du machst alles kaputt.»

Jetzt richtet er sich vollständig auf und schüttelt sie ein wenig. «Ich mache überhaupt nichts kaputt, im Gegenteil! Merkst du denn nicht, dass ich versuche, alles zu retten? Ich will dich nicht verlieren!» Er sieht sie intensiv an. «Wie oft hast du mir vorgeworfen, dass ich nicht nach Montreal gekommen bin, um dich zu holen? Zu Recht. Wenn ich also heute wieder schweige, würde ich es ebenfalls mein ganzes Leben lang bereuen.»

«Aber du weißt doch genau, dass –»

«Ja, ich weiß, dass du dort bleiben willst», unterbricht er sie. «Und dieses Mal werde ich auch nicht von dir verlangen, alles aufzugeben. Ich werde dich in Montreal besuchen kommen. Ich werde dir schreiben, Mails schicken, Blumen, was immer du willst! Ich werde einfach jede Minute genießen, die du mir schenkst, und mich bemühen, mit diesem Polster die Zeit zu überstehen, in der wir nicht zusammen sein können. Jen, es kann funktionieren. Gib uns eine zweite Chance.»

Traurig wendet sie sich ab, weil ihr die Tränen bereits über die Wangen laufen. Was hätte sie vor acht Jahren für diese Worte gegeben?! Dass er sie genug liebte, um sie gehen zu lassen, dass er ihr kein Ultimatum stellt. Aber heute ist alles anders.

Ungeduldig zieht Bruno sie an sich und wiegt sie sanft in seinen Armen. «Jen, bitte lass es uns versuchen.»

«Du verstehst es nicht. Ich will das so nicht.» Sie windet sich in seinen Armen, um sich von ihm zu lösen. Vergebens. Schließlich begnügt sie sich mit einem Kopfschütteln. «Bruno, du willst keine Teilzeitfrau, und das weißt du genau. Du brauchst mehr als das.»

«Was erzählst du denn da? Ich habe dir doch gerade gesagt, dass ich mit dir zusammen sein will.»

Sie holt tief Luft und senkt den Kopf, um seinem Blick auszuweichen. «Aber ich … Ich kann das nicht.»

«Warum nicht?»

«Darum. Es ist einfach so. Du verlangst zu viel von mir.» Schniefend wischt sie sich die Tränen aus dem Gesicht.

Vergeblich versucht Bruno, sie zu verstehen. Er lockert seine Umarmung. Und obwohl sie jetzt nur wenige Zentimeter trennen, hat er plötzlich das Gefühl, zwischen ihnen hätte sich ein Abgrund aufgetan. Dennoch gibt er nicht auf. «Du könntest zumindest darüber nachdenken.»

«Aber das haben wir doch schon. Und wir sind zu dem Schluss gekommen, den gleichen Fehler nicht noch einmal machen zu wollen. Außerdem wissen wir, dass Emma die perfekte Frau für dich ist. Und dass die Tatsache, dass wir miteinander geschlafen haben, zwischen uns nichts ändert.» Bei jedem dieser Sätze haut sie ihm verzweifelt auf die Brust. Wie oft hatte sie ihm das jetzt schon gesagt? Warum musste er schon wieder damit anfangen? Warum jetzt? Hatte es nicht bis morgen Zeit? Warum musste er ihnen die letzte gemeinsame Nacht nehmen?

«Jennifer, ich liebe dich.» Er greift nach ihren Armen. «Wir sind füreinander bestimmt.»

«Nein, sind wir nicht!» Mit Schwung schlägt sie seine Hände weg, die sie auf einmal als übergriffig empfindet, und rückt von ihm ab. «Ich will nicht, dass du mich liebst», sagt sie und hebt drohend den Zeigefinger. «Ich will das alles nicht!» Sie richtet sich auf. «»Und wenn es stimmt, was du sagst, wenn du mich wirklich so sehr liebst, wie du behauptest, dann würdest du mich gehen lassen, ohne zu versuchen … Ohne von mir zu verlangen, dass … Verdammt! Dann würdest du mir nicht so eine Last aufbürden. Ich bin für so etwas einfach nicht gemacht!»

«Du bist für mich gemacht», gibt er bissig zurück.

«Mir reicht's», schnauzt Jennifer, springt aufgebracht vom Bett und rennt hinaus. Sie läuft über den Flur und verschanzt sich in ihrem eigenen Zimmer, dessen Tür sie laut knallend hinter sich zuschlägt.

Doch Bruno gibt nicht auf. Er folgt ihr und steht im nächsten Moment im Türrahmen ihres Zimmers. Als er sie jedoch mit dem Gesicht in den Händen vornübergebeugt und zitternd auf der Bettkante sitzen sieht, ist seine Wut wie weggewischt. «Chérie, Jenny … ich will nicht, dass es so endet», flüstert er. «Aber warum habe ich nicht das Recht, dir zu sagen, was ich empfinde?»

Vorsichtig nähert er sich, kniet sich vor sie, wagt es aber nicht, sie zu berühren. Er hat Angst, ein zweites Mal abgewiesen zu werden, auch wenn er sie zu gern in den Arm nehmen und ihr mit ihrem Kummer helfen würde, den er nicht versteht. Gerade noch himmelhochjauchzend und im nächsten Moment zu Tode betrübt, wie konnte das sein?

«Sag mir, was ich deiner Meinung nach tun soll», bittet er sie schließlich.

Jennifer hebt den Kopf und ringt eine Weile nach Atem. «Ich will … keine komplizierte Fernbeziehung», beginnt sie dann. «Ich will nicht, dass du dein Leben für mich änderst. Ich will nur … wie eine Brise in deinem Leben gewesen sein.»

Er lächelt verdrossen. «Wie ein Tornado, würde ich eher sagen.»

«Hör auf», fleht sie und muss unwillkürlich an Emma denken. «Das wollte ich nicht. Ich schwöre dir, dass ich das nicht gewollt habe.» Sie legt eine Hand an seine Wange.

Er tut es ihr gleich und schließt die Augen, erleichtert, dass sie sich wieder annähern, auch wenn er nach wie vor verunsichert ist.

«Ich will dein Leben nicht komplizierter machen», seufzt sie, «und dir auch nicht das Herz brechen. Du sollst Emma nicht verlassen und deine Hoffnungen stattdessen auf … auf etwas stützen, das es nicht mehr gibt.»

Er öffnet wieder die Augen. «Empfinde denn nur ich so?»

«Nein», sagt sie mit einem traurigen Lächeln, «aber ich will nicht weiter darüber nachdenken. Ich will einfach mit dir in dieser Traumblase bleiben. Und ich will die Nacht nicht verschwenden.»

Langsam nickt er. «Ganz, wie du wünschst», flüstert er ermattet.

Jennifer schlingt die Arme um seinen Hals und drückt ihn sanft. Behutsam hebt er sie aufs Bett und beginnt sie leidenschaftlich zu küssen. Sie küsst ihn ebenfalls und zieht ihn fester an sich. Wie eine Wildkatze fällt sie über ihn her, wobei ihre Bewegungen geschmeidig und verführerisch bleiben. Dieses Mal lieben sie sich still. Bruno ist so froh, sie zurückzuhaben, dass er nicht einmal merkt, wie sehr die Küsse nach Tränen schmecken.

Es ist spät, als Bruno schließlich mit der Hand auf Jennifers Rücken einschläft. Entsprechend achtsam lässt sie sich aus dem Bett gleiten, um ihn nicht zu wecken.

Wenig später schleicht Jennifer lautlos die Treppe hinunter. Unten angekommen, nimmt sie sich das Telefon, geht damit auf die Terrasse hinaus und tätigt einen Anruf.

Als Bruno im Morgengrauen bemerkt, dass Jennifer nicht mehr neben ihm liegt, ist er von einem Moment auf den nächsten hellwach. Ruckartig richtet er sich auf und lauscht, ahnt aber bereits, dass es nichts zu hören gibt. Er unterdrückt den Schrei, der aus seiner Kehle hinaufdrängt. Wie blöd war er eigentlich? Damit hätte er rechnen müssen!

Tastend schiebt er die Hände neben sich unter die Decke, in der Hoffnung, dort noch ein wenig von Jennifers Wärme zu fühlen, was bewiese, dass sie noch nicht allzu lange fort ist, doch das Laken ist kalt. Er hat sie nicht zurückhalten können. Sie ist fort. Zum zweiten Mal.

Kapitel 20

Wenn es jemanden gibt, den Jennifer sicher nie um Hilfe bitten wollte, dann ist es Eleonore de Verteuil. Aber wen von den Kontakten in Brunos Festnetztelefon hätte sie sonst um diese Uhrzeit anrufen können? Natürlich hatte sie zuerst an Maria gedacht, aber sie hatte Angst, die Kinder aufzuwecken. Und François, Eleonores Mann, war direkt nach dem gemeinsamen Abend neulich zu einer Weinbaumesse nach Frankreich gereist.

«Du musst mich wegbringen», teilte sie Eleonore deshalb trocken mit, als diese nach längerem Klingeln verschlafen ans Telefon ging. «Bruno wird sich sonst nicht mehr von mir scheiden lassen.»

Dieses Argument genügte.

Keine zwanzig Minuten nach diesem Telefonat hält ein Auto im ersten Morgengrauen am Ende des von Olivenbäumen gesäumten Wegs.

«Ich weiß es sehr zu schätzen, dass du gekommen bist», sagt Jennifer, nachdem sie ihren Koffer im Wagen verstaut hat und eingestiegen ist.

Eleonore nickt nur und fährt sofort los.

«Du kannst mich einfach vor einem Café rauslassen oder … irgendwo anders, wo ich warten kann, bis –»

«Jennifer, du erzählst mir jetzt erst einmal, was passiert ist», unterbricht Eleonore sie. «Hast du dich mit Bruno gestritten? Er hat dich doch wohl nicht rausgeworfen?»

«Nein, ganz im Gegenteil. Er meint, wir sollten es noch

einmal miteinander versuchen. Wir –» Sie beißt sich auf die Zunge. Vielleicht ist es doch unpassend, ausgerechnet Eleonore zu erzählen, dass sie gerade mit ihrem Sohn geschlafen hat, obwohl er mit einer anderen verlobt ist. Deshalb überlegt sie kurz und erwidert dann: «Sagen wir so, er hat sich in den Kopf gesetzt, unserer Beziehung noch eine Chance zu geben.»

«Herr im Himmel! Sag nicht, dass er die Verlobung mit Emma auflösen wird!?»

«Nein, nein. Er wird sich schon besinnen ... Das hoffe ich zumindest. Aber ich muss deshalb unbedingt zum Friedensrichter, sowie das Bürgermeisteramt öffnet. Ich muss diese blöden Scheidungspapiere unterschreiben und dann zusehen, dass ich so schnell wie möglich von hier wegkomme.» Dieses Vorhaben erscheint Jennifer allerdings nahezu unmöglich. Denn der Friedensrichter wird der Scheidung nie zustimmen, ohne dass Bruno anwesend ist. Und selbst wenn er es täte, müsste sie noch schnell genug zum Flughafen kommen, ehe Bruno sie abfangen könnte. Selbst Taxis brauchen ewig bis hierher.

Oh, wie sehr sie es hasst, schon wieder zu fliehen.

«Aber der Friedensrichter wird nicht vor neun Uhr in seinem Büro sein», gibt Eleonore zu bedenken.

Jennifer hebt den Kopf, starrt auf das Armaturenbrett. Es ist nicht einmal sechs. Sie seufzt laut. Hier läuft gerade etwas ziemlich schief. Ganz offensichtlich sitzt sie in Esclanyà fest, noch dazu in Eleonores Auto, und sie hat keine Ahnung, wie es weitergehen soll. Irgendwie hat sie die Sache in der Eile nicht zu Ende gedacht.

«Lass mich einfach in der Nähe seines Büros raus», erklärt sie. «Ich setze mich dann an den Strand, um zu warten.»

«Jennifer, vergiss es. Das ist um diese Zeit ganz bestimmt kein sicherer Ort für eine junge Frau.»

«Was soll mir in diesem gottverdammten Kaff schon passieren?»

Eleonore schüttelt den Kopf. «Es steht außer Frage, dass ich dich um diese Uhrzeit irgendwo allein auf der Straße stehenlasse. Ich schlage vor, wir fahren zu mir, trinken einen Kaffee und besprechen alles in Ruhe, einverstanden? Ich verstehe nämlich gerade gar nichts mehr.» Eleonore bremst auf dem Seitenstreifen und wendet so schwungvoll, dass Jennifer ihre Tasche fester umklammert.

«Mir wäre es lieber, wenn du mich bei einem Café rauslassen würdest. Oder an einer Bushaltestelle oder –»

«Um diese Uhrzeit ist noch alles geschlossen.»

«Es wird doch wohl irgendwo ein Lokal geben, das –»

«Nein, gibt es nicht!», fährt Eleonore ihr über den Mund. «Vor halb acht öffnet hier nichts. Und bis dahin lungerst du mir nicht draußen rum. Nein, wir fahren zu mir.»

Jennifer schüttelt den Kopf und stemmt die Füße in den Boden, als könnte sie damit das Auto anhalten. «Eleonore, wenn Bruno mich sucht und –»

«Bei mir wird er dich garantiert nicht vermuten. Aber du solltest ihn lieber anrufen. Er ist bestimmt schon ganz krank vor Sorge, wo du dich um diese Uhrzeit wohl rumtreibst.»

«Sicher nicht! Wenn ich ihn anrufe, wird er sofort wieder versuchen, mich umzustimmen. Er wird mich daran hindern wollen, die Scheidungspapiere zu unterschreiben.» Beinahe flehend sieht sie Eleonore an. «Wenn du mir jetzt hilfst, verspreche ich, dass ich ihn anrufen werde, sowie ich bei dem Friedensrichter raus bin. Aber ich will ihn auf keinen Fall mehr sehen. Ich muss … einen Weg finden, um so schnell wie möglich von hier wegzukommen. Gibt es einen Bus nach Begur?»

Sie zieht ihr Portemonnaie aus der Tasche und sieht nach, wie viel Bargeld sie noch hat, während sie bereits darüber nachdenkt, per Anhalter zu fahren.

«Jennifer, du wirst doch wohl nicht von hier flüchten? Ich bin mir sicher, dass das alles ein schreckliches Missverständnis ist.»

«Hör zu, ich habe gerade die Nacht mit deinem Sohn verbracht», erwidert sie trocken. «Im Bett, verstehst du? Und jetzt hat Bruno sich in den Kopf gesetzt, dass –»

«Du hast was?» Eleonore bremst abrupt und dreht sich entgeistert zu Jennifer um. «Du hast –»

«Es war ein Versehen. So eine Art Unfall, vielleicht. Zwischen Emma und ihm sollte das nichts ändern.»

«Wie konntest du so etwas tun? Du wirst das Leben meines Sohnes diesmal komplett zerstören.»

«Ich habe doch gerade gesagt, dass ich mich scheiden lassen und dann so schnell wie möglich weg will von hier. Warum, glaubst du, habe ich dich angerufen?»

Eleonore umklammert das Lenkrad fester und seufzt tief. «Das verzeiht Bruno mir nie, wenn –»

«Er braucht es ja nicht zu erfahren. Oder du behauptest, ich hätte dich zu alldem gezwungen. Lügen verbreiten kannst du doch ganz gut.»

Jennifers ironischer Unterton entgeht Eleonore nicht. Dennoch erklärt sie entschuldigend: «Ich habe nicht gewusst, dass du schwanger warst. Sonst hätte ich –»

Durch eine Geste bringt Jennifer sie zum Schweigen.

«Hilf mir, von hier wegzukommen, und ich verspreche, dass ich es dir nicht mehr nachtrage. Und Bruno werde ich natürlich nichts von deinem Einsatz heute Morgen erzählen. Darauf gebe ich dir mein Wort.»

Eleonore zögert. Ihr Blick wandert in die Ferne, wo es am Horizont immer heller wird. Jennifers inständiges Bitten lässt sie nicht kalt. Nach einem Moment des Schweigens nickt sie und tritt aufs Gaspedal.

Kaum dass er sich mit einem Kaffee hinter dem Schreibtisch niedergelassen hat, fliegt die Tür auf, und Emilio Dantos Büro wird von einem wahren Orkan erfasst. Jennifer kommt hereingestürmt, setzt sich ihm gegenüber auf den Besucherstuhl und beginnt eine frei erfundene, zuvor gemeinsam mit Eleonore ausgeheckte Geschichte von ihrer Mutter zu erzählen, der es so schlechtgehe, dass sie sofort nach Montreal zurückkehren müsse.

Eleonore, die sie begleitet, argumentiert auf Katalanisch, dass es sehr ärgerlich sei, wenn Jennifer die weite Reise umsonst gemacht hätte, und garantiert dem Friedensrichter, ihr Sohn käme später auf jeden Fall, um die Papiere ebenfalls zu unterschreiben.

Der Auftritt der beiden Frauen ist offenbar so überzeugend, dass Emilio Danto sich nach fünf Minuten geschlagen gibt und Jennifer ihren Namen unter das Schriftstück setzen lässt, das sie endgültig von Bruno trennt.

«Und was ist mit Vertrag? Bruno hat von Vertrag gesprochen», ruft der Friedensrichter dann plötzlich noch und wiederholt sein Anliegen, zu Eleonore gewandt, auf Katalanisch.

«Er will wissen, ob es Rentenansprüche gibt», übersetzt

Eleonore. «Oder … den Austausch von Gütern, was in die notarielle Urkunde mit aufgenommen werden muss.»

«Nein, nichts. Gar nichts.»

Daraufhin unterzeichnet der Friedensrichter noch einige Dokumente und schließt die Akte. Jennifer dankt ihm herzlich, erhebt sich und verlässt schnurstracks das Büro. Worauf wartet sie noch? Das war's. Es ist zu Ende. Doch diese Feststellung wirkt alles andere als beruhigend auf sie. Mit einem Mal fühlt sie sich unendlich erschöpft. Tränen brennen ihr in den Augen.

«Alles in Ordnung, Jennifer?», fragt Eleonore besorgt, als sie draußen vor dem Gebäude stehen.

«Ja, klar», antwortet sie, ohne nachzudenken.

«Aber … Du weinst ja.»

Mechanisch wischt sich Jennifer die Augen ab. «Ach, das ist nur die Müdigkeit … Würdest du mich jetzt noch nach Begur bringen? Ich weiß, das ist ziemlich viel verlangt, aber –»

«Kein Problem, komm.»

Jennifer nickt und folgt Eleonore wie in Trance. Ihr fehlt die Kraft, es auszusprechen, aber sie ist erleichtert und dankbar, dass Brunos Mutter auf dem Weg in die Stadt keine Fragen stellt. Während sie weiter mit den Tränen kämpft, tut sie so, als würde sie auf dem Beifahrersitz dösen, bis der Wagen schließlich am Busbahnhof von Begur zum Stehen kommt.

Sofort öffnet Jennifer die Tür, entschlossen, sich so schnell wie möglich zu verabschieden, doch Eleonore zieht ihr Handy aus der Tasche und hält es ihr unter die Nase. «Es ist höchste Zeit, Bruno anzurufen.»

«Das wird nicht mehr nötig sein. Inzwischen hat er sicher längst gemerkt, dass ich nicht da bin. Und ihm zu sagen, dass ich die Scheidungspapiere unterschrieben habe, das schaffe ich nicht», gibt sie mit belegter Stimme zu.

«Vielleicht … war die Aktion doch ein wenig überstürzt?», fühlt Eleonore ihr auf den Zahn und hält ihr noch einmal das Handy hin.

Jennifer schiebt es jedoch mit einem gequälten Lächeln von sich fort. «Es ist besser, wenn ich ihn nicht anrufe. Soll er mich lieber hassen, dann akzeptiert er eher, dass ich nicht zurückkomme. Und es fällt ihm leichter, zu Emma zurückzukehren.» Sie fährt sich mit der Hand über die nach wie vor feuchten Wangen. Bei so vielen Tränen könnte man glauben, sie habe ein Leck. Es ist eindeutig an der Zeit, dass sie nach Hause fliegt, um ihr normales Leben wieder aufzunehmen und diese ganze Geschichte mit Bruno zu vergessen.

Entschlossen steigt sie aus dem Wagen. Eleonore folgt ihr zum Kofferraum und öffnet ihn. Jennifer holt ihr Gepäck heraus und will bereits gehen, als Eleonore sie am Arm zurückhält. «Kann ich noch etwas für dich tun, Jennifer?»

«Nein, nein. Ich habe nur einfach … ein Schlafdefizit. Und du hast schon sehr viel für mich getan.»

«Aber soll ich Bruno nicht wenigstens etwas von dir ausrichten? Vielleicht versteht er nicht, warum –»

«Keine Sorge, er wird es verstehen. Oder auch nicht. Auf jeden Fall nehme ich es dir nicht einmal übel, wenn du ihn jetzt darin bestärkst, mich zu hassen.» Sie streckt den Rücken durch. «Wenn ich darüber nachdenke, glaube ich … es wäre sogar gut, wenn er es täte.»

Schon wendet sich Jennifer in Richtung der Haltestellen, als Eleonore plötzlich sagt: «Ich habe dich nicht gehasst, Jennifer. Es war nur –»

«Es ist egal, das ist jetzt nicht mehr wichtig.»

«Hör mich bitte noch kurz an.» Sie macht einen Schritt auf Jennifer zu. «Du glaubst, ich hätte vor acht Jahren nicht gemerkt, dass mein Sohn bereit war, für dich sein Leben komplett auf den Kopf zu stellen? So war es aber nicht. Als du abgereist bist, hatte ich Angst, dass ... dass er dir folgen würde. Angst, dass er alles aufgibt, wofür er so hart gearbeitet hat. Und ich hatte Angst, ihn zu verlieren, verstehst du das?»

Jennifer nickt. Zum ersten Mal kann sie Eleonores Verhalten ein Stück weit nachvollziehen, und ihr Geständnis entlastet sie enorm. Ihre Beweggründe waren verständlich. Sie wollte nur ihren Sohn schützen. Wie sollte man ihr das vorwerfen? Tut sie, Jennifer, nicht gerade genau das Gleiche, indem sie Bruno verlässt?

«Danke, dass du so ehrlich zu mir warst. Und danke auch für deine Hilfe heute Morgen.»

Bevor sich Jennifer endgültig auf den Weg machen kann, erklärt Eleonore: «Eins noch.»

Ermattet dreht sich Jennifer noch einmal zu ihr um. «Ja?»

«Du liebst Bruno? Oder?»

«Und?»

«Na, dann versteh ich nicht, warum du das hier tust. In sein Leben zurückkehren und nun –»

«Wenn jemand verstehen können müsste, was ich gerade tue, dann du, Eleonore.» Jennifer unterdrückt ein bitteres Lachen. «Ich tue genau das, was du vor acht Jahren von mir verlangt hast. Ich gebe ihm die Chance auf ein normales Leben mit einer Frau, die ihn liebt, die ständig an seiner Seite bleibt und ihm die verdammte Familie liefern wird, die er unbedingt haben will.»

Bevor die Tränen wieder die Oberhand gewinnen, eilt sie in Richtung des Busbahnhofs davon, wo sie sich erst einmal auf der Toilette einschließt, um sich außerhalb von Eleonores Sichtweite auszuheulen.

Dieses Mal wird es ein Abschied für immer sein. Das schwört sie sich.

Als Sergio am nächsten Tag ins Büro kommt und Jennifer über eine Akte gebeugt an ihrem Schreibtisch sitzen sieht, erschrickt er. «Du hier? Ich dachte, du wärst noch –»

«Ich bin früher zurückgekommen», schneidet sie ihm das Wort ab und wirft grimmig eine Mappe auf den Tisch. «Dir ist klar, dass das Konzept so nicht funktioniert?» Dann nimmt sie sich die Akte wieder vor und liest weiter darin, ohne noch einmal den Kopf zu heben.

Erschrocken über ihre schlechte Laune will Sergio sich schon zurückziehen, aber eine Frage kann er sich dennoch nicht verkneifen. «Und … alles erledigt?»

«Ja, alles erledigt. Zufrieden?», giftet sie.

«He! Jetzt mach mal halblang! Ich habe dir nichts getan.»

«Lass mich einfach in Ruhe, okay? Ich habe viel nachzuarbeiten.»

Entschlossen tritt Sergio näher und lässt sich auf den Stuhl vor ihrem Schreibtisch fallen.

«Also, was ist los?» Als sie den Blick hebt und er ihre geröteten Augen sieht, hat er bereits verstanden. «Rückfall?»

«So was in der Art.»

«Und in welchem Zustand befindet … er sich?»

Sie zuckt mit den Schultern und senkt die Lider, als ließen sich die verdammten Tränen zurückhalten, die ihr immer wieder ohne Vorwarnung in die Augen schießen. «Ich bin geflüchtet», bekennt sie schließlich.

«Schon wieder? O Mann, Jenny! Kannst du dich nicht einmal wie eine erwachsene Frau verhalten?»

Prompt schlägt sie mit der flachen Hand auf den Tisch. «Ich soll mich wie eine erwachsene Frau verhalten? Soll das ein Witz sein? Ich war dabei, ihm sein Leben zu vermasseln. Und er hat mich quasi auch noch darum gebeten. Was für ein Idiot, echt unfassbar!» Sie wünschte, die Wut könnte ihr Leiden lindern, doch es ist stärker als der Zorn. «Und dann …» Sie muss schon wieder heulen. «Ach, ist doch Scheiße!», schimpft sie schnell und funkelt Sergio böse an. «Würdest du jetzt bitte gehen? Ich will nicht mehr darüber reden. Ich werde noch die laufenden Projekte durchsehen, und dann reicht's mir auch für heute.»

«Die Projekte hab ich im Griff.» Sergio steht auf. «Geh nach Hause.»

«Und was soll ich da? Glaubst du, ich habe Lust, mich in meiner Wohnung zu verschanzen? Nein danke. Dort würde mir nichts Besseres einfallen, als den Kopf gegen die Wand zu schlagen. Dann bleibe ich lieber hier und mache mich nützlich.»

Sergio streckt den Arm nach Jennifers Hand aus, doch sie weicht ihm aus.

«Jetzt sieh dich doch mal an, verdammt!», ruft er. «Du bist doch gar nicht in der Lage zu arbeiten.»

Ehe sie reagieren kann, hat er bereits den Telefonhörer in der Hand und bittet die Assistentin, für den Vormittag alle seine Termine abzusagen und bis auf weiteres keine Anrufe mehr durchzustellen. Nachdem er aufgelegt hat, lässt er sich auf den Stuhl zurückfallen, streckt die Beine aus und überkreuzt sie. «So, ich höre.»

Jennifer seufzt. «Was willst du hören?»

«Das weiß ich doch nicht. Also ... Hast du mit ihm geschlafen?»

«Und wennschon. Das war nicht das erste Mal», erwidert sie schnippisch.

«Aber ... du bist doch mit Max zusammen!»

Sie weicht seinem Blick aus, ehe sie kaum wahrnehmbar den Kopf schüttelt.

«Was ist? Was soll das heißen?», fragt er ungeduldig.

«Das soll heißen, dass wir nicht mehr zusammen sind. Wenigstens einmal habe ich etwas gut gemacht und mich den Problemen gestellt. Also ... einigermaßen jedenfalls. Ich habe es ihm an der Tür gesagt und bin dann wie von einer Tarantel gestochen abgehauen.» Sie fährt sich durchs Gesicht. «Aber es hätte schlimmer sein können. Zum Beispiel, wenn ich es ihm am Telefon verkündet hätte.» Seufzend erinnert sie sich, dass sie sogar darüber nachgedacht hatte, ihm nur eine SMS zu schreiben. In jedem Fall ist es richtig gewesen, nicht länger damit zu warten. Sie hatte schon seit einer Weile das Gefühl, dass ihre Beziehung stagnierte. Ein Zeichen dafür war, dass sie überhaupt keine Lust verspürte, mit Maxime zusammenzuziehen. Und dass sie sich oft schon langweilte, wenn sie nur zwei Tage am Stück mit ihm zusammen war.

«Also, du warst dort und hast mit Bruno geschlafen – was dann?», nimmt Sergio das Gespräch wieder auf. «Habt ihr euch gestritten?»

«Nein, er wollte, dass wir uns eine zweite Chance geben.»

«Und?», bohrt Sergio weiter.

«Was, *und*? Wir waren schon mal zusammen, erinnerst du dich? Und da hat es auch nicht funktioniert. Selbst wenn er jetzt noch so oft behauptet, dass er nicht mehr von mir verlangen würde, von hier wegzugehen ... Hast du schon mal eine Fernbeziehung erlebt, die funktioniert? Eine transatlantische Fernbeziehung!?» Jennifer redet sich in Rage. «Und Emma, seine Verlobte, ist eine ganz Liebe. Genau der Typ Frau, den er braucht.» Ihre Stimme zittert, als sie Emma erwähnt.

Doch Sergio lässt ihr keine Zeit, in Selbstmitleid zu versinken. «Ich glaub, ich träume!», ruft er und richtet sich in seinem Stuhl auf. «Du hast dich wieder in ihn verliebt!»

«Bravo, Sherlock! Hast du das allein rausgefunden?» Sie wirft ihm einen tödlichen Blick zu. «O Mann, wenn ich daran denke, dass ich hingeflogen war, um ihm das Leben schwerzumachen ...»

«Also, man möchte meinen, das ist dir gelungen.»

Wortlos spitzt sie die Lippen.

«Und jetzt? Was passiert nun?», will Sergio wissen.

«Nichts. Er nimmt sein Leben wieder auf und ich meins», erwidert sie. «Das war doch von Anfang an klar.» Um Sergio nicht zu Wort kommen zu lassen, fügt sie schnell hinzu: «Er hat entschieden, die Regeln zu ändern. Ich wusste, dass das nicht gutgehen konnte.»

«Und warum nicht? Ich meine: Wenn du ihn liebst und er dich glücklich macht, warum bist du dann hier?», fragt er.

Sie funkelt ihn böse an und schwenkt dann in einer ausladenden Geste den Arm. «Deshalb! Das hier ist mein Leben, verdammt! Meine Stadt, meine Agentur … Haben wir beide, du und ich, nicht wie die Verrückten geschuftet, um so weit zu kommen, wie wir jetzt sind?»

«Aber das ist doch nur Arbeit. Das reicht nicht, um glücklich zu sein, Jenny! Und wenn du ihn liebst, musst du euch eine zweite Chance geben.»

Um Sergio nicht ansehen zu müssen, senkt sie den Kopf. Mit ihrer Abreise sind die Würfel gefallen. Bruno wird stinksauer sein und müsste inzwischen kapiert haben, dass sie nicht mehr zurückkommt. Wahrscheinlich ist er bereits zu Emma zurückgekehrt.

Und mein eigener Kummer wird schon irgendwann vergehen, denkt Jennifer. Schließlich ist es ihr schon einmal gelungen, ihn zu besiegen, und es wird ihr wieder gelingen.

Erneut richtet sich Sergio in seinem Stuhl auf. Ihm ist unbegreiflich, wie sie so pessimistisch sein kann. «Wenn es dir nur um die Agentur geht, könnten wir uns doch überlegen, wie du irgendwie von dort arbeiten kannst. Vielleicht eröffnest du in … wie heißt das Nest noch mal? Na, … dort drüben jedenfalls, eine Filiale. Es gibt immer Möglichkeiten.»

«Darum geht's nicht.» Sie schiebt die Akte auf dem Schreibtisch von sich fort und greift nach ihrer Tasche. «Ich bin abgereist, geflüchtet, okay?», faucht sie und steht auf. «Die Sache ist durch. Und jetzt habe ich Hunger. Außerdem brauche ich frische Luft. Also: Ciao.»

«Jenny!»

Doch sie lässt sich nicht aufhalten, sondern marschiert schnurstracks aus ihrem Büro und schlägt die Tür hinter sich zu.

Kapitel 21

Die Tage vergehen langsam. Unendlich langsam. Normalerweise macht es Jennifer nichts aus, von einem Termin zum nächsten zu eilen und Deadlines zu haben. Auch hat es ihr immer Spaß gemacht, die Arbeit ihrer Angestellten zu koordinieren und sie zu motivieren. Im Moment hat sie jedoch das Gefühl, nicht hinterherzukommen. Ständig ist sie zu spät oder zu langsam. Welche Ironie!

Sie ist zwar von morgens bis abends im Büro, kann sich aber nicht länger als zwanzig Minuten auf eine Aufgabe konzentrieren, ohne dass sie ihr so lästig wird, dass sie sie zur Seite legen muss. Und warum muss sie eigentlich bei allem den Überblick haben?

Paradoxerweise wünscht sie sich dennoch, die Arbeitstage wären länger. Außerdem würde sie nachts gern mehr schlafen können. Abends bei sich zu Hause weiß sie nicht, was sie mit sich anfangen soll. Ihr Haushalt – Bettwäsche, Gardinen, Böden – hat das schon zu spüren bekommen. Und alles geht ihr auf die Nerven: Fernsehen, auf den Rückruf eines Kunden zu warten, der Straßenlärm beim Versuch einzuschlafen. Falls es stimmt, dass die Zeit Wunden heilt, hat sie nicht das Gefühl, schon in diesem Stadium zu sein, kann es aber kaum erwarten.

Drei Wochen nach ihrer Rückkehr fühlt sich Jennifer immerhin endlich stark genug, sich die Fotos anzusehen, die sie in Katalonien gemacht hat. Schnell stellt sie jedoch fest, dass es keine gute Idee war. Obwohl sie die Bilder auslässt, auf denen Bruno zu sehen ist, schießen ihr beim Anblick von Michaël und Jenny und der atemberaubenden Landschaft die Tränen in die Augen. Die Idee, für Maria ein Bild von ihren Kindern vergrößern zu lassen, erscheint ihr auf einmal ziemlich albern und abwegig. Sie hatte Bruno die Dateien kopiert, soll er sich doch darum kümmern. Für sie ist es besser, nicht mehr in den Erinnerungen zu wühlen. Nie mehr.

Am Ende der vierten Woche erhält sie die Scheidungsurkunde per Post. Jennifer ist kurz davor, heulend über dem Schreibtisch zusammenzubrechen. Wie kann eine einfache Unterschrift auf einem Stück Papier nur alles beenden? Und warum ist es mit Erinnerungen nicht genauso einfach? Wenn sie sich doch nur in Luft auflösen würden, sobald man sie nicht mehr gebrauchen kann! Jennifer würde ihre jedenfalls liebend gern hinter sich lassen.

Sie schluckt ihre Tränen hinunter und vergräbt das Schreiben ganz unten in ihrer Handtasche, um es nicht mehr sehen zu müssen. Dann schaltet sie an diesem Nachmittag den Computer aus und verlässt die Agentur. Sie hat nicht die geringste Lust, nach Hause zu gehen, aber die Nervenkrise ist nicht mehr aufzuhalten und ihre Wohnung der einzige Ort, an dem sie niemanden mit ihrer schlechten Laune belästigt.

Frustriert beschließt sie, sich der Krise dann wenigstens mit Stil hinzugeben: Als Erstes öffnet sie eine gute Flasche Bordeaux – im Moment trinkt sie nichts anderes – und hat fest vor, sie zu leeren. Wenn man betrunken ist, muss man nicht mehr nachdenken. Das spricht dafür, diesen Zustand schnell zu erreichen. Zehn Minuten und zwei Gläser später ist sie auch schon ein wenig entspannter … und erlaubt sich, auf dem Sofa zusammengekauert, ein wenig in ihren Bademantel zu heulen, bis es plötzlich an der Tür klingelt.

«Ich will niemanden sehen», ruft sie.

Erst als es nach einer längeren Pause erneut klingelt, erhebt sich Jennifer schwerfällig und wankt zur Tür. Wer auch immer es gewagt hat, heute bei ihr zu klingeln, wird es noch bereuen. Mit Schwung reißt sie die Tür auf und weicht zwei Schritte zurück, denn vor ihr steht Bruno.

Ein wenig überrascht, sie um vier Uhr nachmittags im Bademantel anzutreffen, mustert er sie schmunzelnd. «Schickes Outfit.»

Blinzelnd sieht sie ihn an, als wäre sie nicht sicher, ob er es wirklich ist. Vielleicht hat sie Halluzinationen wegen des Alkohols? Schließlich brummt sie aufgebracht und durcheinander zugleich: «Was … was tust du hier? Ist es wegen der Scheidung? Dann kannst du gleich wieder fahren, ich habe die Urkunde schon bekommen.»

«Was? Ähm … nein. Ich bin gekommen, weil …» Er lässt die Reisetasche von seiner Schulter gleiten und stellt sie auf den Boden, ohne den Satz zu beenden. Verunsichert von dem kühlen Empfang, muss er schlucken, während er versucht, sich an die Worte zu erinnern, die er sich während des zehnstündigen Flugs zurechtgelegt hat. Nicht dass er darauf zu hoffen gewagt hat, dass sie ihm sofort in die Arme fällt, aber er hat das Gefühl, in einem unpassenden Moment gekommen zu sein. «Also, neulich hast du gesagt, dass … dass …» Wieder beendet er den Satz nicht, und er ist sich auf einmal überhaupt nicht mehr sicher, warum er hergekommen ist.

Da sie ihn weiter mit diesem seltsamen Blick anstarrt, bückt er sich nach seiner Tasche.

Kurz überlegt Jennifer, ob er jetzt wieder geht, ohne ihr zu sagen, was er wollte, doch dann marschiert Bruno einfach an ihr vorbei ihn die Wohnung, ohne dass sie ihn hereingebeten hätte. Er stellt die Tasche im Flur ab und schließt die Tür hinter sich.

Jennifer beobachtet ihn entgeistert. Nach wie vor ist sie sich nicht sicher, ob seine Anwesenheit wirklich real ist. Wie in Trance kehrt sie ins Wohnzimmer zurück, schenkt sich ein weiteres Glas Wein ein und trinkt einen großen Schluck.

Bruno folgt ihr, und seine Augen weiten sich beim Anblick der bereits mehr als zur Hälfte geleerten Flasche. «Das hast du schon alles getrunken? Und es ist nicht mal …» Er schaut auf seine Uhr. «… zwanzig nach vier.»

«Ich hatte einen harten Tag», antwortet sie, und es fällt ihr schwer, das Zittern in der Stimme zu verbergen.

Forschend sieht er sie an. «Willst du darüber reden?»

Reden? Über die Scheidung? Sicher nicht! Jennifer lächelt, aber es fühlt sich falsch an. So, wie sich gerade alles falsch anfühlt: ihre Gesten, ihre Stimme, ihr Atem. Sie stellt das Glas auf dem Tisch ab und verschränkt die Arme, da sie nicht weiß, was sie sonst tun soll. «Wenn du gekommen bist, um dich mit mir zu streiten, ist heute wirklich kein guter Tag. Und dass ich mal wieder abgereist bin, ohne dir Bescheid zu sagen, brauchst du mir nicht zu erzählen, das weiß ich bereits.» Mit einem Seufzer greift sie nach ihrer Tasche. «Und wie gesagt, die Scheidungsurkunde habe ich erhalten. Da ist sie, siehst du?» Sie zieht das Dokument heraus – so schwungvoll, dass ein Haufen anderer Dinge mit herausfällt. Verärgert über ihre Ungeschicklichkeit, kniet sie sich hin, um alles wieder einzusammeln. «Und wenn es um den Vertrag für die Werbekampagne geht, sprichst du besser mit Sergio. Er –»

«Es stimmt, dass ich sauer war», unterbricht Bruno sie. «Weil du wieder hinter meinem Rücken vollendete Tatsachen geschaffen hast.»

«Ja, genau das war der Plan. Ich reise ab, du bist stinksauer, unterschreibst, und wir sind geschieden.» Der sarkastische Unterton in ihren Worten ist nicht zu überhören. «Ende gut, alles gut.» Jennifer wagt nicht, ihn anzusehen, aus Angst, wieder heulen zu müssen.

Schweigend beobachtet Bruno, wie sie weiter ihre Tasche einräumt und sich schließlich erhebt. «Hör zu», beginnt er dann. «Ich weiß nicht, weshalb du so schlecht gelaunt bist, aber … wenn es dich beruhigt, ich bin nicht gekommen, damit wir uns anschreien.»

Ungeduldig tappt sie mit dem Fuß. «Nein? Dann spuck schon aus, was du willst!»

Von derart rabiaten Tönen überrumpelt, lässt sich Bruno erst einmal aufs Sofa fallen. So grimmig und empfindlich hat er Jennifer lange nicht erlebt. Ihr Blick ist jetzt so bohrend, dass er verunsichert den Kopf senkt und richtig nervös wird. «Nun … Bei der Wahrsagerin, als Emma abgehauen ist … Da hast du gesagt … dass alle Frauen, die flüchten, eigentlich wollen, dass man ihnen hinterherläuft.»

«Aber damit habe ich doch Emma gemeint.»

Seufzend atmet er aus, um die Fassung zu wahren, ehe er es schließlich wagt, sie anzusehen. «Vielleicht hätte ich mich sofort auf den Weg machen sollen, nachdem du verschwunden warst.» Er hält einen Moment inne. «Aber ich war so wütend! Und als ich dann auch noch erfahren musste, dass du die Scheidungspapiere unterschrieben hast … habe ich mir geschworen … Nein, das willst du gar nicht wissen. Meine Güte, Jen, wie konntest du mir das nur antun?»

Sie schüttelt den Kopf. «Ich dachte, es wäre leichter so», flüstert sie und kauert sich auf einen Sessel, weil ihre Beine zittern.

Ohne zu fragen, greift Bruno nach dem Weinglas auf dem Tisch und leert es in einem Zug. Während er es erneut füllt, versucht er, nicht das Gesicht zu verziehen. Der Wein ist viel zu warm. Ungenießbar! Doch er verkneift sich einen Kommentar und schlägt stattdessen vor: «Wollten wir nicht Wein aushandeln? Und eine vernünftige Kaffeemaschine?»

«Über eine Kaffeemaschine haben wir nie gesprochen.»

«Wenn du nicht abgehauen wärst, hätten wir es tun können.» Er beißt sich auf die Zunge, weil er jetzt nichts Falsches sagen will. Einen Moment lang richtet er den Blick auf seine Knie, um sich zu beruhigen, ehe er wieder zu Jennifer aufblickt: «Hör zu, ich wollte dir sofort hinterherkommen, aber ich dachte, dass du dann wahrscheinlich erst recht sauer auf mich bist, weil … Ich weiß, dass wir beschlossen hatten … nein, *du* hattest beschlossen, dass es mit uns nicht weitergeht. Und dann habe ich plötzlich … Nun, ich habe wirklich geglaubt, dass du mich zum Narren gehalten hast.»

«Was? Nein!», verteidigt sie sich schnell.

Er hebt die Hand, weil er weiterreden will. «Aber was sollte ich deiner Meinung nach denken, nachdem du dich so verhalten hast? Kannst du dir vorstellen, wie ich mich gefühlt habe? Zumal mir meine Mutter erst letzte Woche erzählt hat, was passiert ist. Und was du zu ihr gesagt hast, kurz bevor du abgereist bist.»

Jennifer versucht sich ihre Worte ins Gedächtnis zurückzurufen, aber ihre Erinnerungen an den Morgen am Busbahnhof sind vage. Zu dem Zeitpunkt war sie todmüde und emotional total angespannt, und der Wein, den sie heute bereits intus hat, sorgt auch nicht gerade für einen klaren Kopf.

«Du hast zu ihr gesagt … dass du mich liebst», fährt Bruno fort, und ihm ist anzumerken, wie schwer ihm die Worte fallen. «Und dass du es für mich tun würdest, weil du glaubst, dass es das Beste wäre. Für mich.»

Schweigend wendet sie sich ab. Mist! Hätte Eleonore nicht ein einziges Mal den Mund halten können?

«Ich weiß nicht, ob es stimmt», sagt er in dem Moment nervös, als könne er Gedanken lesen, «aber ich sehe keinen Grund, warum meine Mutter das hätte erfinden sollen.»

«Und? Bist du nun hergekommen, um herauszufinden, ob es stimmt?»

«Ich weiß es nicht. Vielleicht», gibt er zu. «Fest steht jedenfalls … ich bin unglücklich ohne dich, Jen. Du hast gar keine Vorstellung, wie sehr. Und wenn auch nur ein Bruchteil von dem wahr ist, was meine Mutter erzählt hat, dann –»

Ihm bleibt keine Zeit, den Satz zu beenden, weil Jennifer aufspringt und sich ihm zitternd und weinend an den Hals wirft. Ohne zu zögern, schlingt er ebenfalls die Arme um sie und hält sie so fest, als hätte er Angst, sie könne ihm sonst entwischen. Erst als er sich nach einer Weile ziemlich sicher fühlt, dass sie nicht im nächsten Moment einen Rückzieher macht, wagt er, die Augen zu schließen und das Gesicht in ihrem blonden Haar zu vergraben. Während er Jennifer auf Katalanisch etwas ins Ohr flüstert, wiegt er sie sanft hin und her.

Sie klammert sich an seinen Hals und erstickt ihr Schluchzen in einem Kuss. Sie küssen sich leidenschaftlich, bis Jennifer keuchend den Kopf an seine Brust legt. «Oh Bruno, es tut mir so leid.»

Mit den Fingerkuppen wischt er die Tränen unter Jennifers Augen weg. «Sag mir, dass du mir eine zweite Chance gibst.» Er lehnt sich zurück, um ihr in die Augen sehen zu können. «Und ich verspreche dir, dass ich dieses Mal geduldig sein und nichts überstürzen werde. Der Beweis: Ich habe Sachen für eine gute Woche mitgebracht.»

Jennifer lächelt ein wenig und drückt den Kopf gegen Brunos Stirn. Gern wäre sie jetzt nüchtern, um sicher zu sein, dass sie trunken vor Glück ist und nicht vom Alkohol. «Bist du dir sicher, dass du das willst?», fragt sie nach einer Weile. «Trotz der Entfernung.»

«Ich habe ja keine Wahl», erwidert er. «Das Wichtigste ist, dass ich mit dir zusammen bin. Immerhin hat es acht Jahre gedauert, bis mir das klargeworden ist.»

«Und … Emma?»

«Ich habe Schluss gemacht. Und zwar noch, bevor meine Mutter mir erzählte, was du gesagt hast. Du kennst mich doch, Jen. Wie konntest du glauben, dass ich mit ihr zusammenbleibe, wenn ich eigentlich dich liebe? Das durfte ich ihr nicht antun. Sie hat etwas Besseres verdient.»

Jennifer antwortet nicht. Etwas Besseres als Bruno? Wie soll das möglich sein?

«Ich konnte nicht mehr zu ihr zurück», bekennt er, «nach allem, was wir miteinander erlebt haben. Das wäre nicht anständig gewesen!» Er zuckt zusammen, die Worte sind ihm rausgerutscht. Aus Angst, Jennifer verletzt zu haben, schiebt er sofort hinterher: «Ich erwarte natürlich nicht, dass du dich Max gegenüber genauso verhalten hast. Was … Was ist eigentlich mit Max?»

«Ich habe auch gleich nach meiner Rückkehr mit ihm Schluss gemacht», teilt sie ihm mit.

Bruno holt tief Luft, während er die Neuigkeit sacken lässt, doch dann erscheint langsam und zögerlich ein Lächeln auf seinen Lippen. «Dann könnten wir also zusammen sein?»

«Oje, frag mich das bitte nicht», stöhnt sie und verbirgt das Gesicht in den Händen. «Was soll ich darauf antworten?»

Er befürchtet, sie würde wieder anfangen zu weinen. Doch Jennifer reibt sich nur die Augen und schüttelt ungläubig den Kopf. «Bruno, ich kann im Moment nicht klar denken. Ich glaube, ich bin betrunken.»

«Von drei Gläsern Wein?»

Lächelnd schmiegt sie sich an ihn. Eine Weile genießen sie einfach nur, dem anderen nah zu sein, ehe Jennifer in die Stille flüstert: «Ich glaube trotzdem, dass Emma eine bessere Ehefrau wäre als ich. Sie ist so viel liebevoller, geduldiger und zuverlässiger. Sie hätte dich nie sitzenlassen, so, wie ich es getan habe.»

«Aber darauf kommt es eben nicht an. Ich liebe nun mal *dich*, verdammt!»

«Aber sie hast du doch auch geliebt?»

Bruno nimmt Jennifers Gesicht in beide Hände, zieht es zu sich heran und drückt einen Kuss auf ihre Lippen. Dann lächelt er. «Die Beziehung zu Emma war überhaupt nicht mit unserer zu vergleichen. Selbst als du abgereist warst und ich stinksauer war, habe ich … habe ich dich überall gesehen. Wie soll Emma da mithalten?»

«Aber es war nicht meine Absicht … Ich war mir sicher, dass du darüber hinwegkommen würdest. Und die Wahrsagerin hat ja sagt, dass sie dich glücklich machen kann.»

«Sie hat aber auch gesagt, dass *wir* füreinander bestimmt sind, wenn du dich erinnerst. Und dass man seine zweite Chance besser nicht vergeben soll.»

«Sie hat aber auch gesagt, dass ich für all meine Entscheidungen … Opfer bringen müsse.» Fast verzweifelt klammert sich Jennifer an ihn. «Ich hätte nicht geglaubt, dass es schlimmer sein würde als beim ersten Mal.»

«Es ist immer leichter, wenn man zu zweit ist, glaubst du nicht?»

«Ja.»

Und mehr muss Jennifer nicht sagen. Ihr Mund sucht seine Lippen, sie spürt, wie Bruno den Gürtel ihres Bademantels löst, wie er ihr über den Rücken streicht, und es dauert nicht lange, bis sie, das Gesicht in der Kuhle an seinem Hals vergraben, vor Lust erschaudert. Sie beugt sich zurück und zerrt ungeduldig an seinen Klamotten, um ihn auszuziehen. Auch ihr Bademantel landet auf dem Boden.

«Bruno», ruft sie atemlos, «was wartest du noch? Nimm mich, ich werde gleich wahnsinnig!»

«Immer mit der Ruhe, *poncella*! Keiner hetzt uns, wir haben ein ganzes Leben.»

Verführerisch sieht sie ihn an. «Weißt du, dass es mich ganz heiß macht, wenn du etwas auf Katalanisch zu mir sagst?»

«Ja, das weiß ich», erwidert er mit einem breiten Lächeln.

«Und wenn du mich so ansiehst, auch.»

Er zieht sie wieder zu sich und blickt ihr tief in die Augen, ehe er ihr Gesicht mit Küssen übersät und schließlich fordernd bei ihren Lippen landet. Jennifer lässt sich nicht lange bitten, krallt sich in seinem Nacken fest, saugt an seinem Hals. Auch Bruno zögert nicht, sondern hebt sie hoch und trägt sie ungeduldig ins Schlafzimmer.

«Ich dachte, wir hätten das ganze Leben», neckt sie ihn.

«Wir werden das ganze Leben haben. Danach.»

Bruno seufzt. Es ist das pure Glück, Jennifers Körper auf seiner Haut zu spüren. Er liebt diese Momente, in denen alles ganz leicht ist. Und doch kann er es noch immer nicht glauben. Als er bei Jennifer geklingelt hat, fürchtete er, sie würde ihm die Tür vor der Nase zuschlagen. Doch nun muss er nur ihrem zufriedenen Seufzen lauschen, das sie bisweilen von sich gibt, um sich sicher zu sein, dass er nicht träumt.

«Und, was ist mit deinem schlechten Tag?», flüstert er gut gelaunt. «Besser geworden?»

«Ja, viel.»

«Gab's ein Problem bei der Arbeit?»

Sie schüttelt den Kopf, ehe sie sich aufrichtet und ihn betrübt ansieht. «Ich habe heute Morgen die Scheidungsurkunde erhalten. Das hat mich total aus der Bahn geworfen.»

«Oh», sagt er und lächelt verhalten.

«Was? Das reicht dir nicht als Begründung?»

«Es ist nur, dass … Also, ich habe sie schon vor zehn

Tagen erhalten. Und ich erzähl dir lieber nicht, was ich danach für ein wildes Theater aufgeführt habe.»

Jetzt, da Jennifer in seinen Armen liegt, muss er lachen, als er an den glühenden Zorn zurückdenkt, der ihn erfasst hat. Wahrscheinlich war es dieser Ausbruch, der seine Mutter dazu veranlasste, ihm die Hintergründe von Jennifers Abreise zu erzählen. Danach habe er drei Nächte nicht geschlafen und alle Decken abgezogen und sogar neue Bettwäsche gekauft, gesteht er ihr. «Ich bin fast wahnsinnig geworden, weil ich überall deinen Duft wahrgenommen habe.»

Sie verbirgt ihr Gesicht an seiner Brust. «Ich habe geglaubt, ich hätte keine zweite Chance verdient», flüstert sie.

«Was erzählst du denn da?»

«Du hast mir das alles schon einmal angeboten, verdammt! Und ich habe es vermasselt. Ist damals nicht zu viel kaputtgegangen, um alles wieder aufzubauen?»

«Im Gegenteil! Denn ich weiß ja genau, was ich verloren hatte, und ich sag's dir gleich: Ich habe nicht die Absicht, dich noch mal zu verlieren, verstanden?»

Prüfend sieht er sie an, und sie bemüht sich um ein Lächeln, doch die Bedenken sind noch nicht besiegt. «Glaubst du nicht, dass es zu kompliziert ist mit uns beiden? Mit unserer Vergangenheit, der Abtreibung, deiner Mutter, die mich eigentlich hasst –»

«Meine Mutter hasst dich gar nicht», verbessert er sie lachend. «Sie hat immer wieder betont, das alles sei ein Missverständnis, und sie sei sich sicher, du würdest mich lieben und dass es nicht zu spät wäre, um alles wieder in Ordnung zu bringen. Eigentlich ist es letztlich ihr zu verdanken, dass ich jetzt nicht allein auf der Domaine de Verteuil hocke und wegen unserer Scheidung Trübsal blase.»

Jennifer küsst Bruno zärtlich und sieht ihm dann tief in die Augen. «Ich war wirklich davon überzeugt, dass du mit Emma ein besseres Leben haben würdest. Auf jeden Fall ein einfacheres.»

«Ohne dich zu leben kann auf keinen Fall einfach sein, Jen, im Gegenteil, es ist verdammt hart. Ich habe keine Ahnung, wie ich es beim ersten Mal überhaupt geschafft habe.»

Jennifer wird nachdenklich. «Für Emma ist es traurig.»

«Das muss es nicht. Sie hat jemand Besseren verdient, findest du nicht?»

«Jemand Besseren als Prince Charming?», hakt sie lächelnd nach. «Bei euch in der Provinz laufen vielleicht viele davon rum, hier dagegen … hier sind sie eher rar gesät.»

«Ich wollte sagen: jemand, der sie so sehr liebt, wie ich dich liebe. Jemand, der extra über den großen Teich fliegt, auch wenn er das Risiko eingeht, allein zurückkehren zu müssen. Jemand, der bereit ist, sein Herz abermals in die Waagschale zu werfen, obwohl er weiß, dass es ihm bereits zweimal gebrochen wurde.»

«Wenn du wüsstest, wie leid es mir tut», erklärt Jennifer verlegen.

«Ich will nicht, dass es dir leidtut», protestiert Bruno. «Ich will, dass du endlich aufhörst, Angst zu haben. Wenn du willst, dass ich glücklich bin, dann verlass mich nicht. Das allein macht mich glücklich.»

Wieder schlingt sie die Arme um seinen Hals und küsst ihn. «Ich verspreche es dir. Glaub mir, ich habe meine Lektion gelernt», sagt sie und küsst ihn gleich noch einmal.

«Das hoffe ich. Und lass dir eins gesagt sein: Jetzt werden andere Seiten aufgezogen. Wenn dir etwas daran liegt, den Titel Mme. de Verteuil wiederzuerlangen, dann musst du zuerst Abbitte leisten.»

«Muss ich daraus schließen, dass du nicht vorhast, mich in den nächsten Tagen zu fragen, ob ich dich heiraten will?»

«Weil du glaubst, dich so leicht aus der Affäre ziehen zu können? Oh nein! Du wirst … dir das Recht verdienen müssen, wieder meine Frau zu werden.»

«Das Recht verdienen?», schnaubt sie. «Sonst nichts?» Spielerisch stößt sie ihn zurück und beginnt, kaum dass er wieder flach auf dem Bett liegt, ihn leidenschaftlich zu streicheln und zu küssen. «Meinst du das mit verdienen?»

«Du glaubst, das genügt?», scherzt er. «Andererseits … Wenn ich es mir recht überlege: Solange du mich auf diese Art zu überzeugen versuchst, sollten wir vielleicht besser geschieden bleiben. Es macht nämlich verdammt viel Spaß!»

Sie lachen beide, und Bruno zieht sie noch dichter zu sich heran. Jennifers Hände streicheln unbeirrt und ziemlich erregend weiter, und er muss sie festhalten, um einen kühlen Kopf zu bewahren: «Im Ernst, Jen. Ich glaube, es ist in unser beider Interesse, es dieses Mal behutsam angehen zu lassen.»

«Behutsam? Du meinst … wie vorhin? Auf dem Sofa? Als du sagtest, wir hätten unser ganzes Leben Zeit?»

Er muss ein Lachen unterdrücken. Wie soll man eine vernünftige Diskussion führen, wenn das Glück so überwältigend ist? Ach, was soll's. Reden können sie auch später noch. Für den Moment hat er einfach nur Lust, sich seiner Lust hinzugeben.

Länger als zehn Tage kann Bruno sein Gut und seinen Wein nicht allein lassen, aber in der Zeit, die ihnen bleibt, versuchen sie jede Minute optimal zu nutzen. Schließlich gilt es nicht nur die unzähligen verlorenen Tage der Vergangenheit aufzuholen, sondern gleichzeitig für die Zukunft vorzusorgen.

Die meiste Zeit verbringen sie in Jennifers kleinem Apartment, doch da das Wetter mild ist, zeigt Jennifer Bruno auch einiges von Montreal. Arm in Arm schlendern sie durch die liebevoll hergerichtete, kopfsteingepflasterte Altstadt und den *Marché Bonsecours*. Sie besuchen den Alten Hafen am Ufer des Sankt-Lorenz-Stroms und gehen im *Parc du Mont-Royal* spazieren. Bruno muss zugeben, dass die Stadt durchaus ihre Reize hat.

Aber auch nach der Rückkehr nach Esclanyà bleibt er präsent: Er ruft an, schreibt und schickt Fotos, und Jennifer revanchiert sich entsprechend. Neuerdings geht sie gern zu Fuß von der Arbeit nach Hause und macht auf dem Weg Fotos, die sie Bruno anschließend per E-Mail schickt.

Beide leiden unter der Distanz, doch Bruno untersteht sich, sie zu bitten, zu ihm zu kommen. Sobald es möglich ist, sich einige Tage am Stück freizunehmen, lässt er sich auf dem Weingut von seiner Familie vertreten und fliegt zu ihr. Denn spätestens nach drei Wochen ohne sie läuft er im Kreis wie ein Löwe im Käfig.

Während sie getrennt sind, verbringen sie ihre Zeit damit, ihr Wiedersehen zu planen: eine Woche hier, die nächste da, Sommerferien, Weihnachten, wenn möglich … Jennifer freut sich bereits, während der Weinlese bei Bruno zu sein. Sie hat mit Sergio einen Monat Urlaub ausgehandelt und kann es kaum erwarten, wieder bei Bruno auf der Domaine de Verteuil zu sein, aber auch Maria und die Kinder zu sehen.

Montags lässt Bruno ihr regelmäßig Blumen liefern, und sie freut sich darüber jede Woche aufs Neue wie ein kleines Mädchen. Sie stolziert dann mit dem bunten Strauß durch die Agentur, um ihn allen zu zeigen und zu schwärmen, wie wundervoll ihr Freund ist. Sergio macht sich gern einen Spaß daraus, sie mit ihren Teenagerallüren aufzuziehen, kennt aber gleichzeitig die symbolische Bedeutung jeder einzelnen Blume. Jennifer saugt die Informationen förmlich in sich auf: Reinheit, Leidenschaft, Liebe, Hoffnung ... Worte, die sie in Träumen schwelgen lassen, während sich ihr Blick in dem Strauß verliert – auch wenn ihre wöchentlichen Planungsmeetings dadurch immer länger werden.

Doch dann ist plötzlich Montag, und Jennifer erscheint weder zum Meeting, noch läuft sie mit Blumen durch die Agentur. Sergio beginnt sich Sorgen zu machen und begibt sich in ihr Büro. Dort liegt ein frischer Strauß, aber er ist noch in Papier gewickelt, während Jennifer ihn normalerweise immer sofort in eine Vase stellt. Sie selbst sitzt auf ihrem Schreibtischstuhl und dreht sich mit ihm hin und her, während sie nachdenklich aus dem Fenster schaut.

«Jen, stimmt was nicht?», fragt Sergio.

«Das kann man wohl sagen!» Sie springt auf und kommt auf ihn zu geschossen, geht dann aber an ihm vorbei, um die Tür zu schließen, damit der Rest der Etage nichts mitbekommt. Anschließend kehrt sie zurück, kramt etwas aus ihrer Tasche und wirft eine Schachtel auf den Schreibtisch.

Als Sergio sieht, worum es sich handelt, erschrickt er. «Was ...?»

«Wir wollten es dieses Mal langsam angehen lassen», erklärt Jennifer aufgebracht. «Wir haben uns geschworen, nicht wieder dieselben Fehler zu machen. Und was tue ich? Kannst du mir das bitte sagen?»

«Jen, wovon sprichst du?»

«Davon! Du siehst doch, wovon ich spreche!» Ihre Stimme ist seltsam schrill. Wild schwenkt sie die Schachtel hin und her.

«Und, ist er positiv?», fragt er und tritt näher.

Schluckend lässt Jennifer sich auf der Kante des Schreibtischs nieder und nickt.

«Das ist doch eigentlich eine gute Nachricht, oder?»

«Mann, Sergio! Bruno lebt auf der anderen Seite des Ozeans! Wie sollen wir gemeinsam ein Kind großziehen?»

«Hatten wir diese Diskussion nicht schon einmal?» Er muss sich bemühen, nicht zu schmunzeln. «Und hast du nicht selbst vor kurzem gesagt, dass du überlegst, in einem oder zwei Jahren zu ihm zu ziehen? Dass du bis dahin ein bisschen Katalanisch lernen willst und dass wir unsere Fühler ausstrecken sollen, ob wir nicht ein Büro in Barcelona eröffnen können?»

«Das habe ich *dir* gesagt, aber nicht *ihm*. Und zwei Jahre habe ich nun auch nicht mehr. Das Kind wird … Februar oder März kommen, was weiß ich.» Sie verschränkt die Arme und schüttelt den Kopf. «Ich bin wirklich die letzte Idiotin. Ich habe immer aufgepasst, aber mit ihm: paff! Zweimal werde ich schwanger.»

«Das muss ein Zeichen sein», zieht Sergio sie auf.

«Hör auf! Das ist nicht komisch! Wir haben nie darüber geredet, er und ich.»

Mittlerweile versucht Sergio nicht mehr, das Lachen

zu verbergen. Er setzt sich neben Jennifer auf die Tischkante und legt den Arm um ihre Schulter. «Was redest du denn da? Du weißt genau, dass Bruno davon träumt, eine Familie zu haben. Und ich bin mir sicher, dass du dich im Grunde deines Herzens auch freust, schwanger zu sein. Oder täusche ich mich?» Er wartet ihre Antwort nicht ab, sondern redet einfach weiter: «Solltest du deshalb nicht spätestens jetzt auch endlich aufhören, Angst zu haben?»

Sie seufzt, aber während ihre Lippen etwas wie ein Lächeln zustande bringen, ist die Angst in ihrem Bauch noch immer nicht verschwunden.

«Und wie soll ich es ihm sagen? Über Skype?»

Seufzend verdreht Sergio die Augen. «Ich denke, angesichts der Umstände und der Tatsache, dass die Domaine de Verteuil ein sehr guter Kunde von uns ist, werde ich hier wohl ein paar Tage ohne dich auskommen können.»

Sie springt auf und wirft sich ihm um den Hals, doch sie hat ihm kaum gedankt, als sie zurückweicht und ihn fragend ansieht: «Wie viele Tage denn?»

«So viele Tage, wie du brauchst.»

«Und wenn er nicht will, dass ich wieder fahre?»

«Das ist wohl eher eine Tatsache als eine Frage. Die Frage wäre eher: Bist du bereit, gleich dort zu bleiben?»

«Ich ... Ich weiß nicht. Ich hatte gehofft, dass ... die Weinlese mir bei der Entscheidung helfen würde. Aber mit dem Baby ... Jetzt muss wohl einer von uns nachgeben.» Stirnrunzelnd hält sie inne. «Aber wir könnten doch genauso gut hier leben!»

«Mmh. ... Ein Apartment im Zentrum von Montreal im Vergleich zu einem Weingut unweit vom Meer und in einer

Gegend, in der es so gut wie nie schneit ... Uff! Ich gebe zu, das ist wirklich eine schwierige Entscheidung.»

«Du liebst Montreal doch selbst.»

«Das stimmt, aber wenn ich ein Kind hätte, wäre ich der Erste, der aus der Stadt rausziehen würde, um wenigstens einen kleinen Garten zu haben.»

Den Blick durchs Fenster auf die glitzernde Skyline gerichtet, jammert sie: «Sergio, das macht mich fertig.»

Lachend zieht er sie an sich. «Ach was, alles wird gut!»

Sie gibt ihm einen Klaps auf die Schulter. «Macht es dir denn gar nichts aus, wenn ich weggehe?»

«Doch, natürlich! Aber ich wäre kein guter Freund, wenn mir dein Glück nicht wichtiger wäre als alles andere. Ich habe es dir schon früher gesagt: Nichts ist wichtiger, als dass man glücklich ist. Und es ist höchste Zeit, dass du ein bisschen an dich denkst.»

«Aber was wird Bruno dazu sagen?»

«Nun, es gibt nur eine Möglichkeit, das herauszufinden.» Er grinst. «Kauf dir ein Flugticket!»

Jennifer bricht in schallendes Gelächter aus und ist plötzlich wieder voller Tatendrang. Auf einmal würde sie am liebsten sofort abreisen, bremst sich dann aber ein wenig in ihrem Übermut und überlegt, ob sie es Bruno lieber schon am Telefon erzählen oder zu ihm fahren sollte, ohne dass er etwas davon weiß.

Zum Teufel mit der Angst! Noch vor Mittag entscheidet sie, den nächsten Flug nach Barcelona zu nehmen.

Kapitel 22

Es ist mitten am Nachmittag, als Jennifer in einem Mietwagen auf der Domaine de Verteuil vorfährt. Brunos Wagen parkt vor dem Anwesen.

Als sie vor der Tür steht, holt sie die Angst doch kurz noch einmal ein. Was ist, wenn er sich nicht freut? Oder nicht bereit dafür ist? Dennoch fasst sie sich schließlich ein Herz und klingelt.

Nachdem er geöffnet hat, bleibt Bruno wie angewurzelt auf der Schwelle stehen und kneift die Augen zusammen, als könnte er gar nicht glauben, dass sie vor ihm steht. «Jen?»

«Überraschung», sagt sie mit dünner Stimme.

Er lässt die Zeitung fallen, die er in den Händen hielt, und im nächsten Augenblick liegt sie in seinen Armen. Er wirbelt sie herum, und ihr Lachen erschallt im Chor. «Warum hast du mir nicht gesagt, dass du kommst? Ich hätte dich vom Flughafen abgeholt.»

«Wie du siehst, finde ich auch allein zu dir.»

Freudig streicht er ihr über die Wange. «Ich kann's gar nicht fassen! Wie komme ich zu der Ehre? Wir haben uns doch gestern noch gesprochen, und du hast nichts davon erwähnt.»

«Du kennst mich doch, ich bin gern spontan.»

«Und ich werde mich sicher nicht darüber beklagen! Los, komm rein! Du bist hier zu Hause!» Während er sie in Richtung Küche schiebt, stellt er ihr tausend Fragen. Ob sie müde ist, ob sie Hunger hat oder vielleicht Durst? Dann ruft er schnell seine Eltern an, um ihnen zu sagen, dass er heute doch nicht zum Abendessen vorbeikommt. Der Ton, in dem er begründet, warum er nicht kann, lässt Jennifer warm ums Herz werden.

Während Bruno noch zu Ende telefoniert, tritt sie auf die Terrasse hinaus, schließt die Augen und atmet die warme, würzige Luft ein, die sie ganz benommen macht.

Wenig später schlingt Bruno von hinten die Arme um sie. «Du glaubst gar nicht, wie froh ich bin, dass du da bist», sagt er selig. «Wie lange bleibst du? Und warum hast du bloß nichts gesagt? Ich hätte doch etwas organisieren können! Willst du irgendwo hinfahren?»

Sie dreht sich in seiner Umarmung um und küsst ihn auf den Mund. «Wieso irgendwo hinfahren? Ich will hier sein und nirgendwo anders.» Dann befreit sie sich aus seinen Armen und geht zurück ins Haus. Er folgt ihr, auch, als sie die Treppe hinauf in «ihr» Zimmer geht, den Schrank öffnet und ihn von oben bis unten durchsucht.

«Was machst du da? Willst du wissen, ob ich dort eine Mätresse versteckt halte?», scherzt er.

«Ich suche eine Kiste … du weißt schon, die Kiste mit den Dingen, die wir vor acht Jahren gekauft haben.»

Bruno weiß genau, wo sie sich befindet, holt sie vom Schrank und stellt sie aufs Bett. «Was suchst du denn eigentlich?»

«Warte kurz!» Jennifer nimmt zuerst die Skulptur heraus und leert anschließend den Rest auf dem Bett aus.

«Jen, bist du zehn Stunden geflogen, um mit mir zusammen zu sein oder um irgendein Teil aus dieser Kiste zu holen?»

«Beides.»

Nachdem sie den gesamten Inhalt durchgesehen hat, runzelt sie die Stirn und sieht ihn beunruhigt an: «Wo ist mein Ring?»

«Dein Ring?»

«Mein Ehering! Letztes Mal lag er noch in der Kiste.»

Lächelnd geht er zu ihrem Nachttisch und zieht ein kleines Schmuckkästchen hervor. Ohne zu wissen, was sie damit vorhat, gibt er es ihr.

Jennifer setzt sich aufs Bett und klopft auf den Platz neben sich. Sobald Bruno an ihrer Seite Platz genommen hat, hält sie ihm den Ring hin: «Willst du mich heiraten? Ähm, mich *noch mal* heiraten, meine ich?»

Er ist gerührt, dennoch irritiert ihn die Situation, und er grinst schief. «Was? Das soll ein Heiratsantrag gewesen sein? Du nimmst meinen alten Ring und -»

«Ich hatte keine Zeit, um bei einem Juwelier vorbeizufahren», verteidigt sie sich. «Und ich wollte nicht den nächsten Flug verpassen.» Um ihrem Anliegen mehr Nachdruck zu verleihen, lässt sie sich vor ihm auf die Knie fallen.

Sie will gerade etwas sagen, als Bruno bereits lachend den Kopf schüttelt: «Meine Güte, Jen. Das ist Aufgabe des Mannes!»

«Spielst du jetzt wieder den Macho?», blafft sie ihn an und lässt sich nach hinten fallen. «Wenn ich darauf warte, bis du mir einen Antrag machst, habe ich vielleicht schon entbunden, verdammt!»

Bruno erstarrt und sieht sie fassungslos an.

Nach einer Weile schüttelt Jennifer das Kästchen, um ihn daran zu erinnern, dass sie noch immer auf seine Antwort wartet. Er nimmt ihr den Ring aus der Hand und setzt sich zu ihr auf den Boden. «Das mit der … Entbindung eben, das war nur ein Spruch, oder?»

«Na ja … nicht wirklich», bekennt sie mit dünner Stimme.

«Um Himmels willen!»

«Ist es zu früh?», fragt sie verunsichert. «Ich wusste nicht, dass … Ich schwöre dir, es war nicht geplant!» Nur mit Mühe kann sie die Tränen zurückhalten. «Ich wollte nicht wieder denselben Fehler machen, verstehst du? Deshalb habe ich das nächste Flugzeug genommen und … Sergio hat gemeint, alles würde gut.»

Von seinen Gefühlen vollkommen überwältigt, presst Bruno sie an sich. «Natürlich wird alles gut», bekräftigt er.

Dann, als würde die Bedeutung der Nachricht erst langsam zu ihm durchsickern, schiebt er sie ein Stück von sich fort, um sich ihren Bauch anzusehen. Er lächelt so breit, dass es breiter kaum geht. «Ich glaub's ja nicht!», ruft er, und seine Augen werden glasig. «Wir kriegen ein Baby! Jen, weißt du, was das heißt?»

«Freust du dich?»

«Ob ich mich freue? Ich werde gleich verrückt vor Freude!», jubelt er. «Wie konntest du glauben, dass ich mich nicht freuen würde?» Er drückt sie erneut an sich, nur um sie kurz darauf wieder ein Stück von sich wegzuschieben. Denn plötzlich scheint ihn etwas zu beschäftigen. «Und wir sind noch nicht einmal verheiratet!» Eilig greift er nach dem kleinen Kästchen mit dem Ring und stammelt leicht enttäuscht: «Ich … ich hatte mir etwas … na ja … Also zumindest Kerzen oder …» Doch dann reißt er den Ring aus der Halterung und sieht Jennifer tief in die Augen. «Willst du es wirklich? Denn … ich muss wirklich sicher sein. Das erste Mal –»

«Ach, vergiss das erste Mal! Ich –»

«Nein, das überlasse ich nicht dir», unterbricht er sie scherzhaft. «Jetzt frage ich dich noch einmal richtig, weil es mein Wunsch … und meine Aufgabe ist, das zu tun!»

Jennifer seufzt vor Freude, ihn angesichts des Heiratsantrags so gerührt und unbeholfen zu erleben. «Aber ich gehöre nun mal zu der Sorte Frau, die gerne überrascht. Daran wirst du dich gewöhnen müssen.»

Er küsst sie erneut, ehe er ihre Hand nimmt und den Ring hochhält. «Jennifer Élie, würdest du mir die Ehre erweisen, noch einmal meine Frau zu werden?»

Sie lacht und hat Mühe, das «Ja» zurückzuhalten, das ihr auf der Zunge brennt. Stattdessen gibt sie sich cool: «Heißt das, jetzt habe ich es verdient?»

«Was?»

«Du hast gesagt, dieses Mal müsse ich mir den Titel verdienen, erinnerst du dich?»

Bruno stöhnt. Er wird gleich verrückt vor Aufregung! Wie lange will sie ihn denn noch auf die Folter spannen? «Aber du wirst doch *Ja* sagen, oder?»

«Das kommt darauf an.»

«Worauf? Vor nicht einmal zwei Minuten hast du mir selbst einen Antrag gemacht.»

«Wir haben noch gar nicht darüber gesprochen, wer wo leben wird. Mit dem gemeinsamen Sorgerecht wird es sonst ein bisschen schwierig.»

Brunos Miene verschließt sich, und er wendet den Blick ab. Die alte Angst, Jennifer könnte von ihm verlangen, alles zurückzulassen, um mit ihr in Montreal zu leben, keimt wieder auf. Natürlich will er es nicht ausschließen, aber er ist fest entschlossen, ein vernünftiges Haus und wenigstens ein bisschen Grün vor der Tür zur Bedingung zu machen. Und sie sollte zustimmen, den Winter in Katalonien zu verbringen. Er lässt den Ring sinken und sieht Jennifer an. «Wie … stellst du es dir denn vor?»

«Sieh mal einer an, ein Baby lässt dich ja richtig zahm werden», neckt sie ihn.

«Jen, du machst mich wahnsinnig … Sag mir, was ich tun muss, um dich zum Altar zu führen.»

Sie kostet den Moment noch ein bisschen aus, dann schmiegt sie sich an ihn und küsst ihn. «Ich werde mich hier niederlassen. Sofern … du bereit bist, dein Schloss mit mir zu teilen.»

Bruno kann es nicht fassen. «Willst du, dass ich einen Herzinfarkt kriege? Natürlich will ich das!»

Lachend klopft sie ihm auf den Arm, weil er den Ring vergessen zu haben scheint. «Und, machst du mir jetzt noch einmal einen richtig schönen Antrag?»

«Himmel, Jen! Ich habe doch aber gar nichts vorbereitet! Ich habe mir immer vorgestellt, dass –»

«Psst! Der Antrag!» Sie erhebt sich und muss ein Lächeln unterdrücken, als sie ihm die Hand entgegenstreckt.

Kopfschüttelnd steht er ebenfalls auf und greift danach: «In Gottes Namen, Jennifer Élie, heirate mich, bevor ich noch verrückt werde.»

«Du bist schon verrückt!»

«Ja, nach dir», ruft er und drückt sie an sich.

«Aber auch, weil du dieselbe Frau noch einmal heiratest, obwohl du eine jüngere hättest haben können.»

«Darf ich dich darauf hinweisen, dass du noch immer nicht Ja gesagt hast!?», brummt er.

«Ja», sagt Jennifer und lacht strahlend.

«Endlich!»

Er beeilt sich, ihr den Ring an den Finger zu stecken, ehe er sie mit einem Kuss, in den er all seine Liebe hineinlegt, zu Boden zieht.

MIX
Papier aus verantwortungsvollen Quellen
FSC® C083411

Das für dieses Buch verwendete Papier ist FSC®-zertifiziert.